O Ouro de SHARPE

OBRAS DO AUTOR PUBLICADAS PELA EDITORA RECORD

1356
Azincourt
O condenado
Stonehenge
O forte

Trilogia *As Crônicas de Artur*

O rei do inverno
O inimigo de Deus
Excalibur

Trilogia *A Busca do Graal*

O arqueiro
O andarilho
O herege

Série *As Aventuras de um Soldado nas Guerras Napoleônicas*

O tigre de Sharpe (Índia, 1799)
O triunfo de Sharpe (Índia, setembro de 1803)
A fortaleza de Sharpe (Índia, dezembro de 1803)
Sharpe em Trafalgar (Espanha, 1805)
A presa de Sharpe (Dinamarca, 1807)
Os fuzileiros de Sharpe (Espanha, janeiro de 1809)
A devastação de Sharpe (Portugal, maio de 1809)
A águia de Sharpe (Espanha, julho de 1809)
O ouro de Sharpe (Portugal, agosto de 1810)
A fuga de Sharpe (Portugal, setembro de 1810)
A fúria de Sharpe (Espanha, março de 1811)
A batalha de Sharpe (Espanha, maio de 1811)

Série *Crônicas Saxônicas*
O último reino
O cavaleiro da morte
Os senhores do norte
A canção da espada
Terra em chamas
Morte dos reis
O guerreiro pagão
O trono vazio
Guerreiros da tempestade

Série *As Crônicas de Starbuck*
Rebelde
Traidor

BERNARD
CORNWELL

O Ouro de SHARPE

Tradução de
ALVES CALADO

3ª edição

EDITORA RECORD
RIO DE JANEIRO • SÃO PAULO
2016

CIP-BRASIL. CATALOGAÇÃO NA FONTE
SINDICATO NACIONAL DOS EDITORES DE LIVROS, RJ

Cornwell, Bernard, 1944-

C835s   O ouro de Sharpe / Bernard Cornwell; tradução de Ivanir Alves Calado.
3ª ed.   – 3ª ed. – Rio de Janeiro: Record, 2016.
(As aventuras de um soldado nas Gerras Napoleônicas; 9)

Tradução de: Sharpe's gold
Sequência de: A águia de Sharpe
ISBN 978-85-01-08798-0

1. Sharpe, Richard (Personagem fictício) – Ficção. 2. Guerras Napoleônicas,
1800-1815 – Ficção. 3. Grã-Bretanha – História militar – Século XIX – Ficção.
4. Ficção inglesa. I. Alves-Calado, Ivanir, 1953-. II. Título. III. Série.

CDD: 823

10-2479   CDU: 821.111-3

Título original em inglês:
SHARPE'S GOLD

Copyright © Bernard Cornwell, 1981

Texto revisado segundo o novo Acordo Ortográfico da Língua Portuguesa.

Todos os direitos reservados. Proibida a reprodução, no todo ou em parte, através de
quaisquer meios.

Direitos exclusivos de publicação em língua portuguesa somente para o Brasil adqui-
ridos pela
EDITORA RECORD LTDA.
Rua Argentina, 171 – Rio de Janeiro, RJ – 20921-380 – Tel.: (21) 2585-2000,
que se reserva a propriedade literária desta tradução.

Impresso no Brasil

ISBN 978-85-01-08798-0

Seja um leitor preferencial Record.
Cadastre-se no site www.record.com.br e
receba informações sobre nossos
lançamentos e nossas promoções.

EDITORA AFILIADA

Atendimento e venda direta ao leitor:
mdireto@record.com.br ou (21) 2585-2002

Este livro é para Andrew Gardner,
com muita gratidão.

"Alistei-me como soldado para crescer em fama.
E levar tiros em troca de 6 pence por dia."

CHARLES DIBDIN, 1745 - 1814

CAPÍTULO I

A guerra estava perdida; não terminada, mas perdida. Todo mundo sabia, desde os generais de divisão até as prostitutas de Lisboa: os ingleses estavam encurralados, com os pés amarrados, prontos para ser cozidos, e toda a Europa esperava que o próprio chefe de cozinha, Bonaparte, atravessasse as montanhas e desse o toque final no assado. Então, para acrescentar insulto à derrota iminente, pareceu que o pequeno exército britânico não era digno da atenção do grande Bonaparte. A guerra estava perdida.

A Espanha caíra. Os últimos exércitos espanhóis haviam sumido, trucidados para irem parar nos livros de história, e tudo que restava era o porto-fortaleza de Cádiz e os camponeses que travavam a guerrilha, a "pequena guerra". Lutavam com facas espanholas e armas inglesas, com emboscada e terror, até fazer com que as tropas francesas desprezassem e temessem o povo espanhol. Mas a pequena guerra não era a guerra, e esta, pelo que todos diziam, estava perdida.

O capitão Richard Sharpe, que já fora do 95º Regimento de Fuzileiros de Sua Majestade, agora capitão da Companhia Ligeira do Regimento South Essex, não achava que a guerra estivesse perdida, se bem que, apesar disso, estava de péssimo humor, soturno e irritadiço. A chuva vinha caindo desde o amanhecer e havia transformado a poeira da estrada em lama lisa e escorregadia, deixando seu uniforme de fuzileiro molhado e desconfortável. Marchava em silêncio solitário, ouvindo seus homens con-

O OURO DE SHARPE

versarem; e o tenente Robert Knowles e o sargento Patrick Harper, que normalmente teriam procurado sua companhia, deixaram-no em paz. O tenente Knowles fez um comentário sobre o humor de Sharpe, mas o enorme sargento irlandês balançou a cabeça.

— Não há chance de animá-lo, senhor. Ele gosta de sofrer, por isso sofre. O filho da mãe vai acabar superando isso.

Knowles deu de ombros. Desaprovava um sargento chamar um capitão de "filho da mãe", mas não havia sentido em protestar. O sargento lançaria um olhar inocente e diria a Knowles que o capitão certamente tivera mãe, o que era verdade, e de qualquer modo Patrick Harper lutara ao lado de Sharpe durante anos e tinha com o capitão uma amizade que Knowles invejava e que demorara meses para entender. Uma amizade, que não era, como pensavam muitos oficiais, baseada no fato de que Sharpe já fora soldado raso, marchando e lutando no meio das fileiras, e agora, elevado às glórias do refeitório dos oficiais, ainda procurasse a companhia dos inferiores. "Uma vez camponês, sempre camponês", zombara um oficial. Sharpe tinha ouvido, olhado para o sujeito, e Knowles vira o medo surgir sob o impacto daquele olhar gélido e zombeteiro. Além disso, Sharpe e Harper não passavam juntos o tempo em que não estavam de serviço; a diferença de postos tornava isso impossível. Mas mesmo assim, por trás do relacionamento formal, Knowles percebia a amizade. Os dois eram homens grandes, o irlandês com uma força gigantesca, e ambos confiantes em suas capacidades. Knowles jamais poderia imaginar algum deles sem uniforme. Era como se tivessem nascido para o serviço, e era no campo de batalha, onde a maioria dos homens pensava nervosamente na própria sobrevivência, que Sharpe e Harper se juntavam numa compreensão espantosa. Nesses momentos, pensava Knowles, era quase como se estivessem em casa e ele os invejava.

Olhou o céu, as nuvens baixas tocando o topo dos morros dos dois lados da estrada.

— Tempo desgraçado.

— Lá em casa, senhor, nós chamamos isso de um belo dia! — Harper riu para Knowles, com a chuva pingando da barretina, depois se virou para olhar a companhia, que seguia a figura de Sharpe em marcha rápida. Estavam ficando um pouco para trás, escorregando na estrada, e Harper levantou a voz: — Avante, ralé protestante! A guerra não vai esperar por vocês!

Ria para eles enquanto gritava, orgulhoso por terem marchado mais rápido do que o resto do regimento, e feliz porque, enfim, o South Essex marchava para o norte, onde as batalhas de verão seriam travadas. Patrick Harper tinha ouvido os boatos — todo mundo ouvira — sobre os exércitos franceses e seu novo comandante, mas Patrick Harper não pretendia perder o sono por causa do futuro, ainda que o South Essex estivesse com um número de homens lamentavelmente baixo. Substitutos haviam partido de Portsmouth em março, mas o comboio fora golpeado por uma tempestade e, semanas depois, chegaram rumores de centenas de corpos jogados em terra nas praias do sul de Biscaia, e agora o regimento precisava lutar com menos da metade do número adequado. Harper não se importava. Em Talavera, o exército estivera em número inferior, de dois para um, e esta noite, na cidade de Celorico, onde o exército estava se reunindo, haveria mulheres nas ruas e vinho nas vendas. A vida poderia ser muito pior para um sujeito de Donegal, e Patrick Harper começou a assobiar.

Sharpe ouviu o assobio e conteve o impulso de repreender o sargento, reconhecendo que era pura irritação, mas ficava aborrecido com a costumeira equanimidade de Harper. Sharpe não acreditava nos boatos de derrota, porque, para um soldado, a derrota era impensável. Era algo que acontecia com o inimigo. No entanto, desprezava-se porque, como um pesadelo ambulante, a lógica sem remorso dos números o estava assombrando. A derrota pairava no ar, quer acreditasse quer não, e quando o pensamento lhe veio de novo ele marchou ainda mais depressa, como se o ritmo doloroso pudesse obliterar o pessimismo. Mas pelo menos, finalmente, estavam fazendo alguma coisa. Desde Talavera o regimento patrulhara a desolada fronteira sul entre a Espanha e Portugal, e fora um inverno longo e tedioso. O sol nascera e se pusera, o regimento treinara, eles haviam observado os morros vazios, e houvera lazer demais, frouxidão demais. Os oficiais tinham encontrado o peitoral de um cavaleiro francês e o usavam como tigela para o barbear, e para seu desgosto Sharpe se apanhara recebendo o luxo de água quente numa tigela como se fosse um acontecimento cotidiano normal! E casamentos. Vinte só nos últimos três meses, de modo que, quilômetros atrás, as outras nove companhias do South Essex vinham adiante de uma variada procissão de mulheres e crianças, esposas e prostitutas, como um parque de diversões itinerante. Mas agora, enfim, num verão estranhamente molhado, eles marchavam para o norte, de onde viria o ataque francês, e onde as dúvidas e os medos seriam banidos na ação.

A estrada dava na crista de um morro, revelando um vale raso com uma pequena aldeia no centro. Havia cavalarianos na aldeia, presumivelmente convocados para o norte, como o South Essex, e quando viu a massa de cavalos, Sharpe extravasou sua irritação cuspindo na estrada. Cavalaria maldita, com seus ares e suas graças, sua condescendência sem disfarces com relação à infantaria; mas então viu os uniformes dos cavaleiros apeados e sentiu vergonha de sua reação. Os homens usavam o azul da Legião Alemã do Rei, e Sharpe respeitava os alemães. Eram colegas profissionais, e, acima de qualquer coisa, Sharpe era um soldado profissional. Tinha de ser. Não possuía dinheiro para comprar promoção, e seu futuro estava apenas em sua habilidade e experiência. Era suficientemente experiente. Fora militar durante 17 de seus 33 anos, primeiro como soldado raso, depois sargento, mais tarde o salto estonteante para o posto de oficial, e todas as promoções foram ganhas nos campos de batalha. Lutara em Flandres, na Índia e agora na Península, e sabia que, se a paz chegasse, o exército iria largá-lo como se fosse um projétil incandescente. Era apenas na guerra que precisavam de profissionais como ele, como Harper, como os duros alemães que lutavam contra a França no exército britânico.

Fez a companhia parar na rua da aldeia, sob o olhar curioso dos cavalarianos. Um deles, um oficial, pegou no chão seu sabre curvo e caminhou até Sharpe.

— Capitão? — O cavalariano falou em tom de pergunta porque os únicos sinais de patente em Sharpe eram a desbotada faixa de cintura escarlate e a espada.

Sharpe assentiu.

— Capitão Sharpe. South Essex.

As sobrancelhas do alemão subiram; seu rosto se abriu num sorriso.

— Capitão Sharpe! Talavera! — Apertou a mão de Sharpe, deu-lhe um tapa no ombro, depois se virou para gritar aos seus homens.

Os cavalarianos de casacas azuis riram para Sharpe, assentiram para ele. Todos tinham ouvido falar a seu respeito: o homem que capturara a Águia francesa em Talavera.

Sharpe virou a cabeça rapidamente para Patrick Harper e a companhia.

— Não esqueçam o sargento Harper e a companhia. Nós todos estivemos lá.

O alemão riu para a Companhia Ligeira.

— Foi um trabalho muito benfeito! — Ele bateu os calcanhares para Sharpe e recebeu um leve cumprimento de cabeça. — Lossow. Capitão Lossow, a seu dispor. Vão para Celorico?

O inglês do alemão tinha sotaque, mas era bom. Seus homens, Sharpe sabia, provavelmente não falavam inglês.

Sharpe assentiu de novo.

— E vocês?

Lossow baixou a cabeça.

— Para o Côa. Patrulhar. O inimigo está chegando perto, de modo que haverá luta. — Ele parecia satisfeito, e Sharpe invejou a cavalaria. Toda a luta estava acontecendo ao longo das margens íngremes do rio Côa, e não em Celorico. Lossow riu. — Desta vez nós vamos pegar uma Águia, certo?

Sharpe desejou-lhe sorte. Se algum regimento de cavalaria tinha probabilidade de desbaratar um batalhão francês, seria o dos alemães. A cavalaria inglesa era bastante corajosa, bem montada, mas não tinha disciplina. Os cavaleiros ingleses se entediavam com as patrulhas, com o serviço de sentinela, e sonhavam apenas com o terrível ataque, espadas erguidas, que deixava seus cavalos sem fôlego e os homens espalhados e vulneráveis. Sharpe, como toda infantaria do exército, preferia os alemães porque eles conheciam o serviço e o faziam bem.

Lossow riu diante da cortesia. Era um homem de rosto quadrado, com sorriso agradável e sempre pronto, olhos que espiavam astutos do meio da teia de rugas traçadas na face devido ao costume de fitar por tempo demais os horizontes dominados pelo inimigo.

— Ah, mais uma coisa, capitão. Os malditos policiais militares estão na aldeia. — A expressão saiu desajeitada dos lábios de Lossow, como se geralmente ele não usasse palavrões a não ser para descrever os oficiais militares, para quem os xingamentos em qualquer outra língua seriam inadequados.

Sharpe agradeceu e se virou para a companhia.

— Vocês ouviram o capitão Lossow! Há policiais militares aqui. Então contenham suas mãos ladras. Entenderam?

Eles entenderam. Ninguém queria ser sumariamente enforcado por ter sido apanhado saqueando.

— Vamos parar por dez minutos. Dispense-os, sargento.

Os alemães partiram, usando capas para se proteger da chuva, e Sharpe foi andando pela única rua em direção à igreja. Aquela era uma aldeia miserável, pobre e abandonada, e as portas das choupanas balançavam em vão. Os habitantes tinham ido para o sul e o oeste, como ordenara o governo português. Quando os franceses avançassem não encontrariam colheitas nem animais, os poços estariam cheios de pedras ou envenenados com ovelhas mortas; uma terra de fome e sede.

Sentindo que o humor de Sharpe melhorara depois do encontro com Lossow, Patrick Harper apressou o passo para ficar ao lado do capitão.

— Não tem nada para saquear aqui, senhor.

Sharpe observou os homens se curvando para olhar dentro das choupanas.

— Eles vão encontrar alguma coisa.

Os policiais militares estavam ao lado da igreja; eram três, montados em cavalos pretos e empinados como bandoleiros de estrada esperando uma carruagem gorducha. Seu equipamento era novo, os rostos ardiam vermelhos, e Sharpe achou que teriam acabado de chegar da Inglaterra; mas o motivo para a Cavalaria da Guarda mandar policiais militares em vez de soldados para lutar era um mistério. Assentiu educadamente para eles.

— Bom-dia.

Um dos três, com uma espada de oficial se projetando por baixo da capa, retribuiu o cumprimento. Parecia, como todos os da sua laia, suspeitar de qualquer gesto amistoso. Olhou para as casacas verdes de fuzileiros que os dois usavam.

— Não deveria haver nenhum fuzileiro nesta área.

Sharpe deixou a acusação sem resposta. Se o policial achava que eles eram desertores, era um idiota. Desertores não viajavam pela estrada aberta à luz do dia, nem usavam uniforme, nem caminhavam casualmente até os policiais militares. Sharpe e Harper, como os outros 18 fuzileiros da companhia, haviam mantido os velhos uniformes por orgulho, preferindo o verde-escuro ao vermelho dos batalhões do front.

O olhar do policial saltou entre os dois.

— Vocês têm ordens?

— O general quer nos ver, senhor — disse Harper, animado.

Um minúsculo sorriso apareceu e sumiu do rosto do policial.

— Quer dizer que lorde Wellington quer ver vocês?

— Na verdade, sim.

Na voz de Sharpe transparecia um alerta, mas o policial pareceu não perceber. Fitava-o de cima a baixo, deixando a suspeita evidente. A aparência de Sharpe era extraordinária. A casaca verde, desbotada e rasgada, era usada sobre um macacão da cavalaria francesa. Nos pés, botas de cano longo de couro compradas originalmente em Paris por um coronel da Guarda Imperial de Napoleão. Às costas, como a maioria de seus homens, ele carregava uma mochila francesa, feita de couro de boi, e nos ombros, mesmo sendo um oficial, levava um fuzil pendurado. As dragonas de oficial tinham sumido, deixando pontos de linha partida, e a faixa escarlate estava manchada e desbotada. Até a espada de Sharpe, seu outro distintivo de posto, era irregular. Como oficial de uma Companhia Ligeira, ele deveria levar o sabre curvo da Cavalaria Ligeira Britânica, mas Richard Sharpe preferia a espada da Cavalaria Pesada, com lâmina reta e equilíbrio ruim. Os cavalarianos a odiavam; diziam que o peso tornava impossível aparar um golpe com rapidez, mas Sharpe tinha mais de 1,80m e força suficiente para brandir os 89 centímetros de aço pesado com uma facilidade enganosa.

O oficial da polícia militar ficou inquieto.

— Qual é o seu regimento?

— Somos a Ligeira do South Essex. — Sharpe fez o tom de voz soar amigável.

O policial militar reagiu esporeando o cavalo para que seguisse adiante, para olhar rua abaixo e ver os homens de Sharpe. Não havia motivo imediatamente óbvio para enforcar ninguém, por isso ele espiou de novo os dois homens e seu olhar parou, com surpresa, quando chegou ao ombro de Harper. O irlandês, 10 centímetros mais alto do que Sharpe, era na melhor das hipóteses uma visão assombrosa, mas suas armas eram mais irregulares ainda do que a grande espada de Sharpe. Pendurada junto com o fuzil havia uma arma monstruosa — uma ameaça atarracada, com sete canos. O policial apontou.

— O que é isso?

— Uma espingarda de sete canos, senhor. — A voz de Harper saiu cheia de orgulho com sua arma nova.

— Onde a conseguiu?

— Presente de Natal, senhor.

Sharpe riu. Tinha sido presente, na época de Natal, de Sharpe ao seu sargento, mas era óbvio que o militar e seus dois companheiros silenciosos não acreditavam. Ele ainda estava olhando para a arma, uma das invenções menos bem-sucedidas de Henry Nock, e Sharpe percebeu que o policial certamente nunca vira uma igual antes. Apenas algumas centenas tinham sido feitas, para a marinha, e na época parecera uma boa ideia. Sete canos, cada um com 50 centímetros de comprimento, eram todos disparados pela mesma pederneira, e pensava-se que os marinheiros, empoleirados precariamente nos pontos mais altos, poderiam causar um estrago disparando os sete canos de cima para baixo sobre os conveses inimigos. Uma coisa não fora considerada. Sete canos de meia polegada disparando juntos formavam uma descarga temível, como de um pequeno canhão, que não somente causava estrago mas também quebrava o ombro de qualquer homem que puxasse o gatilho. Só Harper, dentre os conhecidos de Sharpe, tinha a força bruta para usar a arma, e até mesmo o irlandês, ao experimentá-la, ficara atônito com o coice esmagador enquanto os sete projéteis se espalhavam dos canos chamejantes.

O policial fungou.

— Presente de Natal.

— Eu dei a ele — disse Sharpe.

— E você é?

— O capitão Richard Sharpe. South Essex. E você?

O policial enrijeceu.

— Tenente Ayres, senhor. — A última palavra foi dita com relutância.

— E aonde está indo, tenente Ayres?

Sharpe estava aborrecido com as suspeitas do sujeito, com a demonstração sem sentido de seu poder, e pôs um toque de veneno nas perguntas. Sharpe levava às costas as cicatrizes de um açoitamento causado por um oficial como aquele: o capitão Morris, um valentão presunçoso, com seu parente puxa-saco, o sargento Hakeswill. Sharpe carregava a lembrança junto com as cicatrizes, e a promessa de que um dia se vingaria dos dois. Morris, ele sabia, estava estacionado em Dublin; Hakeswill só Deus sabia onde se encontrava, mas um dia, prometia Sharpe a si mesmo, ele iria encontrá-lo. Por enquanto, porém, era esse jovem filhote com mais poder do que tino.

— Aonde, tenente?

— Celorico, senhor.

— Então faça uma boa viagem, tenente.

Ayres assentiu.

— Vou dar uma olhada por aí primeiro, senhor. Caso não se incomode.

Sharpe olhou os três homens cavalgando pela rua, a chuva formando gotas nas ancas amplas e pretas dos cavalos.

— Espero que você esteja certo, sargento.

— Certo, senhor?

— Que não haja nada para saquear.

O pensamento acertou os dois ao mesmo tempo, um único instinto para encrenca, e eles começaram a correr. Sharpe tirou seu apito do pequeno coldre no cinto cruzado ao peito e deu os toques longos geralmente reservados para o campo de batalha, quando a Companhia Ligeira estava estendida numa frouxa linha de escaramuça, o inimigo chegando perto, e os oficiais e sargentos apitavam para os homens voltarem, reunirem-se e entrarem em forma sob o abrigo do batalhão. Os policiais ouviram os apitos, esporearam os cavalos e se enfiaram entre duas cabanas baixas para revistar os pátios enquanto os homens de Sharpe saíam cambaleando das portas e formavam fileiras resmungando.

Harper parou diante da companhia.

— Mochilas às costas!

Houve um grito vindo de trás de uma das cabanas. Sharpe se virou. Encontrou o tenente Knowles junto ao seu cotovelo.

— O que está acontecendo, senhor?

— Problema com a polícia militar. Os desgraçados estão pressionando.

Eles estavam decididos a encontrar alguma coisa, Sharpe sabia, e enquanto seu olhar passava pelas fileiras ele teve um sentimento arrasador de que o tenente Ayres tivera sucesso. Deveria haver 48 soldados, três sargentos e os dois oficiais, mas faltava um homem: o soldado Batten. A porcaria do soldado Batten, que veio arrastado pelos cabelos, do meio das cabanas, por um militar triunfante.

— Um saqueador, senhor. Apanhado no ato. — Ayres sorria.

Batten: um homem que resmungava incessantemente, que gemia se chovesse e reclamava quando parava de chover porque o sol batia em seus olhos. O soldado Batten, um destruidor de mecanismos de pederneira, que achava que o mundo inteiro conspirava para aporrinhá-lo, e que naquele momento se encolhia, seguro por um dos homens de Ayres. Se houvesse algum membro da companhia que Sharpe teria enforcado com prazer seria Batten, mas de jeito nenhum algum policial militar iria fazer isso por ele.

Sharpe olhou para Ayres.

— O que ele saqueava, tenente?

— Isto.

Ayres levantou uma galinha magra como se fosse a coroa da Inglaterra. Seu pescoço estava torcido, mas as pernas ainda se sacudiam no ar. Sharpe sentiu a raiva subir por dentro, não dos policiais militares, mas de Batten.

— Eu cuido dele, tenente.

Batten se encolheu para longe de seu capitão.

Ayres balançou a cabeça.

— O senhor entendeu mal — Ele falava com sedosa condescendência.

— Os saqueadores são enforcados, senhor. No ato. Como exemplo para os outros.

Houve murmúrios na companhia, que se interromperam quando Harper berrou uma ordem de silêncio. Os olhos de Batten viraram à esquerda e à direita como se procurassem uma fuga deste último exemplo da injustiça do mundo. Sharpe falou rispidamente com ele:

— Batten!

— Senhor?

— Onde você achou a galinha?

— Foi no campo, senhor. Sério. — Ele se encolheu quando seu cabelo foi puxado. — Era uma galinha selvagem, senhor.

Houve um farfalhar de risos vindos das fileiras, que Harper deixou para lá. Ayres fungou.

— Uma galinha selvagem. São animais perigosos, hein, senhor? Ele está mentindo. Eu o achei na cabana.

Sharpe acreditou, mas não desistiria.

— Quem mora na cabana, tenente?

Ayres levantou uma sobrancelha.

— Realmente, senhor, eu não troquei cartões de visita com cada pardieiro de Portugal. — Em seguida virou-se para seus homens. — Amarrem-no.

— Tenente Ayres. — O tom de Sharpe fez parar qualquer movimento na rua. — Como sabe que a cabana é habitada?

— Veja por si.

— "Senhor".

Ayres engoliu em seco.

— Senhor.

Sharpe levantou a voz.

— Há pessoas lá dentro, tenente?

— Não, senhor. Mas alguém mora lá.

— Como você sabe? A aldeia está deserta. Não é possível roubar uma galinha de ninguém.

Ayres pensou na resposta. A aldeia se achava deserta, os habitantes tinham fugido do ataque francês, mas ausência não significa abandono de posse. Ele balançou a cabeça.

— A galinha é propriedade portuguesa, senhor. — E se virou de novo. — Enforquem-no!

— Alto! — gritou Sharpe, e de novo o movimento parou. — Você não vai enforcá-lo, portanto, sigam seu caminho.

Ayres se virou de volta para Sharpe.

— Ele foi apanhado com a mão na massa e o maldito será enforcado. Seus homens provavelmente são um bando de ladrões e precisam de um exemplo e, por Deus, eles terão! — O tenente se levantou nos estribos e gritou para a companhia. — Vocês o verão ser enforcado! E, se roubarem, serão enforcados também!

Um estalo o interrompeu. Ele olhou para baixo e a raiva em seu rosto foi substituída pela perplexidade. Sharpe estava com seu fuzil Baker engatilhado, com o cano apontando para Ayres.

— Solte-o, tenente.

— O senhor enlouqueceu?

Ayres empalidecera e se afrouxara na sela. O sargento Harper, instintivamente, veio para o lado de Sharpe e ignorou a mão que o dispensava. Ayres olhou para os dois homens. Ambos altos, ambos com rostos duros de guerreiros, e uma lembrança o cutucou de leve. Olhou para Sharpe, para o rosto que parecia ter uma expressão perpetuamente zombeteira, provocada pela cicatriz que descia pela face direita, e de repente lembrou. Galinhas selvagens, apanhadores de aves! A Cavalaria Ligeira do South Essex. Seriam aqueles dois homens que haviam capturado a Águia? Que tinham aberto caminho a golpes de espada dentro de um regimento francês e saído com o estandarte? Dava para acreditar.

Sharpe viu o olhar do tenente hesitando e soube que tinha vencido, mas era uma vitória que lhe custaria caro. O exército não via com bons olhos homens que apontavam fuzis para policiais militares, mesmo que estivessem descarregados.

Ayres empurrou Batten à frente.

— Fique com seu ladrão, capitão. Vamos nos encontrar de novo.

Sharpe baixou o fuzil. Ayres esperou até que Batten estivesse longe dos cavalos, depois puxou as rédeas e levou seus homens em direção a Celorico.

— Vocês terão notícias minhas!

Suas palavras foram lançadas para trás. Sharpe podia sentir a encrenca como uma nuvem preta borbulhando no horizonte. Virou-se para Batten.

— Você roubou aquela porcaria de galinha?

— Roubei, senhor. — Batten balançou a mão na direção do policial. — Ele pegou-a, senhor. — O soldado fez com que isso parecesse injusto.

— Eu gostaria que ele tivesse pegado você. Gostaria que ele tivesse espalhado suas tripas pela droga da paisagem.

Batten recuou para longe da raiva de Sharpe.

— Quais são as malditas das regras, Batten?

Os olhos piscaram para Sharpe.

— Regras, senhor?

— Você conhece a porcaria das regras. Diga.

O exército publicava regulamentos com muitos centímetros de espessura, mas Sharpe dava três regras aos seus homens. Elas eram simples, funcionavam, e se fossem violadas eles sabiam que deveriam esperar castigo. Batten pigarreou.

— Lutar bem, senhor. Não se embebedar sem permissão, senhor. E...

— Continue.

— Não roubar, senhor, a não ser do inimigo ou quando estamos passando fome, senhor.

— Você estava passando fome?

Batten, óbvio, queria dizer que sim, mas ainda havia dois dias de rações na mochila de cada homem.

— Não, senhor.

Sharpe deu-lhe um soco, toda a frustração se derramando num punho que acertou o peito de Batten, deixou-o sem fôlego e o derrubou ofegante na estrada molhada.

— Você é um idiota desgraçado, Batten, um idiota miserável, filho da puta, nojento. — Em seguida deu as costas ao sujeito, cujo mosquete caíra na lama. — Companhia! Marche!

O OURO DE SHARPE

Marcharam atrás do fuzileiro alto enquanto Batten se levantava, tentava limpar, sem conseguir, a água que havia entrado no mecanismo de sua arma, depois foi atabalhoadamente atrás da companhia. Entrou em seu lugar e murmurou para os companheiros silenciosos:

— Ele não deveria bater em mim.

— Cale a boca, Batten! — A voz de Harper saiu tão dura quanto a do capitão. — Você conhece as regras. Preferia estar sacudindo as pernas inúteis agora?

O sargento gritou para a companhia acertar o ritmo, foi gritando os passos para os homens, e o tempo todo imaginava o que Sharpe teria de enfrentar agora. Uma reclamação daquele policial desgraçado significaria um inquérito e provavelmente corte marcial. E tudo por causa do miserável Batten, um falido negociante de cavalos, que o próprio Harper teria matado de boa vontade. O tenente Knowles parecia compartilhar os pensamentos de Harper, porque acertou o passo ao lado do irlandês e olhou-o com expressão perturbada.

— Tudo isso por causa de uma galinha, sargento?

Harper fitou o jovem tenente.

— Duvido, senhor. — Em seguida virou-se para as fileiras. — Daniel!

Hagman, um dos fuzileiros, saiu das fileiras e chegou ao lado do sargento. Era o mais velho da companhia, com mais de 40 anos, mas o melhor atirador. Nascido em Cheshire, criado como caçador ilegal, Hagman era capaz de arrancar os botões da casaca de um general francês a trezentos metros.

— Sargento?

— Eram quantas galinhas?

Hagman mostrou seu riso desdentado, olhou para a companhia e depois para Harper. O sargento era um homem equânime, que nunca exigia mais do que uma parte justa.

— Uma dúzia, sargento.

Harper olhou para Knowles.

— Aí está, senhor. Pelo menos 16 galinhas selvagens. Provavelmente vinte. Deus sabe o que faziam lá, por que os donos não levaram embora.

— Galinhas são difíceis de pegar, senhor. — Hagman deu uma risada.

— Só isso, sargento?

Harper riu para o fuzileiro.

— Uma coxa para cada oficial, Daniel. E não das magras.

Hagman olhou para Knowles.

— Muito bom, senhor. Uma coxa para cada. E voltou para as fileiras.

Knowles riu sozinho. Uma coxa para cada oficial significava um bom peito para o sargento, caldo de galinha para todos e nada para o soldado Batten. E para Sharpe? Knowles sentiu o ânimo arrefecer. A guerra estava perdida, continuava chovendo, e no dia seguinte o capitão Richard Sharpe estaria encrencado com a polícia militar, encrenca de verdade, enfiado até o pescoço marcado pelas cicatrizes de sabre.

CAPÍTULO II

Se alguém precisasse de um símbolo da derrota iminente, a igreja de São Paulo em Celorico, quartel-general temporário do South Essex, oferecia-o integralmente. Sharpe estava de pé no coro, olhando o padre pintar de branco um impressionante baixo-relevo com crucifixo. A obra era feita de prata maciça, antiga e intricada, presente de algum paroquiano esquecido havia muito, cuja família, na obra, eram as mulheres e os discípulos, que se lamentavam olhando o crucifixo. O padre, de pé sobre um cavalete, a cal grossa escorrendo pela batina, olhou de Sharpe para o baixo-relevo e deu de ombros.

— Demorou três meses para limpar da última vez.

— Da última vez?

— Quando os franceses se foram. — O padre parecia amargo e batia o pincel com raiva nos arabescos delicados. — Se soubessem que era prata eles o partiriam em pedaços e levariam embora. — Cobriu com uma batida de tinta a figura humana pregada e pendurada, e depois, como se pedisse desculpa, passou o pincel para a mão esquerda de modo que a direita pudesse traçar um negligente sinal da cruz sobre a batina manchada.

— Talvez eles não cheguem até aqui.

Isso pareceu pouco convincente até mesmo para Sharpe, e o padre não se deu o trabalho de responder. Apenas deu um riso sem humor e mergulhou o pincel no balde. Eles sabem, pensou Sharpe; todos sabem que os franceses vêm vindo e os ingleses estão recuando. O padre o fez sentir culpa, como se ele estivesse traindo pessoalmente a cidade e seus habitantes e Sharpe andou pela igreja até a escuridão junto à porta principal, onde o oficial do comissariado do batalhão supervisionava a pilha de pão recém-assado para as rações da noite.

A porta se abriu com um estrondo, deixando entrar o sol do fim de tarde, e Lawford, vestindo seu reluzente melhor uniforme, sinalizou para Sharpe.

— Pronto?

— Sim, senhor.

O major Forrest estava esperando do lado de fora, e deu um sorriso nervoso para Sharpe.

— Não se preocupe, Richard.

— Preocupar? — O tenente-coronel e nobre William Lawford estava com raiva. — Ele deveria mesmo é se preocupar. — Em seguida olhou Sharpe de cima a baixo. — Isso é o melhor que você consegue fazer?

Sharpe passou o dedo no rasgo em sua manga.

— É tudo o que tenho, senhor.

— Tudo? E o uniforme novo? Santo Deus, Richard, você parece um mendigo.

— O uniforme está em Lisboa, senhor. Guardado. Os homens das companhias ligeiras devem viajar com pouca bagagem.

Lawford fungou.

— E também não devem ameaçar policiais militares com fuzis. Venha, não queremos nos atrasar. — Em seguida enfiou o tricórnio na cabeça e retribuiu a saudação das duas sentinelas que tinham escutado sua explosão, achando-a divertida.

Sharpe estendeu a mão.

— Um momento, senhor. — Ele espanou um grão de poeira imaginário do brasão regimental de ouro que o coronel usava em sua faixa branca diagonal. Era uma insígnia nova, encomendado por Lawford depois de Talavera, e mostrava uma águia acorrentada; uma mensagem ao mundo de que o South Essex era o único regimento na Península a ter capturado um estandarte francês. Sharpe recuou, satisfeito. — Assim está melhor, senhor.

Lawford captou a deixa e sorriu.

— Você é um desgraçado, Sharpe. Só porque capturou uma Águia não significa que pode fazer o que quer.

— E só porque um idiota está vestido de policial militar ele pode?

— Sim — Lawford disse. — Ele pode. Vamos.

Era estranho, pensou Sharpe, como Lawford era a soma de tudo o que ele abominava com relação a privilégios e posto, e no entanto gostava de Lawford e sentia-se contente em servi-lo. Tinham a mesma idade, 33 anos, mas Lawford sempre fora oficial, nunca se preocupara com uma promoção, porque podia pagar pelo próximo passo, e jamais se preocupava em saber de onde viria o dinheiro do ano seguinte. Sete anos antes, Lawford era tenente, e Richard Sharpe, seu sargento, ambos lutando contra os Mahrattas na Índia, e o sargento mantivera o oficial vivo nas masmorras do sultão Tipu. Em troca, Lawford ensinara o sargento a ler e a escrever, assim qualificando-o para uma comissão caso algum dia fosse idiota a ponto de realizar algum ato de bravura num campo de batalha que pudesse erguer um homem das fileiras rasas para a exaltada companhia dos oficiais.

Sharpe acompanhou Lawford pelas ruas apinhadas em direção ao quartel-general de Wellington, e vendo o uniforme exótico e os caros adereços do coronel ele se perguntou onde os dois estariam dentro de mais sete anos. Lawford era ambicioso, assim como Sharpe, mas o coronel tinha o berço e o dinheiro para grandes coisas. Seria general, pensou Sharpe, e riu, porque sabia que Lawford ainda precisaria dele ou de alguém como ele. Sharpe era os olhos e os ouvidos de Lawford, seu soldado profissional, o homem capaz de ler o rosto dos criminosos fracassados, bêbados e desesperados que, de algum modo, haviam se transformado na melhor infantaria do mundo. E mais do que isso, Sharpe sabia ler o terreno, sabia ler o inimigo, e Lawford, para quem o exército era um meio de chegar a um fim glorioso e elevado, contava com o instinto *e* a capacidade de seu ex-sargento. Lawford, decidiu Sharpe, tinha se saído bem no ano anterior. Assumira um regimento amargo, brutalizado e amedrontado e o transformara numa unidade tão boa quanto qualquer batalhão na linha. A Águia de Sharpe ajudara. Ela havia apagado a mancha de Valdelacasa, onde o

O OURO DE SHARPE

South Essex, sob o comando de Sir Henry Simmerson, perdera uma bandeira e seu orgulho; mas não era somente a Águia. Lawford, com seus instintos de político, havia confiado nos homens enquanto os fazia trabalhar duro, tinha lhes devolvido a confiança. E a insígnia, que cada homem usava em sua barretina, compartilhava a glória de Talavera com cada soldado do regimento.

Lawford levou-o em meio à multidão de oficiais e habitantes da cidade. O major Forrest ficava olhando para Sharpe com um sorriso protetor que o fazia parecer, mais do que nunca, um gentil vigário de aldeia vestido de soldado para uma representação na vila. Ele tentou tranquilizar Sharpe.

— Isso não vai dar em corte marcial, Richard; não pode! Você provavelmente terá de pedir desculpas, ou algo assim, e tudo ficará para trás.

Sharpe balançou a cabeça.

— Não vou pedir porcaria nenhuma de desculpas, senhor.

Lawford parou e se virou, com o dedo cutucando o peito de Sharpe.

— Se você receber ordem de se desculpar, Richard Sharpe, vai pedir desculpas sim. Vai se humilhar, se retorcer e se rebaixar para cumprir a ordem. Entendido?

Sharpe bateu os calcanhares de suas altas botas francesas.

— Senhor!

Lawford explodiu numa raiva incomum.

— Santo Deus Todo-Poderoso, Richard, você não entende porcaria nenhuma? Este é um crime passível de corte marcial. Ayres abriu o berreiro com o chefe da polícia militar, e o chefe gritou com o general dizendo que a autoridade da polícia militar não deve ser solapada. E o general, Sr. Sharpe, é bastante simpático a esse ponto de vista. — O tom passional de Lawford atraíra uma pequena turba de espectadores interessados. Sua ira sumiu tão depressa quanto irrompera, mas ele continuou cutucando o peito de Sharpe. — O general quer mais policiais militares, e não menos, e compreensivelmente não está satisfeito com a ideia de o capitão Richard Sharpe declarar aberta a temporada de caça a eles.

— Sim, senhor.

Lawford não se aplacou com a expressão humilde de Sharpe, que o coronel suspeitava não ser motivada pelo arrependimento verdadeiro.

— E não pense, capitão Sharpe, que só porque o general ordenou que viéssemos aqui ele vá olhar com gentileza sua ação. Ele já salvou sua pele miserável com frequência suficiente no passado e pode não estar com vontade de fazer isso de novo. Entendeu?

Houve uma explosão de aplausos vindo de um grupo de oficiais da cavalaria parados junto a uma loja de vinhos. Lawford lançou-lhes um olhar fulminante e continuou andando, seguido pelo som de alguém imitando um toque de corneta para carga total. Sharpe foi atrás. Lawford podia estar certo. O general havia convocado o South Essex, ninguém sabia por que, e Sharpe esperava que fosse para alguma tarefa especial, algo para apagar a lembrança do tédio do inverno. Mas a cena com o tenente Ayres poderia mudar isso para Sharpe, condená-lo à corte marcial, a um futuro muito mais pavoroso do que patrulhar uma fronteira vazia.

Havia quatro carros de boi do lado de fora do quartel-general de Wellington, outra lembrança de que o exército iria se pôr em movimento logo, mas afora isso estava tudo em paz. O único objeto incomum era um mastro alto que se projetava do teto da casa, encimado por uma peça horizontal de onde pendiam quatro bexigas de ovelha cobertas de alcatrão. Sharpe olhou-as, curioso. Era a primeira vez que via o novo telégrafo, e queria que aquilo estivesse funcionando, para olhar as bexigas pretas e infladas subindo e descendo pelas cordas e mandando mensagens, por outras estações semelhantes, para a distante fortaleza de Almeida e para as tropas que guardavam o rio Côa. O sistema fora copiado da marinha real, e marinheiros tinham sido mandados para cuidar do telégrafo. Cada letra do alfabeto tinha seu próprio arranjo dos quatro sacos pretos, e palavras comuns, como "regimento", "inimigo" e "general", eram abreviadas com um único arranjo que podia ser visto, a quilômetros de distância, através de um enorme telescópio naval. Sharpe ouvira dizer que uma mensagem podia viajar 35 quilômetros em menos de dez minutos e se perguntou, enquanto se aproximavam das duas sentinelas entediadas que guardavam o quartel-general, que outros instrumentos modernos seriam inventados pela necessidade da longa guerra contra Napoleão.

Esqueceu-se do telégrafo ao entrarem no corredor fresco da casa e sentiu uma pontada de medo pela entrevista que viria. Sua carreira estivera ligada a Wellington de modo curioso. Os dois compartilharam campos de batalha em Flandres, na Índia e agora na Península, e em sua mochila Sharpe levava um telescópio que fora presente do general. Havia uma pequena placa de latão curva, engastada no tubo de nogueira, e nela estava gravado EM AGRADECIMENTO. AW. 23 DE SETEMBRO DE 1803. Sir Arthur Wellesley acreditava que o sargento Sharpe havia salvado sua vida. Mas, sendo honesto, Sharpe se lembrava de pouca coisa do evento, a não ser que o cavalo do general fora perfurado por uma lança, e as baionetas e os *tulwars* indianos avançavam. E o que mais um sargento faria, a não ser entrar no caminho e enfrentar a luta? Aquela fora a batalha de Assaye, uma luta desgraçada, e Sharpe vira seus oficiais morrerem com os disparos dos canhões ornamentados e, com o sangue fervendo, levara os sobreviventes adiante, e o inimigo fora derrotado. Por muito pouco, Deus sabia, mas vitória era vitória. Depois disso foi elevado a oficial, vestido como um touro premiado, e o mesmo homem que o recompensara na época devia decidir seu destino agora.

— O lorde irá recebê-los agora. — Um jovem afável major sorriu para eles do outro lado da porta, como se tivessem sido convidados para o chá.

Fazia um ano desde que Sharpe vira Wellington, mas nada mudara: a mesa continuava coberta de papéis, os mesmos olhos azuis que não revelavam nada, acima do nariz adunco, e a boca bonita que relutava em sorrir. Sharpe ficou satisfeito por não haver policiais militares na sala, de modo que pelo menos não teria de se humilhar diante do general, mas mesmo assim ficou apreensivo com a raiva daquele homem silencioso. E observou, com cautela, quando a pena foi pousada e os olhos inexpressivos o espiaram. Não havia reconhecimento neles.

— O senhor ameaçou o tenente Ayres com um fuzil, capitão Sharpe? — Havia uma levíssima tensão no "capitão".

— Sim, senhor.

Wellington assentiu. Parecia cansado. Levantou-se e foi até a janela, espiando por ela como se esperasse alguma coisa. Houve silêncio na sala, quebrado apenas pelo tilintar de correntes e o ribombar de rodas enquanto uma bateria de artilharia passava pela rua. Sharpe percebeu que o general estava tenso. Wellington se virou de volta para ele.

— O senhor conhece, capitão Sharpe, o dano provocado à nossa causa quando nossos soldados roubam ou estupram? — Sua voz saía baixa e contundente.

— Sim, senhor.

— Espero que saiba, capitão Sharpe, espero que saiba. — Ele sentou-se de novo. — Nossos inimigos são encorajados a roubar porque é o único modo que têm de se alimentar. O resultado é que são odiados onde quer que marchem. Eu gasto dinheiro, meu Deus, quanto dinheiro!, fornecendo rações, transporte e comprando comida do populacho de modo que nossos soldados não tenham necessidade de roubar. Fazemos isso para que sejam bem recebidos pelo povo local e sejam ajudados por eles. Entende?

Sharpe desejou que aquele sermão terminasse.

— Sim, senhor.

De repente houve um ruído estranho acima, um arrastar de pés e um chacoalhar, e o olhar de Wellington saltou para o teto como se ele pudesse ler o significado do som. Ocorreu a Sharpe que o telégrafo estaria funcionando, as bexigas infladas subindo e descendo pelas cordas, trazendo uma mensagem codificada das tropas que enfrentavam os franceses. O general prestou atenção durante alguns segundos, depois baixou o rosto para Sharpe outra vez.

— Sua promoção temporária ainda não foi ratificada.

Havia poucas coisas que o general poderia ter dito e que fossem mais calculadas para preocupar Sharpe. Oficialmente ele continuava sendo tenente, apenas tenente, e seu posto de capitão fora dado em caráter provisório por Wellington um ano antes. Se a Cavalaria da Guarda em Whitehall não aprovasse, e ele sabia que em geral ela rejeitava essas promoções irregulares, logo seria tenente de novo. Não disse nada enquanto Wellington o olhava. Se aquilo era um tiro de aviso, ele iria recebê-lo em silêncio.

O general suspirou, pegou um pedaço de papel, pousou-o de novo.

— O soldado foi castigado?

— Sim, senhor. — Sharpe pensou em Batten sem fôlego no chão.

— Então reze para que isso não aconteça de novo. Nem mesmo com galinhas selvagens, capitão Sharpe.

Meu Deus, pensou Sharpe, ele sabe de tudo o que acontece neste exército. Mais uma vez o silêncio. Seria o fim? Sem corte marcial? Sem pedido de desculpas? Ele tossiu e Wellington o fitou.

— Sim?

— Eu estava esperando mais, senhor. Cortes marciais e tambores tocando.

Sharpe ouviu Lawford se agitar, embaraçado, mas o general não pareceu se preocupar. Levantou-se e usou um dos seus sorrisos finos.

— Eu teria o máximo prazer em enforcá-lo, capitão Sharpe, junto com aquele sargento desgraçado. Mas suspeito de que precisemos de vocês. O que acha de nossas chances neste verão?

De novo o silêncio. A mudança de abordagem havia tomado todos de surpresa. Lawford pigarreou.

— Certamente há alguma preocupação, senhor, quanto às intençõcs do inimigo e nossa reação.

Outro sorriso invernal.

— O inimigo pretende empurrar-nos contra o mar, e logo. Como reagiremos?

Ocorreu a Sharpe que Wellington estava gastando tempo. Esperava alguma coisa ou alguém.

Lawford foi ficando desconfortável. Aquela era uma pergunta que ele preferiria ouvir sendo respondida pelo general.

— Trazendo-os à batalha, senhor?

— Trinta mil soldados, mais 25 mil portugueses sem treinamento, contra 350 mil homens?

Wellington deixou os números pairando no ar como a poeira que pairava em silêncio no facho inclinado de sol acima de sua mesa. No alto, os pés dos homens que operavam o telégrafo continuavam se arrastando. Os números, Sharpe sabia, eram injustos. Masséna precisava de milhares desses homens para conter os guerrilheiros, mas mesmo assim a disparidade de números era espantosa. Wellington fungou. Houve uma batida à porta.

— Entre.

— Senhor.

O major que os havia recebido entregou um pedaço de papel ao general, que leu, fechou os olhos momentaneamente e suspirou.

— O resto da mensagem ainda está chegando?

— Sim, senhor. Mas o principal está aí.

O major saiu, e Wellington se recostou na cadeira. Sharpe podia ver que as notícias eram ruins, mas talvez não inesperadas. Lembrou-se de que uma vez Wellington dissera que comandar uma campanha era como guiar uma parelha de cavalos com arreios de corda. As cordas ficavam se partindo, e tudo o que um general podia fazer era atar um nó e continuar em frente. Uma corda estava se desenrolando, aqui e agora, uma corda importante, e Sharpe olhava os dedos tamborilar na beira da mesa. O olhar subiu para Sharpe de novo, saltou para Lawford.

— Coronel?

— Senhor?

— Vou pegar o capitão Sharpe e a companhia dele emprestados com o senhor. Duvido de que iremos precisar deles por mais de um mês.

— Sim, senhor. — Lawford olhou para Sharpe e deu de ombros.

Wellington se levantou de novo. Parecia aliviado, como se uma decisão tivesse sido tomada.

— A guerra não está perdida, senhores, mas sei que minha confiança não é compartilhada universalmente. — Ele parecia amargo, com raiva dos derrotistas cujas cartas para casa eram citadas nos jornais. — Podemos trazer os franceses à batalha, e se fizermos isso venceremos.

Sharpe jamais duvidara disso. De todos os generais britânicos, este era o único que sabia como derrotar os franceses.

— Se vencermos, só vamos adiar o avanço deles. — Wellington abriu um mapa, olhou-o com ar inexpressivo e deixou-o se enrolar de novo. — Não, senhores, nossa sobrevivência depende de outra coisa. Algo que o senhor, capitão Sharpe, deve me trazer. Deve, ouviu? Deve.

Sharpe nunca ouvira o general falar com tanta insistência.

— Sim, senhor.

Lawford tossiu.

— E se ele fracassar, senhor?

O sorriso invernal retornou.

— É melhor que não falhe. — Em seguida olhou para Sharpe. — O senhor não é a única carta na minha manga, Sr. Sharpe, mas é... importante. Há coisas acontecendo, senhores, das quais este exército não sabe. Se soubesse, seria mais otimista em termos gerais. — Ele sentou-se de novo, deixando-os confusos.

Sharpe suspeitava de que a confusão fosse proposital. Wellington estava espalhando alguns boatos contrários para os derrotistas, e isso também era parte do serviço de um general. Levantou os olhos de novo.

— Agora o senhor está sob minhas ordens, capitão Sharpe. Seus homens devem estar preparados para marchar esta noite. Não devem ser estorvados por esposas ou bagagem desnecessária, e devem ter munição completa.

— Sim, senhor.

— E o senhor voltará aqui em uma hora. Tem duas tarefas a realizar.

Sharpe se perguntou se ele diria quais eram.

— Senhor?

— Primeiro, Sr. Sharpe, o senhor receberá minhas ordens. Não de mim, mas de um velho companheiro seu. — Wellington viu o olhar interrogativo de Sharpe. — O major Hogan.

O rosto de Sharpe traiu seu prazer. Hogan, o engenheiro, o irlandês quieto que era amigo, com cujo bom senso Sharpe contara nos difíceis dias anteriores a Talavera. Wellington viu o deleite e tentou furá-lo como um balão.

— Mas antes disso, Sr. Sharpe, o senhor vai pedir desculpas ao tenente Ayres. — Ele ficou atento à reação de Sharpe.

— Mas claro, senhor. Eu já havia planejado isso. — Sharpe parecia chocado com o pensamento de que algum dia pudesse ter contemplado outro caminho e, através de seus olhos inocentemente arregalados, imaginou se teria visto um clarão de diversão por trás do olhar frio e azul do general.

Wellington fitou Lawford e, com sua usual velocidade espantosa, ficou subitamente afável.

— O senhor está bem, coronel?

— Sim, obrigado, senhor. — Lawford sorriu com prazer. Havia servido no estado-maior de Wellington, conhecia bem o general.

— Venha jantar comigo esta noite. Na hora de sempre. — O general olhou para Forrest. — E o senhor, major?

— O prazer será meu, senhor.

— Bom. — O olhar saltou para Sharpe. — Temo que o capitão Sharpe estará ocupado demais. — Ele assentiu, dispensando-os. — Bom-dia, senhores.

Fora do quartel-general as cornetas davam o toque da noite, e o sol afundava num carmesim magnífico. Dentro da sala silenciosa o general parou um momento antes de mergulhar de volta na papelada que tinha de ser examinada antes do jantar de cordeiro assado. Hogan estava certo, pensou. Se era necessário um milagre para salvar a campanha, e era, o patife que ele acabara de ver era o melhor homem para o serviço. Mais do que patife: um lutador, um homem que via o fracasso como algo impensável. Mas um patife, pensou Wellington, mesmo assim era um patife.

CAPÍTULO III

Sharpe havia passado a hora entre sair e voltar ao quartel-general de Wellington conjurando todo tipo de resposta quixotesca para o mistério do que deveria trazer de volta ao general. Talvez, pensava enquanto punha a companhia em atividade, fosse uma nova arma secreta
5. francesa, algo como o sistema de foguetes do coronel britânico Congreve, sobre o qual havia tantas histórias mas tão poucas evidências. Ou, mais fantasioso ainda, talvez os ingleses tivessem secretamente oferecido refúgio a Josefine, a esposa divorciada de Napoleão, que poderia ter entrado às escondidas na Espanha para se tornar um peão na elevada política da
10. guerra. Ainda estava imaginando quando o levaram a uma sala grande no quartel-general, onde encontrou um comitê de recepção, formal e tenso, flanqueando o embaraçadíssimo tenente Ayres.

O untuoso jovem major sorriu para Sharpe como se ele fosse um convidado valioso e esperado.

15. — Ah, capitão Sharpe. O senhor conhece o chefe da polícia militar, já conheceu o tenente Ayres, e este é o coronel Williams. Senhores? — O major fez um gesto delicado como se os convidasse a sentar-se e tomar uma taça de xerez.

Parecia que o coronel Williams, gorducho e com veias vermelhas, fora
20. nomeado para falar.

— Uma desgraça, Sharpe. Uma desgraça!

Sharpe olhava para uma fração de centímetro acima da cabeça de

O OURO DE SHARPE

Williams e se impediu de piscar. Era um modo útil de deixar as pessoas incomodadas; e, sem dúvida, Williams hesitou sob o olhar aparentemente fixo e fez um gesto de desamparo em direção ao tenente Ayres.

— Você pôs em perigo a autoridade dele, ultrapassou a sua. Uma desgraça!

— Sim, senhor. Peço desculpas.

— O quê? — Williams pareceu surpreso com o súbito pedido de desculpas de Sharpe.

O tenente Ayres se retorcia de inquietação, enquanto o chefe de polícia parecia impaciente em acabar com aquela charada. Williams, pigarreando, pareceu querer reivindicar o que lhe era devido.

— Você pede desculpas?

— Sim, senhor. Sem reservas, senhor. Foi uma desgraça terrível, senhor. Peço desculpas totalmente, senhor, lamento muito o papel que fiz, senhor, assim como tenho certeza de que o tenente Ayres lamenta o dele.

Ayres, espantado por um súbito sorriso de Sharpe, assentiu rapidamente e concordou.

— Sim, senhor. Sim.

Williams girou para seu infeliz tenente.

— O que você tem a lamentar, Ayres? Quer dizer que há mais nisso do que eu pensei?

O chefe de polícia militar suspirou e raspou uma das botas no chão.

— Acho que o objetivo desta reunião terminou, senhores, e tenho trabalho a fazer. — Ele olhou para Sharpe. — Obrigado, capitão, por seu pedido de desculpas. Vamos deixá-lo.

Enquanto eles saíam, Sharpe pôde ouvir o coronel Williams interrogando Ayres quanto ao motivo para ele lamentar alguma coisa, e Sharpe deixou um sorriso surgir no rosto, um sorriso que se alargou num riso enorme quando a porta se abriu de novo e Michael Hogan entrou na sala. O pequeno irlandês fechou a porta com cuidado e sorriu para Sharpe.

— Um pedido de desculpas tão gracioso quanto eu esperaria de você. Como vai?

Os dois se apertaram as mãos, com prazer no rosto. Por acaso a guerra estava tratando Hogan bem. Engenheiro, fora transferido para o estado-maior de Wellington, e promovido. Falava português e espanhol, e somava a essas habilidades um raro bom-senso. Sharpe ergueu as sobrancelhas para o uniforme novo e elegante de Hogan.

— E o que o senhor faz aqui?

— Uma coisa e outra. — Hogan sorriu para ele, fez uma pausa e depois espirrou violentamente. — Cristo e São Patrício! Maldito Irish Blackguard!

Sharpe ficou perplexo, e Hogan estendeu sua caixa de rapé.

— Não consigo Scotch Rappee aqui, só Irish Blackguard. É como cheirar metralha direto no nariz.

— Abandone o vício.

Hogan soltou uma gargalhada.

— Eu tentei. Não consigo. — Seus olhos se encheram de lágrimas quando outro espirro foi ganhando força. — Deus no céu!

— Então o que o senhor tem feito?

Hogan enxugou uma lágrima da face.

— Não muita coisa, Richard. Meio que descubro coisas sobre o inimigo, você sabe. E desenho mapas. Coisas assim. Nós chamamos isso de "inteligência", mas é uma palavra bonita que significa saber um pouquinho sobre o outro sujeito. E tenho alguns serviços em Lisboa. — Ele balançou a mão sem dar importância. — Eu me viro.

Lisboa, onde Josefina estava. O pensamento chegou a Hogan ao mesmo tempo que ocorreu a Sharpe, e o pequeno irlandês sorriu e respondeu à pergunta não verbalizada.

— É, ela está bem.

Josefina, que Sharpe havia amado tão brevemente, por quem tinha matado e que o deixara por um oficial da cavalaria. Ainda pensava nela, lembrava-se das poucas noites, mas aquele não era o momento nem o lugar para esse tipo de lembrança. Empurrou o pensamento para longe, o ciúme que sentia do capitão Claud Hardy, e mudou de assunto.

— Mas que negócio é esse que devo trazer de volta ao general?

Hogan se recostou.

— *Nervos belli, pecuniam infinitam.*

— O senhor sabe que eu não falo espanhol.

Hogan deu um sorriso gentil.

— É latim, Richard, latim. Sua educação foi lamentavelmente desconsiderada. Cícero foi quem disse: "Os tendões da guerra são o dinheiro ilimitado."

— Dinheiro?

— Ouro, para ser exato. Baldes de ouro. A porcaria de um resgate de rei, caro Richard, e nós o queremos. Não, mais do que queremos, nós precisamos dele. Sem ele... — Hogan não terminou a frase, apenas deu de ombros.

— O senhor está brincando, sem dúvida!

Hogan acendeu cuidadosamente outra vela — a luz do outro lado da janela ia se esvaindo depressa — e falou baixinho:

— Eu gostaria de estar. Estamos sem dinheiro. Você não acreditaria, mas é isso. Oitenta e cinco milhões de libras é o orçamento deste ano para a guerra, pode imaginar? E nós acabamos com ele.

— Acabamos?

Hogan deu de ombros outra vez.

— Um novo governo em Lisboa, um governo inglês, porcaria, exigindo prestação de contas. Estamos pagando todas as despesas de Portugal, armando metade da nação espanhola, e agora nós precisamos dele. — Hogan enfatizou o "nós". — Acho que é o que você chamaria de um embaraço local. Necessitamos de dinheiro rápido, em questão de dias. Poderíamos tirá-lo à força de Londres em alguns meses, mas seria tarde demais. Precisamos agora.

— E se não conseguirmos?

— Nesse caso, Richard, os franceses estarão em Lisboa e nem todo o dinheiro do mundo faria a menor diferença. — Ele sorriu. — Por isso você vai pegar o dinheiro.

— Eu vou pegar o dinheiro. — Sharpe riu do irlandês. — Como? Roubando?

— Podemos dizer "pegando emprestado"? — A voz de Hogan estava séria.

Sharpe não disse nada, e o irlandês suspirou e recostou-se.

— Há um problema, Richard: o ouro pertence ao governo espanhol, por assim dizer.

— Por assim dizer? Como?

Hogan deu de ombros.

— Quem sabe onde está o governo? Em Madri, com os franceses? Ou em Cádiz?

— E onde está o ouro? Em Paris?

Hogan sorriu, cansado.

— Não tão longe. A dois dias de marcha. — Sua voz ficou formal, recitando instruções. — Você parte esta noite, marcha até Almeida. A travessia do Côa é guardada pelo 60º; eles estão a sua espera. Em Almeida você se encontrará com o major Kearsey. A partir daí estará sob as ordens dele. Esperamos que você não demore mais de uma semana, e, caso precise de ajuda, e rezamos para que não precise, aqui está tudo o que terá.

Ele empurrou um pedaço de papel sobre a mesa. Sharpe desdobrou-o. *O capitão Sharpe está cumprindo minhas ordens e requisito e instruo a todos os oficiais dos Exércitos Aliados para oferecer ao capitão Sharpe qualquer auxílio de que ele precise.* A assinatura era um simples *Wellington.*

— Não há menção ao ouro? — Sharpe esperara alguma elucidação naquele encontro. Só pareceu encontrar mais mistérios.

— Não achamos sensato contar a muitas pessoas sobre uma grande pilha de ouro que está procurando dono. Isso meio que encoraja a cobiça, se é que você me entende.

Uma mariposa voou em loucos círculos em volta da chama das velas. Sharpe ouviu cães latindo na cidade, cavalos pateando nos estábulos atrás do quartel-general.

— Quanto ouro?

— Kearsey vai lhe dizer. O ouro pode ser carregado.

— Deus Todo-Poderoso. O senhor não pode me dizer nada?

Hogan sorriu.

— Não muita coisa. Mas vou lhe contar o seguinte. — Ele se recostou e cruzou os dedos na nuca. — A guerra está indo mal, Richard. Não é nossa culpa. Precisamos de homens, armas, cavalos, pólvora, tudo. O inimigo está ficando mais forte. Mas só uma coisa pode nos salvar agora: esse ouro.

— Por quê?

— Não posso lhe dizer. — Hogan suspirou, sofrendo por esconder algo de um amigo de confiança. — Temos algo que é segredo, Richard, e deve continuar assim. — Ele descartou a interrupção com um gesto. — É a maior porcaria de segredo que já vi, e não queremos que ninguém saiba, ninguém. No fim você vai saber, prometo; todo mundo vai saber. Mas por enquanto pegue o ouro; pague pelo segredo.

Marcharam à meia-noite. Hogan acenara despedindo-se, e agora, com o alvorecer branqueando o céu, a Companhia Ligeira subia o desfiladeiro do rio Côa em direção à cidade-fortaleza de Almeida. Um piquete envolto em sombras os havia deixado passar pela ponte alta e estreita que atravessava o rio, e naquele momento parecera a Sharpe que ele marchava para o desconhecido. A estrada que partia do rio subia em zigue-zague pela lateral do desfiladeiro. Rochas pontiagudas erguiam-se sobre o caminho; o alvorecer que se esgueirava mostrou uma paisagem selvagem meio escondida pela névoa sobre a água. Os homens estavam em silêncio, economizando o fôlego para a estrada íngreme.

Almeida, cerca de 1 quilômetro adiante, era como uma ilha em território francês. Era uma cidade-fortaleza pertencente a Portugal, cuidada pelo exército português sob o comando de ingleses, mas o campo ao redor estava em mãos francesas. Logo, Sharpe sabia, os franceses teriam de tomar Almeida fazendo um cerco, abrir caminho através das famosas muralhas, invadir pela brecha, afogar a ilha em sangue de modo a poder marchar em segurança para Lisboa. As sentinelas na ponte haviam batido os pés e acenado para os morros escuros.

— Não houve patrulhas ontem. Vocês não devem ter problemas.

A Companhia Ligeira não estava preocupada com os franceses. Se Richard Sharpe quisesse guiar os homens até Paris, eles iriam, cegamente confiantes em que ele os levaria em segurança até o final, e tinham rido quando ele disse que iriam marchar por trás de patrulhas inimigas, atravessando o Côa, atravessando o rio Águeda — pelo menos isso Hogan sabia —, e então iriam voltar. Mas algo na voz de Sharpe estava errado; ninguém dissera nada, mas o entendimento de que o capitão estava preocupado ficou ali. Harper captou isso. Marchou junto de Sharpe enquanto a estrada descia até o Côa, com a superfície ainda escorregadia da chuva.

— Qual é o problema, senhor?

— Não há problema. — O tom de Sharpe encerrou a conversa, mas ele estava se lembrando das últimas palavras de Hogan. Sharpe estivera pressionando e sondando, tentando conseguir uma informação que Hogan não queria dar.

— Por que nós? Parece um serviço para a cavalaria.

Hogan assentira.

— A cavalaria tentou e fracassou. Kearsey diz que o terreno não é bom para cavalos.

— Mas a cavalaria francesa o usa?

Outra confirmação de cabeça, cansada.

— Kearsey diz que você vai ficar bem. — Havia algo tenso na voz de Hogan.

— O senhor está preocupado.

Hogan abrira as mãos.

— Deveríamos ter pegado o ouro há dias. Quanto mais tempo ele ficar lá, mais arriscado se torna.

Houvera um pequeno momento de silêncio na sala. A mariposa queimara as asas, estava sacudindo-se na mesa, e Sharpe a esmagou.

— O senhor não acha que teremos sucesso, não é? — Era uma afirmação, não uma pergunta.

Hogan erguera o olhar de cima da mariposa morta.

— Não.

— Então a guerra está perdida?

Hogan assentira. Sharpe dera um peteleco na mariposa, jogando-a no chão.

— Mas o general diz que tem outros truques na manga. Que esta não é a única esperança.

O OURO DE SHARPE

Os olhos de Hogan estavam cansados.

— Ele precisa dizer isso.

Sharpe se levantara.

— Então por que, diabos, vocês não mandam três porcarias de regimentos? Quatro. Mandem a porcaria do exército inteiro! Certifiquem-se de pegar o ouro.

— É longe demais, Richard. Não há estradas para além de Almeida. Se atrairmos a atenção, os franceses estarão lá antes de nós. Os regimentos nunca poderiam atravessar os dois rios sem lutar, e eles estarão em menor número. Não. Vamos mandar você.

E agora ele subia as curvas apertadas da estrada de fronteira, olhando o horizonte opaco em busca do brilho revelador de um sabre inimigo desembainhado e marchando com o conhecimento de que esperavam que ele fracassasse. Esperara que o major Kearsey, que aguardava a companhia em Almeida, tivesse mais fé, porém Hogan fora hesitante com relação ao major. Sharpe sondara de novo:

— Ele é indigno de confiança?

Hogan balançara a cabeça.

— Ele é um dos melhores, Richard, um dos melhores. Mas não é exatamente o homem que escolheríamos para o serviço.

E se recusara a dar mais detalhes. Kearsey, segundo ele dissera a Sharpe, era um oficial explorador, um dos homens que montava cavalos rápidos por trás das linhas inimigas, com uniforme completo, e mandava de volta um jorro de informações, despachos capturados dos franceses pelos guerrilheiros e mapas do campo. Fora Kearsey quem descobrira o ouro, informara a Wellington, e apenas Kearsey sabia sua localização exata. Kearsey, adequado ou não, era a chave para o sucesso.

A estrada ficou plana na alta crista da margem leste do Côa, e adiante, em silhueta à luz do alvorecer, estava Almeida, a fortaleza norte de Portugal. Dominava o campo por quilômetros ao redor, uma cidade construída num morro que se erguia até o enorme volume de uma catedral e um castelo lado a lado. Abaixo dessas enormes e desafiadoras construções, as casas de telhas grossas iam descendo pelas ruas íngremes até encontrar as verdadeiras defesas de Almeida. A essa luz matinal, a essa distância, era o castelo que impressionava, com suas quatro torres descomunais e as muralhas com ameias, mas Sharpe sabia que as altas fortificações estavam ultrapassadas havia muito tempo, substituídas pelas fortificações baixas e acinzentadas que se espalhavam num padrão vasto e sério em volta da cidade. Não invejava os franceses. Eles teriam de atacar em terreno aberto, através de um labirinto cientificamente projetado de valas e muros escondidos, e o tempo todo ficariam diante de dezenas de baterias ocultas que poderiam derramar metralha no território de matança entre os braços longos e esguios da fortificação em forma de estrela. Almeida fora fortificada, suas defesas tinham sido reconstruídas fazia apenas sete anos, e o castelo velho e redundante olhava de cima para baixo, para o monstro de granito moderno, sem glamour, projetado apenas para atrair, prender e destruir.

Mais de perto as defesas pareciam menos ameaçadoras. Isso era ilusão. Os velhos tempos de muros grossos e altos eram passado, e as melhores fortalezas modernas eram cercadas por pequenas elevações lisas, como aquelas das quais a Companhia Ligeira se aproximava, que tinham uma encosta tão suave que até um aleijado poderia subir sem perder o fôlego. Os pequenos morros estavam ali para defletir os tiros de canhão dos sitiantes, fazer com que os projéteis e os morteiros ricocheteassem para o ar, passando por cima das defesas, de modo que quando a infantaria atacasse subindo as encostas suaves e inocentes encontrassem intactas as armadilhas assassinas. No topo daquela encosta havia um vasto fosso, em cujo lado oposto ficava um muro com face de granito encimado por canhões que arrotavam, e mesmo que este fosse tomado, havia outro mais atrás, e mais outro, e Sharpe ficou feliz por não estar juntando as forças para atacar uma fortaleza assim. Isso viria, ele tinha consciência, porque, antes de os franceses serem cuspidos para fora da Espanha, os britânicos precisariam tomar cidades assim, e ele empurrou o pensamento para longe. Aquele mal era suficiente para esse dia.

Os defensores portugueses eram tão impressionantes quanto suas muralhas. A companhia passou marchando pelo primeiro portão, um túnel que se dobrava duas vezes em ângulo reto sob a primeira muralha enorme, e Sharpe ficou satisfeito com a aparência dos portugueses. Não se pareciam nada com aquela coisa trôpega que se chamava de exército da Espanha. Os portugueses pareciam confiantes, com a arrogância de soldados seguros de sua própria força e sem medo da tempestade francesa que logo viria rodear as muralhas de sua enorme estrela de granito. As ruas íngremes da cidade se achavam praticamente vazias de civis, a maioria das casas estava trancada, e para Sharpe era como se Almeida estivesse esperando, vazia, algum grande evento. Decerto estava preparada. Desde os canhões nas muralhas internas até os fardos de comida empilhados nos pátios, a fortaleza se encontrava guarnecida e pronta. Era a porta da frente de Portugal, e Masséna precisaria de toda a sua esperteza de raposa e de sua força para abri-la.

O brigadeiro Cox, o comandante inglês da guarnição, tinha seu quartel-general no topo do morro, mas Sharpe o encontrou do lado de fora, na praça principal, olhando seus homens rolar barris de pólvora para dentro da porta da catedral. Cox, alto e distinto, retribuiu a saudação de Sharpe.

— Estou honrado, Sharpe, honrado. Ouvi falar de Talavera.

— Obrigado, senhor. — Sharpe olhou os barris entrando no interior escuro da catedral. — O senhor parece bem preparado.

Cox assentiu, feliz.

— Estamos, Sharpe, estamos. Cheios até a amurada e prontos para agir. — Ele assentiu para a catedral. — É o nosso paiol.

Sharpe mostrou sua surpresa, e Cox riu.

— Temos as melhores defesas em Portugal, mas não onde guardar munição. Dá para imaginar? Por sorte construíram essa catedral para durar. Paredes como as do castelo de Windsor e criptas iguais a masmorras. Podemos ter acesso rápido à munição. Não, não posso reclamar, Sharpe. Armas suficientes, munição suficiente. Devemos segurar os comedores de rã por mais uns dois meses. — Ele olhou especulativamente para a desbotada casaca verde de Sharpe. — Mas seria bom ter alguns fuzileiros de primeira.

Sharpe podia ver sua companhia recebendo ordens de ir para a fortificação principal, e rapidamente mudou de assunto.

— Pelo que sei, devo me apresentar ao major Kearsey, senhor.

—Ah! Nosso oficial explorador! Você vai encontrá-lo no lugar mais perto de Deus. — Cox gargalhou.

Sharpe ficou perplexo.

— Perdão, senhor?

— No topo do castelo, Sharpe. Não há como errar, é bem perto do telégrafo. Seus rapazes podem comer o desjejum no castelo.

— Obrigado, senhor.

Sharpe subiu a escada em espiral da torre encimada pelo mastro e, quando saiu ao sol do início da manhã, entendeu a referência de Cox à proximidade com Deus. Para além do telégrafo de madeira com suas quatro bexigas imóveis, idênticas ao arranjo em Celorico, Sharpe viu um homem pequeno ajoelhado, com uma bíblia aberta junto a um telescópio. Sharpe tossiu, e o homenzinho abriu um olho feroz, aguerrido.

— Sim?

— Sharpe, senhor. Do South Essex.

Kearsey assentiu, fechou o olho e voltou às suas orações, os lábios se movendo em velocidade dupla até acabar. Depois respirou fundo, sorriu para o céu como se seu dever estivesse cumprido, e dirigiu uma expressão abruptamente feroz para Sharpe.

— Kearsey. — Ele se levantou, com as esporas fazendo barulho nas pedras. O cavalariano era 30 centímetros mais baixo do que Sharpe, mas parecia compensar a falta de estatura com uma expressão de fervor e retidão digna de Cromwell. — Prazer em conhecê-lo, Sharpe. — Sua voz era rouca, e ele não parecia sentir nem um pouco de prazer. — Ouvi falar de Talavera, claro. Parabéns.

— Obrigado, senhor.

Kearsey conseguira fazer o elogio parecer que viera de um homem que capturara pessoalmente duas ou três dúzias de Águias e estivesse encorajando um aprendiz. O major fechou sua Bíblia.

—Você reza, Sharpe?

— Não, senhor.

— É cristão?

Parecia uma conversa estranha para se ter à beira de perder toda a guerra, mas Sharpe conhecia outros oficiais assim, que carregavam a fé para a guerra como uma arma extraordinária.

— Imagino que sim, senhor.

Kearsey fungou.

— Não imagine! Ou você é ungido no sangue do Cordeiro ou não é. Mais tarde falarei com você a respeito.

— Sim, senhor. Estarei ansioso por isso.

Kearsey olhou irritado para Sharpe, mas decidiu acreditar.

— Fico feliz por você estar aqui, Sharpe. Podemos ir em frente. Sabe o que vamos fazer? — Ele não esperou resposta. — Um dia de marcha até Casatejada, pegar o ouro, escoltá-lo de volta às linhas britânicas e mandá-lo ao seu destino. Está claro?

— Não, senhor.

Kearsey já começara a andar para a escada e, ouvindo as palavras de Sharpe, parou abruptamente, girou e olhou para o fuzileiro. O major estava usando uma capa comprida e preta, e à primeira vista parecia um morcego pequeno e malévolo.

— O que você não entende?

— Onde está o ouro, a quem pertence, como vamos pegá-lo, para onde ele vai, se o inimigo sabe, por que nós e não a cavalaria e, acima de tudo, senhor, para que ele será usado.

— Para que será usado? — Kearsey pareceu perplexo. — Para que será usado? Não é da sua conta, Sharpe.

— Sei disso, senhor.

Kearsey estava retornando à borda da muralha.

— Para que será usado! É ouro espanhol. Eles podem fazer o que quiserem com ele. Podem comprar mais estátuas espalhafatosas para suas igrejas romanas, se quiserem, mas não farão isso. — Kearsey começou a latir, e Sharpe percebeu, depois de um momento de pânico, que o major estava gargalhando. — Vão comprar canhões, Sharpe, para matar os franceses.

— Pensei que o ouro era para nós, senhor. Para os britânicos.

BERNARD CORNWELL

Sharpe decidiu que Kearsey parecia um cachorro tossindo, e ficou olhando enquanto este quase se dobrava ao meio com seu riso estranho.

— Desculpe, Sharpe. Para nós? Que ideia estranha! É ouro espanhol, pertence a eles. Absolutamente nada para nós! Ah, não! Só vamos levá-lo em segurança a Lisboa e a marinha real vai enviá-lo a Cádiz. — Kearsey recomeçou com seus estranhos latidos, repetindo para si mesmo: — Para nós! Para nós!

Sharpe decidiu que não era hora, nem lugar, para esclarecer o major. Não importava muito o que Kearsey pensasse, desde que o ouro fosse levado em segurança de volta atravessando o rio Côa.

— Onde ele está agora, senhor?

— Eu disse. Em Casatejada. — Kearsey se eriçou diante de Sharpe, como se estivesse ressentido por entregar informações preciosas, mas então pareceu ceder e sentou-se na beira da plataforma do telégrafo, e folheou as páginas de sua Bíblia enquanto falava. — É ouro espanhol. Mandado pelo governo a Salamanca, para pagar o exército. O exército foi derrotado, lembra? Assim os espanhóis ficaram com um problema. Um monte de dinheiro no meio de lugar nenhum, sem exército, e a região está apinhada de franceses. Por sorte um homem bom tomou conta do ouro, me contou e eu planejei a solução.

— A marinha real.

— Exato! Mandaremos o ouro de volta ao governo em Cádiz.

— Quem é o "homem bom", senhor?

— Ah. Cesar Moreno. Um homem excelente, Sharpe. Comanda um grupo de guerrilheiros. Ele trouxe o ouro de Salamanca.

— Quanto, senhor?

— Dezesseis mil moedas.

A quantidade não significava nada para Sharpe. Dependia de quanto cada moeda pesasse.

— Por que Moreno não o traz para o outro lado da fronteira, senhor?

Kearsey acariciou o bigode cinza, repuxou a capa e pareceu inquieto com a pergunta. Olhou ferozmente para Sharpe, como se avaliasse se deveria dizer mais, e então suspirou.

— Problemas, Sharpe, problemas. O grupo de Moreno é pequeno e ele se juntou a outro grupo, maior, e o novo chefe não quer que nós ajudemos. Esse homem vai se casar com a filha de Moreno, tem muita influência e ele é nosso problema. Ele acha que só queremos roubar o ouro! Dá para imaginar?

Sharpe podia imaginar muito bem, e suspeitava que Wellington havia mais do que imaginado isso. Kearsey deu um tapa numa mosca.

— Nosso fracasso há duas semanas não ajudou muito.

— Fracasso?

Kearsey parecia infeliz.

— A cavalaria, Sharpe. E era o meu próprio regimento. Mandamos cinquenta homens, e eles foram apanhados. — Ele baixou a mão num movimento de corte, como se fosse um sabre. — Cinquenta. Assim perdemos o moral com os espanhóis. Eles não confiam em nós, acham que estamos perdendo a guerra e planejando ficar com o ouro. El Católico quer transportar o ouro por terra, mas eu os convenci a nos dar mais uma chance!

Depois da escassez de informações, Sharpe estava sendo subitamente inundado por novos fatos.

— El Católico, senhor?

— Eu lhe disse! O novo chefe. Que vai se casar com a filha de Moreno.

— Mas por que El Católico?

Uma cegonha bateu asas até o céu, com as pernas para trás, as asas compridas com bordas pretas, e Kearsey olhou-a por um ou dois segundos.

— Ah! Entendi o que você quer dizer. O Católico. Ele reza junto às vítimas antes de matá-las. A oração dos mortos em latim. Como uma piada, claro. — O major pareceu soturno. Folheou as páginas como se estivesse recebendo forças dos salmos e das histórias que estavam sob as pontas de seus dedos. — Ele é um homem perigoso, Sharpe. É ex-oficial, sabe lutar e não quer que nós nos envolvamos.

Sharpe respirou fundo, foi até as ameias e olhou para a rochosa paisagem ao norte.

— Bom, senhor. O ouro está a um dia de marcha daqui, guardado por Moreno e El Católico, e nosso trabalho é pegá-lo, convencê-los a deixar que o levemos e escoltá-lo em segurança através da fronteira.

BERNARD CORNWELL

— Isso mesmo.

— O que impede Moreno de já tê-lo levado, senhor? Quero dizer, enquanto o senhor está aqui.

Kearsey deu uma leve fungada.

— Pensei nisso, Sharpe. Deixei um homem lá, um homem do regimento, bom homem. Ele está de olho nas coisas, mantendo os guerrilheiros adoçados. — Kearsey ficou de pé e, no calor crescente do sol, tirou a capa. Seu uniforme era azul com uma peliça de renda prata e pele cinza. Na cintura estava a bainha de aço polido do sabre curvo. Era o uniforme dos Dragões do Príncipe de Gales, de Claud Hardy, do amante de Josefina, o usurpador de Sharpe. Kearsey enfiou a Bíblia em sua sacola de oficial. — Moreno confia em nós; é apenas com El Católico que precisamos nos preocupar, e ele gosta de Hardy. Acho que vai ficar tudo bem.

— Hardy? — De algum modo Sharpe havia sentido isso, a sensação de uma história incompleta.

— Isso mesmo. — Kearsey olhou rapidamente para o fuzileiro. — O capitão Claud Hardy. Conhece?

— Não, senhor.

O que era verdade. Sharpe nunca se encontrara com ele, apenas vira Josefina se afastar para o lado de Hardy. Pensara que o jovem oficial da cavalaria se encontrasse em Lisboa, dançando pelas noites afora, e em vez disso estava ali! Esperando à distância de um dia de marcha. Olhou para o oeste, para longe de Kearsey, para o profundo desfiladeiro sombreado do Côa, que talhava a paisagem. Kearsey bateu com os pés no chão.

— Mais alguma coisa, Sharpe?

— Não, senhor.

— Bom. Marchamos esta noite. Às 21 horas.

Sharpe se virou de volta.

— Sim, senhor.

— Uma regra, Sharpe. Eu conheço o terreno, você não, portanto sem perguntas, apenas obediência imediata.

— Sim, senhor.

— A companhia faz as orações ao pôr do sol, a não ser que os comedores de rãs interfiram.

O OURO DE SHARPE

— Sim, senhor.

Bom Deus!

Kearsey devolveu a saudação de Sharpe.

— Às 21 horas, então. No portão norte! — Em seguida se virou e desceu ruidosamente a escada em caracol, e Sharpe voltou às ameias, apoiou-se no granito e olhou, sem ver, a vastidão de defesas abaixo.

Josefina. Hardy. Apertou o anel de prata gravado com uma águia, o que ela comprara para ele antes da batalha, mas que fora o presente de despedida ao fim da matança às margens do riacho Portina, ao norte de Talavera. Ele tentara esquecê-la, dizer a si mesmo que ela não valia a pena, e enquanto olhava para o terreno irregular ao norte, tentou forçar a mente para longe da mulher, pensar no ouro, em El Católico, o matador que rezava, e em Cesar Moreno. Mas fazer o serviço junto com o amante de Josefina? Desgraça!

Um aspirante da marinha, longe do mar, subiu à torre para cuidar do telégrafo e olhou curioso para o fuzileiro alto, de cabelos escuros e rosto marcado por uma cicatriz. O aspirante decidiu que ele parecia uma fera perigosa e observou a mão enorme mexer no punho de uma espada gigantesca, de lâmina reta.

— Ela é uma vaca! — disse Sharpe.

— Perdão, senhor? — O aspirante, de 15 anos, estava apavorado.

Sharpe se virou, não havia percebido a chegada do outro.

— Nada, filho, nada. — E riu para o garoto perplexo. — Ouro para a cobiça, mulheres para o ciúme e morte para os franceses. Certo?

— Sim, senhor. Claro, senhor.

O garoto olhou o homem alto descer a escada. Um dia ele quisera entrar para o exército, anos antes, mas seu pai simplesmente olhara para o teto e dissera que qualquer um que entrasse para o exército com certeza era louco. Seu pai, como sempre, acertara completamente.

CAPÍTULO IV

A pé, Kearsey era agitado, e aos olhos de Sharpe, ridículo. Andava com passos minúsculos, as pernas fazendo rápidos movimentos de tesoura, enquanto os olhos, acima do grande bigode grisalho, espiavam intensamente a massa de homens mais altos. Mas a cavalo, mon-
5. tando seu gigantesco ruão, estava em casa como se tivesse tido a verdadeira altura restaurada. Sharpe ficou impressionado com a marcha noturna. A lua estava fina e envolta por nuvens, no entanto o major guiou a companhia sem hesitar no terreno difícil. Atravessaram a fronteira em algum local na escuridão, com um grunhido de Kearsey anunciando a notícia, e
10. então a rota levou morro abaixo até o rio Águeda, onde esperaram o primeiro sinal do alvorecer.

Se Kearsey era impressionante, também era irritante. A marcha fora pontuada por conselhos, conselhos condescendentes, como se Kearsey fosse o único homem que entendia os problemas. Ele certamente conhecia o
15. terreno, desde as fazendas ao longo da estrada para Almeida até Ciudad Rodrigo, e até o território alto que ficava ao norte, o caos dos vales e morros que desciam finalmente para o rio Douro, no qual desaguavam o Côa e o Águeda. Ele conhecia os povoados, os caminhos, os rios e onde eles podiam ser atravessados; conhecia os morros altos e as passagens abrigadas,
20. e dentro do campo solitário conhecia os bandos de guerrilheiros e sabia onde eles podiam ser encontrados. Sentado na névoa que subia fantasmagórica do Águeda, falou, em sua voz rouca, sobre os guerrilheiros. Sharpe

e Knowles ouviam, com o rio invisível fazendo um som ao fundo, enquanto o major contava de emboscadas e assassinatos, dos locais secretos onde as armas eram guardadas e dos códigos de sinais que piscavam de morro para morro.

— Nada pode se mover aqui, Sharpe, nada, sem que os guerrilheiros saibam. Os franceses precisam escoltar cada mensageiro com quatrocentos homens. Dá para imaginar? Quatrocentos sabres para proteger um despacho, e às vezes nem isso basta.

Sharpe conseguia imaginar, e até sentir pena dos franceses por causa disso. Wellington pagava em dinheiro vivo para cada despacho capturado; às vezes eles chegavam ao seu quartel-general com o sangue do mensageiro morto ainda fresco no papel. O mensageiro que tivesse uma morte limpa numa luta assim era sortudo. Os feridos eram tomados não por causa da informação, mas por vingança, e a guerra nos morros entre os espanhóis e os franceses era uma terrível história de dor medonha. Enquanto falava, Kearsey folheava as páginas de sua Bíblia que não dava para ser vista.

— De dia os homens são pastores, agricultores, moleiros, mas à noite são matadores. Para cada francês que nós matamos eles matam dois. Pense em como isso é para os franceses, Sharpe. Cada homem, cada mulher, cada criança é um inimigo no campo. Até o catecismo mudou. "Os franceses são crentes verdadeiros?" "Não, eles são a prole do diabo, fazendo a obra dele, e devem ser erradicados." — Ele deu seu riso-latido.

Knowles esticou as pernas.

— As mulheres lutam, senhor?

— Lutam, tenente, como os homens. A filha de Moreno, Teresa, é tão boa quanto qualquer homem. Ela sabe emboscar, sabe perseguir. Eu já a vi matar.

Sharpe levantou os olhos e viu a névoa se prateando acima enquanto o alvorecer vazava por cima dos morros.

— É ela que vai se casar com El Católico?

Kearsey gargalhou.

— É. — Ele ficou quieto por um segundo. — Nem todos são bons, claro. Alguns são apenas bandoleiros saqueando seu próprio povo. — Ficou quieto de novo.

Knowles captou sua incerteza.

— Está falando de El Católico, senhor?

— Não. — Kearsey ainda parecia incerto. — Mas ele é um homem duro. Eu o vi esfolar um francês vivo, centímetro a centímetro, ao mesmo tempo que rezava por ele.

Knowles fez um som de nojo, mas Kearsey, agora visível, balançou a cabeça.

— Você deve entender, tenente, o quanto eles odeiam. A mãe de Teresa foi morta pelos franceses e não morreu bem. — Ele espiou para a Bíblia, tentando ler, depois levantou os olhos para a névoa que ia clareando. — Precisamos andar. Casatejada fica a duas horas de marcha. — Levantou-se. — Vocês vão achar melhor amarrar as botas em volta do pescoço enquanto atravessamos o rio.

— Sim, senhor. — Sharpe disse isso com paciência. Provavelmente havia atravessado mil rios em seus anos como soldado, mas Kearsey insistia em tratá-los como puros amadores.

Assim que cruzaram o Águeda, com água fria até a cintura, estavam além das mais avançadas patrulhas inglesas. A partir dali não havia esperança de nenhuma cavalaria amigável, nem do capitão Lossow com seus sabres alemães para ajudar a saírem de encrenca. Aquilo era território francês, e Kearsey cavalgava adiante, examinando a paisagem em busca de sinais do inimigo. Os morros eram o território de caça francês, local de incontáveis encontros pequenos e sangrentos entre cavalarianos e guerrilheiros, e Kearsey guiou a Companhia Ligeira através de caminhos no alto das encostas, de modo que se alguma patrulha inimiga aparecesse eles pudessem subir rapidamente nas pedras altas onde os cavaleiros não conseguiriam segui-los. A companhia parecia empolgada, feliz em estar perto do inimigo, e os homens riam para Sharpe enquanto ele os olhava passar pela trilha de cabras.

Agora Sharpe tinha apenas vinte fuzileiros, incluindo ele próprio e Harper, dos 31 sobreviventes que comandara a partir do horror da retirada para Corunna. Os casacas verdes eram homens bons, os melhores do exército, e Sharpe sentia orgulho deles. Daniel Hagman, o velho caçador, que era o melhor atirador. Parry Jenkins, 1,62 metro de loquacidade galesa, capaz de atrair peixes para fora das águas mais relutantes. Jenkins, em batalha, era parceiro de Isaiah Tongue, educado em livros e álcool, que acreditava que Napoleão era um gênio esclarecido, que a Inglaterra era uma tirania hedionda, mas mesmo assim lutava com a fria deliberação de um bom fuzileiro. Tongue escrevia cartas para os outros homens da companhia, lia suas correspondências esporádicas quando elas chegavam e queria tremendamente discutir suas ideias de igualdade com Sharpe, mas não ousava. Eram bons homens.

Os outros 33 eram todos casacas vermelhas, armados com o mosquete Brown Bess, de cano liso, mas haviam se provado em Talavera e nas tediosas patrulhas de inverno. O tenente Knowles ainda sentia uma admiração reverente por Sharpe, mas era um bom oficial, decidido e justo. Sharpe assentiu para James Kelly, um cabo irlandês, que deixara o batalhão pasmo ao se casar com Pru Baxter, uma viúva 30 centímetros mais alta e 40 quilos mais pesada do que o magricelo Kelly, mas o irlandês mal parara de sorrir nos três meses desde o casamento. O sargento Read, o metodista, que se preocupava com as almas da companhia, e devia se preocupar mesmo. Na maioria eram criminosos que evitavam a justiça através do alistamento, e quase todos eram bêbados, mas estavam na companhia de Sharpe e ele iria defendê-los, até mesmo os inúteis como o soldado Batten ou o soldado Roach, que alcovitava a esposa por 1 xelim de cada vez.

O sargento Harper, o melhor de todos, andava ao lado de Sharpe. Junto à arma de sete canos ele pendurara dois sacos com os pertences de homens que estavam caindo de cansaço depois da marcha noturna. Ele balançou a cabeça para a frente.

— E agora, senhor?

— Pegamos o ouro e voltamos. Simples.

Harper riu. Em batalha era selvagem, cantando as velhas histórias dos heróis gaélicos, dos guerreiros da Irlanda, mas longe da luta cobria a inteligência com um charme capaz de enganar o diabo.

— O senhor acredita nisso?

Sharpe não teve tempo de responder. Kearsey havia parado, 200 metros adiante, e apeado. Apontou para a esquerda, encosta acima, e Sharpe repetiu o gesto. A companhia moveu-se rapidamente para as pedras e se agachou enquanto Sharpe, ainda perplexo, corria para o major.

— Senhor?

Kearsey não respondeu. O major estava alerta, como um cão apontando a caça, mas Sharpe podia ver, pelos olhos dele, que Kearsey não tinha certeza do que o alarmara. O instinto, o melhor dom do soldado, estava funcionando, e Sharpe, que confiava em seu próprio instinto, não podia ver nada.

— Senhor?

O major assentiu para o topo do morro, a 800 metros dali.

— Está vendo aquelas pedras?

Sharpe via um monte de pedregulhos no pico do morro.

— Sim, senhor.

— Há uma pedra branca à vista, não é?

Sharpe assentiu, e Kearsey pareceu aliviado por seus olhos não o terem enganado.

— Isso significa que o inimigo está circulando. Venha.

O major puxou o cavalo, Marlborough, para o amontoado de pedras, e Sharpe o acompanhou com paciência, imaginando quantos outros sinais secretos haviam sido passados à noite. Os homens da companhia estavam curiosos, mas em silêncio, e Kearsey os guiou por cima da crista, até um vale cheio de pedras, e depois de novo para o leste, de volta em direção à aldeia onde o ouro estaria esperando.

— Eles não vão estar aqui em cima, Sharpe. — O major parecia ter certeza.

— Onde, então?

Kearsey assentiu adiante, para além da cabeça do vale. Parecia preocupado.

— Casatejada.

Ao norte, por cima do topo dos morros, um amontoado de nuvens estava agourento e parado no horizonte, mas afora isso o céu arqueava num azul intocado por cima da grama clara e das pedras. Aos olhos de Sharpe não havia nada estranho na paisagem. Um tordo das pedras, espantado e ruidoso, voou para longe do caminho da companhia, e Sharpe viu Harper sorrir de prazer. O sargento poderia ter passado toda a vida observando pássaros, mas deu apenas alguns segundos de atenção ao tordo antes de examinar o horizonte de novo. Tudo parecia inocente, um vale alto ao sol da manhã, no entanto toda a companhia estava alerta por causa do conhecimento súbito do major.

Um quilômetro e meio adiante no vale, enquanto as laterais começavam a ficar planas até um topo de morro desolado, Kearsey amarrou Marlborough numa pedra. Falou com o cavalo, e Sharpe soube que, em muitos dias solitários, atrás das linhas francesas, o pequeno major teria apenas o ruão grande e inteligente como companheiro. O major se virou de novo para Sharpe, com a rouquidão de volta.

— Venha. Fique abaixado.

O horizonte era na verdade uma crista falsa. Para além havia uma ravina em forma de tigela, e, ao passar correndo por cima da borda, Sharpe percebeu que Kearsey os havia trazido para um ponto de observação no alto dos morros, acima do qual ficava apenas o pico com sua pedra branca, alertando. Era uma passagem íngreme por cima da borda, impossível para um cavalo, e a companhia desceu atabalhoadamente até a tigela e sentou-se, agradecida pelo descanso, enquanto Kearsey chamava Sharpe até o lado oposto.

— Fique abaixado!

Os dois oficiais usaram as mãos e os pés para subir a face interna da tigela e depois olharam pela borda.

— Casatejada. — Kearsey falava quase de má vontade, como se não quisesse compartilhar essa aldeia alta e secreta com outro inglês.

Casatejada era linda: uma pequena aldeia num vale alto onde dois riachos se encontravam e irrigavam terra suficiente para manter cerca de quarenta casas cheias de comida. Sharpe começou a memorizar a aparência do lugar, a 3 quilômetros de distância, desde a alta torre de fortaleza numa das extremidades da rua principal, lembrança de que esse era um

BERNARD CORNWELL

território de fronteira, passando além da igreja indo até a única casa grande na outra extremidade da rua. Não ousou usar seu telescópio, apontando-o para o leste em direção ao sol nascente que poderia se refletir na lente, mas mesmo sem ele podia ver que a casa era construída em volta de um pátio cheio de plantas e que dentro do muro exterior havia estábulos e construções externas. Perguntou a Kearsey sobre a casa.

— É a casa de Moreno, Sharpe.

— Ele é rico?

Kearsey deu de ombros.

— Era. A família era dona de todo o vale e de um monte de outras terras. Mas quem é rico com os franceses aqui? — O olhar de Kearsey saltou para a esquerda, acompanhando a rua. — O *castillo*. Agora está em ruínas, mas eles costumavam se refugiar lá de ataques feitos por cima dos morros.

Não havia animais à vista, nem seres humanos, só o vento agitando a cevada que deveria ter sido colhida. A única rua da aldeia estava vazia, e Sharpe deixou o olhar viajar para além da igreja, por um pasto plano, até algumas fruteiras retorcidas, e ali, meio escondida pelo pomar, havia outra igreja e uma torre de sino.

— O que é a igreja mais distante?

— Um eremitério.

— Eremitério?

Kearsey resmungou.

— Algum homem santo viveu lá, há muito tempo, e eles construíram o templo. Agora não é usado, a não ser o cemitério.

Sharpe pôde ver o cemitério murado através das árvores. Kearsey assentiu para o eremitério.

— É lá que está o ouro.

— Onde foi escondido?

— Na câmara mortuária de Moreno, dentro do eremitério.

A rua da aldeia atravessava a visão de Sharpe, da esquerda para a direita. À direita, ao sul, a rua virava uma estrada que desaparecia nas sombras roxas na extremidade mais distante do vale, a quilômetros de distância, mas à esquerda a estrada chegava mais perto dos morros antes de sumir nas encostas. Ele apontou.

— Aonde ela vai?

— Ao vau em San Anton. — Kearsey mordia o bigode cinza, olhando para a pedra branca no topo do morro, e de volta para a aldeia. — Eles devem estar lá.

— Quem?

— Os franceses.

Nada se mexeu, a não ser o vento na cevada madura. O olhar de Kearsey subia e descia pelo vale.

— Uma emboscada.

— Como assim, senhor? — Sharpe começava a entender que, desse tipo de guerra, ele não sabia nada.

Kearsey falou baixinho:

— O cata-vento da igreja. Está se movendo. Quando estão na aldeia os guerrilheiros o prendem com uma haste de metal para a gente saber que eles estão lá. Não há animais. Os franceses os mataram para comer. Estão esperando na aldeia, Sharpe, e querem que os guerrilheiros pensem que eles foram embora.

— E vão pensar?

Kearsey fez um grunhido asmático.

— Não. São espertos demais. Os franceses podem esperar o dia inteiro.

— E nós, senhor?

Kearsey lançou um dos seus olhares ferozes para Sharpe.

— Esperamos também.

Os homens haviam empilhado as armas no piso da tigela, e, à medida que o sol subia usaram-nas sustentando sobretudos abertos para lhes dar sombra. A água nos cantis estava salobra mas bebível, e a companhia resmungava porque, antes de saírem de Almeida, Sharpe, Harper e Knowles tinham praticamente despido cada homem e tirado 12 garrafas de vinho e duas de rum. Mesmo assim, Sharpe sabia, alguém teria bebida, mas não o suficiente para causar qualquer mal. O calor do sol aumentou, assando as pedras, enquanto a maior parte da companhia dormia com as cabeças apoiadas nas mochilas, e sentinelas observavam a paisagem vazia ao redor da ravina escondida. Sharpe se sentia frustrado. Podia subir à borda da ravina, ver onde o ouro estava guardado, ver onde a sobrevivência do exército se escondia num vale aparentemente desabitado, mas não podia fazer nada. Enquanto o meio-dia se aproximava, dormiu.

— Senhor! — Harper o sacudia. — Temos ação.

Sharpe não havia dormido mais de 15 minutos.

— Ação?

— No vale, senhor.

A companhia estava se mexendo, olhando ansiosa para Sharpe, mas ele sinalizou para ficarem quietos. Em vez disso, deviam conter a curiosidade e ficar esperando enquanto Sharpe e Harper subiam ao lado de Kearsey e Knowles até a borda da rocha. Kearsey ria.

— Olhem isso.

Vindos do norte, de uma trilha que descia das altas pastagens, cinco cavaleiros trotavam lentamente para a aldeia. Kearsey estava com seu telescópio estendido, e Sharpe pegou o dele.

— Guerrilheiros, senhor?

Kearsey confirmou com a cabeça.

— Três.

Sharpe apanhou sua luneta, com os dedos sentindo a placa de latão, e encontrou o pequeno grupo de cavaleiros. Os espanhóis cavalgavam de costas eretas e tranquilos, parecendo relaxados e confortáveis, mas seus dois companheiros eram muito diferentes. Eram homens nus, amarrados às selas, e através do telescópio Sharpe pôde ver a cabeça deles se sacudindo de medo, imaginando o que iria lhes acontecer.

— Prisioneiros. — Kearsey disse a palavra com ferocidade.

— O que acontecerá? — Knowles estava se remexendo inquieto.

— Espere. — Kearsey continuava rindo.

Nada se mexia na aldeia. Se os franceses estivessem ali, estavam bem escondidos. Kearsey deu um risinho.

— Os emboscadores foram emboscados!

Os cavaleiros haviam parado. Sharpe girou o telescópio de volta. Um espanhol segurava as rédeas dos cavalos dos prisioneiros enquanto os outros apeavam. Os homens nus foram puxados das selas, e as cordas que haviam amarrado suas pernas sob a barriga dos cavalos foram usadas para atar seus tornozelos bem apertados. Então mais corda foi apanhada, e os dois franceses foram amarrados atrás dos cavalos. Knowles havia pedido emprestado o telescópio de Sharpe e empalideceu por baixo da pele bronzeada, chocado com a visão.

— Eles não vão correr até longe — disse o tenente com um pouco de esperança.

Kearsey balançou a cabeça.

— Vão sim.

Sharpe pegou o telescópio de volta. Os guerrilheiros tiravam suas bolsas de sela e voltavam aos cavalos aos quais os homens estavam amarrados.

— O que eles estão fazendo, senhor?

— É cardo.

Sharpe entendeu. Ao longo dos caminhos e nas pedras altas cresciam enormes arbustos de cardo, às vezes da altura de um homem, e os espanhóis estavam enfiando os brotos das plantas espinhentas embaixo das selas vazias, um cavalo de cada vez. O primeiro cavalo começou a lutar, empinando, mas o seguraram com firmeza até que, com um último tapa forte em sua anca, o animal foi solto e saiu correndo, enfurecido de dor. O prisioneiro foi puxado bruscamente pelas pernas e arrastado numa nuvem de poeira atrás do animal raivoso.

O segundo cavalo seguiu, puxando à esquerda e à direita, ziguezagueando atrás do primeiro em direção à aldeia. Os três espanhóis montaram e deixaram os cavalos imóveis, em silêncio. Um deles tinha um charuto comprido e, através do telescópio, Sharpe viu a fumaça pairar sobre o campo.

— Santo Deus. — Knowles ficou olhando, incrédulo.

— Não precisa blasfemar. — A reprimenda carrancuda de Kearsey não escondia a empolgação em sua voz.

Os dois homens nus e amarrados estavam invisíveis na poeira, mas, quando os cavalos se desviaram de uma pedra, Sharpe captou um vislumbre, um clarão através da nuvem, de um corpo riscado de vermelho, e depois o cavalo estava correndo de novo. Nesse ponto os franceses estariam inconscientes, a dor teria sumido, mas os guerrilheiros haviam adivinhado certo, e Sharpe viu os primeiros movimentos na aldeia enquanto o portão da grande casa de Cesar Moreno era aberto, e a cavalaria, escondida durante toda a manhã, saía para a rua. Sharpe viu calças azul-celeste, paletós marrons e os altos gorros de pele.

— Hussardos.

— Espere. Esta é a parte inteligente. — Kearsey não podia esconder a admiração.

Os hussardos, com os sabres desembainhados, seguiram a meio-galope pela rua até encontrar os cavalos com seus terríveis acessórios. Parecia que o plano espanhol era terminar em anticlímax, já que os hussardos resgatariam os dois franceses sangrentos na extremidade norte da aldeia, mas então os dois cavalos perceberam a cavalaria. Pararam.

— Jesus — murmurou Harper. Ele estava usando o telescópio de Sharpe.

— Um daqueles desgraçados está se mexendo.

Sharpe conseguia vê-lo. Longe de inconsciente, um dos franceses nus tentava sentar, uma massa de sangue se retorcendo, mas de repente foi puxado de volta à estrada, arrastado terrivelmente, e os cavalos se moviam, afastando-se dos hussardos, separando-se num galope louco e em pânico. Kearsey assentiu, satisfeito.

— Eles não chegam perto da cavalaria francesa, a não ser que estejam sendo montados. Estão acostumados demais a fugir dela.

Houve caos no vale. Os cavalos, com a dor causada pelos espinhos, circulavam feito loucos nos campos; os hussardos, abandonando qualquer organização, tentavam alcançá-los, e, quanto mais perto os franceses chegavam, mais os cavalos espanhóis levavam a massa desorganizada para o norte. Sharpe achou que haveria uns cem franceses, em grupos indisciplinados, atravessando o campo para um lado e para o outro. Olhou de volta para a aldeia, viu mais cavaleiros parados na rua, observando a perseguição, e se perguntou como se sentiria caso aqueles dois corpos fossem de seus homens, e soube que faria o que os franceses estavam fazendo: tentaria resgatá-los.

— Que bom. — Knowles parecia, instintivamente, ter passado para o lado dos franceses.

Um dos cavalos fora apanhado e acalmado, e cavalarianos franceses apearam, e estavam soltando os arreios e desamarrando o prisioneiro. Uma corneta soou, chamando à ordem os hussardos espalhados que ainda corriam atrás do outro cavalo, e nesse exato momento, enquanto as notas da corneta chegavam à ravina, El Católico lançou seus cavaleiros dos morros ao norte. Eles desceram para cima dos franceses espalhados e em menor número formando uma longa linha, pretos, marrons e cinzentos, com espadas de todos os tipos seguras acima da cabeça, a poeira subindo atrás, enquanto, das rochas na colina, Sharpe via mosquetes disparando por cima da cabeça deles, contra os surpresos franceses.

Kearsey quase pulou de alegria por cima da crista. Seu punho bateu na rocha.

— Perfeito!

Os emboscadores haviam sido emboscados.

CAPÍTULO V

El Católico levou os cavaleiros para fora da segurança dos morros, e Sharpe o encontrou com o telescópio. Kearsey resmungou uma descrição, mas mesmo sem ela Sharpe teria reconhecido o homem alto como sendo o líder.

5. — Capa cinza, botas cinza, rapieira comprida, cavalo preto.

Kearsey estava batendo o punho na pedra, como se instigasse os guerrilheiros cada vez mais para perto dos franceses que davam meia-volta. Sharpe examinou a linha da guerrilha, procurando o azul e prata de um Dragão do Príncipe de Gales, mas não viu nenhum sinal do capitão Hardy.

10. Lembrou-se de Kearsey dizendo que a noiva de El Católico, Teresa, lutava como um homem, mas não viu nenhuma mulher na linha de ataque, apenas homens gritando em desafio enquanto os primeiros cavalos se encontravam e as espadas baixavam sobre os franceses em menor número.

Na aldeia as cornetas partiam o silêncio; homens corriam para monta-

15. rias nervosas, sabres sibilavam nas bainhas, mas El Católico não era idiota. Não lutaria contra um regimento para perder. Sharpe o viu acenando para seus homens, fazendo-os voltar, e o fuzileiro procurou com o telescópio, na poeira que obscurecia tudo, pistas do que estava acontecendo. Os franceses tinham sido duramente castigados. Em menor número numa relação

20. de dois para um, recuaram, levando as baixas, e a carga espanhola não lhes dera tempo de formar uma linha disciplinada. Sharpe viu prisioneiros arrastados pelos braços, voltando com os cavaleiros que tinham sido

O OURO DE SHARPE

disciplinados, presumivelmente por El Católico, para formar uma carga mortífera e depois sair do caminho do perigo. Sharpe admirou a ação. Os franceses engoliram a isca e depois foram feridos violentamente numa carga rápida. Mal haviam se passado dois minutos desde o surgimento dos espanhóis e, escondidos pela poeira, eles já retornavam aos morros, levando consigo mais prisioneiros cujo destino seria pior do que o dos dois homens que haviam atraído os hussardos para fora da segurança dos muros da aldeia. Só um homem ficou no vale.

El Católico parou seu cavalo e olhou os hussardos que se estendiam para fora da aldeia. Mais perto dele se achavam os sobreviventes da carga espanhola, e agora estes esporearam os cavalos para atacar o guerrilheiro solitário. El Católico parecia despreocupado. Instigou o seu cavalo a um meio-galope, para longe da segurança dos morros, passou em volta da cevada não colhida e olhou por cima do ombro enquanto os franceses chegavam perto. Uma dúzia de homens o perseguia, inclinando-se por cima da crina dos cavalos, sabres estendidos, e era certo que o alto líder guerrilheiro seria apanhado. Até que, no último momento, seu cavalo se desviou de lado, a fina rapieira surgiu, um francês tombou, e o grande cavalo preto com seu cavaleiro cinza seguia a pleno galope indo para o norte, e os hussardos se reuniam inseguros onde seu líder jazia morto. Sharpe assobiou baixinho.

Kearsey sorriu.

— Ele é o melhor espadachim da fronteira. Provavelmente da Espanha. Já o vi enfrentar quatro franceses, e ele jamais parava de recitar a oração pela morte dos inimigos.

Sharpe olhou para o vale. Uma centena de cavaleiros havia partido para resgatar os dois prisioneiros, e agora duas dúzias de hussardos estavam mortos ou capturados. Os guerrilheiros não tinham perdido ninguém; a velocidade de sua carga e da retirada garantira isso, e seu líder, ficando até o fim, dera um tapa na cara do orgulho francês. O cavalo preto ia a meio-galope em direção aos morros, mostrando força óbvia, e os franceses jamais pegariam El Católico.

Kearsey deslizou da crista.

— É assim que é feito.

Sharpe assentiu.

— Impressionante. A não ser por uma coisa.

A sobrancelha feroz subiu.

— O quê?

— O que os franceses estão fazendo na aldeia?

Kearsey deu de ombros.

— Limpando um ninho de vespas. — Ele balançou a mão em direção ao sul. — Lembre-se de que a estrada principal deles fica por lá. Todos os suprimentos para um cerco a Almeida passam por esta área, e quando invadirem Portugal de verdade tudo virá por aqui. Eles não querem guerrilheiros em sua retaguarda. Estão tirando-os, ou tentando tirá-los.

A resposta fez sentido para Sharpe, mas ele estava preocupado.

— E o ouro, senhor?

— Está escondido.

— E Hardy?

Kearsey se aborreceu com as perguntas.

— Está em algum lugar, Sharpe; não sei. Pelo menos El Católico está aqui, de modo que não precisamos de amigos! — Ele deu seu riso-latido e depois puxou o bigode. — Acho que seria sensato avisar a ele que chegamos. — Kearsey desceu pelo interior da ravina. — Mantenha seus homens aqui, Sharpe. Eu irei até El Católico.

Knowles pareceu aflito.

— Não é perigoso, senhor?

Kearsey lançou um olhar de pena para o tenente.

— Eu não planejava atravessar a aldeia, tenente. — Em seguida sinalizou para o norte. — Vou rodear por trás. Vejo vocês de novo esta noite, provavelmente tarde. Não acendam nenhuma fogueira! — Ele foi caminhando, com as pequenas pernas urgentes, e Harper esperou até que estivesse fora do alcance da audição.

— O que ele acha que a gente ia fazer? Pedir fogo emprestado aos franceses? — Olhou para Sharpe e arqueou as sobrancelhas. — Tremenda confusão, senhor.

— É.

Mas não era muito ruim, decidiu Sharpe. Os franceses não poderiam ficar para sempre; os guerrilheiros voltariam à aldeia, e então haveria apenas o pequeno problema de convencer El Católico a deixar os ingleses "escoltarem" o ouro para Lisboa. Virou-se de volta na direção do vale, olhou os hussardos levando seus cavalos desconsoladamente para a aldeia, um deles carregando o horror ensanguentado que fora um dos prisioneiros nus, depois espiou o eremitério. Uma pena aquilo estar do outro lado do vale, para além da aldeia, caso contrário ele ficaria tentado a examinar o lugar aquela mesma noite, com ou sem Kearsey. A ideia se recusou a ir embora, e Sharpe ficou ali deitado, com o sol quente nas costas, pensando numa dúzia de motivos para não tentar e em um gigantesco motivo, maior do que todos, para fazê-lo.

O vale se acomodou em paz. O sol queimava o capim, tornando-o de um marrom mais pálido, e no horizonte norte as grandes nuvens continuavam. Haveria chuva dentro de uns dois dias, pensou Sharpe, e então voltou a analisar mentalmente a rota que planejara: descer a encosta até a estrada que levava ao vau em San Anton, prosseguir até a grande pedra que devia ser um marco natural e depois seguir a borda do campo de cevada até as fruteiras retorcidas. Para além das árvores havia outro campo de cevada que daria boa cobertura, e de lá eram apenas 50 metros de terreno aberto até o cemitério e o eremitério. E se o eremitério estivesse trancado? Descartou a ideia. Uma dúzia de homens da companhia já ganhara a vida abrindo fechaduras das quais não tinham direito de estar perto; uma fechadura não era problema, mas então haveria a tarefa de encontrar o ouro. Kearsey dissera que ele estava na câmara mortuária de Moreno, que deveria ser bastante fácil de achar, e ele deixou a imaginação brincar com a possibilidade de encontrar o ouro no meio da noite, a apenas 200 metros de um regimento francês, e trazê-lo em segurança para a ravina antes do amanhecer. Harper estava deitado ao lado, com os mesmos pensamentos.

— Eles não vão sair da aldeia, senhor. Não à noite.

— Não.

— Vai ser meio difícil achar o caminho.

Sharpe apontou para a rota que planejara.

— Hagman vai na frente.

Harper assentiu. Daniel Hagman tinha uma capacidade espantosa de encontrar o caminho no escuro. Sharpe costumava se perguntar como o velho caçador ilegal chegara a ser apanhado, mas supunha que uma noite o sujeito de Cheshire teria bebido demais. Era a história de sempre. Harper tinha mais uma objeção.

— E o major, senhor?

Sharpe não disse nada, e Harper assentiu.

— Como quiser, senhor. Dane-se a porcaria do major. — O sargento irlandês riu. — Podemos fazer isso.

Sharpe ficou deitado ao sol que descia no oeste, olhando o vale, seguindo a rota que havia planejado, até que concordou. Podia ser feito. Que Kearsey se danasse. Imaginou a câmara mortuária com uma enorme tampa de pedra; viu-a, na mente, sendo puxada para trás, revelando um monte de moedas de ouro que salvariam o exército, derrotariam os franceses e se perguntou de novo por que o dinheiro era necessário. Teria de levar toda a companhia, postar uma fiada de guardas para vigiar a aldeia, de preferência fuzileiros, e o ouro teria de ir nas mochilas deles. E se houvesse mais do que poderiam carregar? Então teriam de carregar o que pudessem. Pensou numa distração, um pequeno grupo de fuzileiros na extremidade sul do vale para desviar a atenção dos franceses, mas rejeitou a ideia. Mantenha a coisa simples. Ataques noturnos podiam dar desastrosamente errado, e a menor complicação poderia transformar um plano bem pensado numa horrível confusão que custaria vidas. Sentiu a empolgação crescer. Poderiam fazer aquilo!

A princípio o toque de corneta foi tão fraco que mal penetrou na consciência de Sharpe. Pelo contrário, foi o súbito estado de alerta de Harper que o acordou, arrastou sua mente do ouro embaixo da câmara mortuária de Moreno, e o fez xingar enquanto olhava a estrada que desaparecia no nordeste.

— O que foi aquilo?

Harper fitou o vale vazio.

— Cavalaria.

— No norte?

O sargento assentiu.

— Mais perto de nós do que os guerrilheiros estavam, senhor. Tem algo acontecendo lá em cima.

Esperaram, em silêncio, e observaram o vale. Knowles subiu atrás deles.

— O que está acontecendo?

— Não sei. — O instinto de Sharpe, tão adormecido naquela manhã, subitamente gritava para ele. Virou-se e chamou a sentinela do outro lado da ravina. — Está vendo alguma coisa?

— Não, senhor.

— Lá!

Harper apontava para a estrada. Kearsey estava à vista, a meio-galope no ruão, indo em direção à aldeia e olhando por cima do ombro. Em seguida o major saiu da estrada, começou a cobrir o terreno áspero em direção às encostas onde os guerrilheiros haviam desaparecido numa entrada escondida para um dos vales retorcidos que se derramavam no vale principal.

— Que diabo foi aquilo?

A pergunta de Sharpe foi respondida assim que ele falou. Atrás de Kearsey havia um regimento, fileiras e mais fileiras de cavaleiros vestidos de azul e amarelo, cada um usando um estranho chapéu amarelo, mas essa não era a característica mais esquisita. Em vez de espadas os cavaleiros carregavam lanças, armas compridas, com ponta de aço, com penachos vermelhos e brancos. Quando o major se virou para fora da estrada os lanceiros bateram os calcanhares, baixaram as pontas das lanças e a corrida começou. Knowles balançou a cabeça.

— O que são eles?

— Lanceiros poloneses.

A voz de Sharpe estava séria. Os poloneses tinham reputação na Europa; eram guerreiros malignos, guerreiros eficazes. Esses eram os primeiros que ele encontrava em sua carreira. Lembrou-se do rosto indiano com bigode, atrás da lança comprida, lembrou-se do giro, do modo como o homem jogara com ele, e do golpe final que prendera o sargento Sharpe a uma árvore e o mantivera ali até que os homens do sultão Tipu chegaram e arrancaram a lâmina afiadíssima da lateral do seu corpo. Ele ainda tinha a cicatriz. Lanceiros desgraçados.

— Eles não vão pegá-lo, senhor. — Knowles pareceu muito seguro.

— Por quê?

— O major me explicou, senhor. Marlborough é alimentado com milho, e a maioria dos cavalos de cavalaria são alimentados com capim. Um cavalo alimentado com capim não pode alcançar um cavalo alimentado com milho.

Sharpe levantou as sobrancelhas.

— Alguém contou isso aos cavalos?

Os lanceiros se aproximavam dele, devagar e continuamente, mas Sharpe suspeitou que Kearsey estivesse economizando a força do grande cavalo. Olhou os poloneses e se perguntou quantos regimentos de cavalaria os franceses teriam jogado nos morros para varrer os bandos de guerrilheiros. Perguntou-se quanto tempo eles ficariam.

Sharpe, que abrira seu telescópio, encontrou Kearsey e viu o major olhar por cima do ombro e instigar Marlborough para ir mais depressa. O grande ruão respondeu, aumentando a distância com relação aos lanceiros mais próximos, e Knowles aplaudiu.

— Ande, senhor!

— Eles devem tê-lo pegado atravessando a estrada, senhor — disse Harper.

Marlborough estava tirando o major da encrenca, aumentando a distância, galopando com facilidade. Kearsey nem havia se incomodado em desembainhar o sabre, e Sharpe começava a relaxar quando de repente o grande cavalo empinou, torceu-se de lado e Kearsey caiu.

— Que diab...

— Curiango maldito! — Harper tinha visto um pássaro levantar voo, espantado, logo embaixo do focinho do cavalo.

Sharpe se perguntou, de modo irrelevante, como o irlandês podia ter identificado o pássaro a tamanha distância. Focalizou o telescópio de novo. Kearsey estava de pé, Marlborough não se ferira, e o homenzinho se esticava desesperadamente para pôr o pé no estribo. A corneta soou de novo, e o som foi retardado pela distância, mas Sharpe já vira os lanceiros esporeando os cavalos, estendendo suas armas de quase 3 metros, e trincou os dentes enquanto Kearsey parecia demorar uma eternidade para subir à sela.

— Onde está El Católico? — perguntou Knowles.

— A quilômetros daqui. — Harper parecia soturno.

O cavalo avançou de novo, os calcanhares de Kearsey batendo para trás, mas os lanceiros se encontravam desesperadamente próximos. O major virou o ruão encosta abaixo, em direção à aldeia, deixando a velocidade aumentar antes de se virar de novo, mas o cavalo parecia sem fôlego ou amedrontado. A cabeça do ruão se sacudia nervosamente, Kearsey o instigava, e, no momento em que Sharpe soube que os lanceiros iriam pegá-lo, o major também percebeu isso. Fez um círculo de volta, com a espada desembainhada, e Knowles gemeu.

— Ele talvez ainda consiga — disse Harper gentilmente, como se falasse com um recruta nervoso no campo de batalha.

Quatro lanceiros estavam mais perto do major. Este esporeou na direção deles, escolheu um, e Sharpe viu o sabre, com a ponta virada para baixo, erguido na mão de Kearsey. Marlborough havia se acalmado, e enquanto os lanceiros chegavam trovejando, Kearsey tocou as esporas, o cavalo saltou adiante, e o major empurrou a lança da direita para o lado, girou o punho com a velocidade de um espadachim treinado, e um polonês caiu decapitado no chão.

— Lindo! — Sharpe ria. Depois que um homem passava pelo fio de navalha da ponta de uma lança, estava seguro.

Kearsey passara, deitando-se sobre o pescoço de Marlborough, instigando o cavalo em direção aos morros, mas o primeiro esquadrão de lanceiros vinha logo atrás dos colegas, a pleno galope, e o esforço era inútil. Uma nuvem de poeira engolfou o inglês, as pontas prateadas desapareceram na tempestade, e Kearsey estava preso, apenas com a espada para salvá-lo. Um homem se separou da luta segurando a barriga, e Sharpe soube que o sabre havia aberto as entranhas do cavalariano. A poeira subia como fumaça de canhão. As pontas de lanças eram forçadas para cima na confusão, e uma vez — Sharpe não teve certeza — pensou ter visto a luz do sabre erguido. Era magnífico, sem esperança, um homem contra um regimento, e Sharpe viu a agitação diminuir, a poeira pairar em direção ao traiçoeiro ninho do curiango e as pontas de lança baixando para descansar. Era o fim.

— Pobre coitado. — Harper não estivera ansioso por orações na companhia, mas nunca desejara que lanceiros levassem embora essa perspectiva desagradável.

— Ele está vivo! — Knowles apontava. — Olhem!

Era verdade. Sharpe pousou a luneta na borda rochosa do penhasco e viu o major cavalgando entre dois de seus captores. Havia sangue em sua coxa, muito sangue, e Sharpe viu Kearsey tentando estancar com os dois punhos o fluxo onde uma ponta de lança rasgara sua perna direita. Era uma boa captura para os poloneses. Um oficial explorador que eles poderiam manter durante alguns meses antes de trocar por um francês de igual patente. Podiam muito bem tê-lo reconhecido. Frequentemente os oficiais exploradores cavalgavam à vista do inimigo, com os uniformes reconhecíveis, contando com os cavalos rápidos para tirá-los de encrenca, e era possível que os franceses decidissem não trocar Kearsey durante meses; talvez até os ingleses serem expulsos de Portugal, pensou Sharpe com um sentimento de frustração.

O pensamento deprimente o fez olhar para o eremitério, meio escondido pelas árvores, o lugar improvável onde as esperanças de Wellington estavam colocadas. Sem Kearsey era mais importante ainda que a companhia tentasse encontrar o ouro naquela noite, mas então essas esperanças também foram destruídas. Metade dos lanceiros cavalgou com o prisioneiro até a aldeia, mas a outra metade, uma coluna em curva, trotou em direção ao cemitério e o eremitério. Sharpe xingou baixinho. Agora não havia esperança de encontrar o ouro naquela noite. A única chance que restava era esperar até que os franceses fossem embora, até pararem de usar a aldeia e o eremitério como base para a campanha contra os guerrilheiros nos morros. E quando os franceses fossem embora, El Católico viria, e Sharpe não tinha dúvida de que o espanhol alto, de capa cinza, usaria todo esforço para impedir que os britânicos levassem o ouro. Só um homem tinha chance de convencer o líder guerrilheiro, e esse homem estava preso, ferido, nas mãos dos lanceiros. Sharpe recuou do topo, virou-se e olhou para a companhia.

Harper desceu ao lado dele.

— O que vamos fazer, senhor?

— Fazer? Vamos lutar. — Sharpe segurou o punho da espada. — Ficamos como espectadores por tempo suficiente. Vamos resgatar o major esta noite.

Knowles ouviu e virou o rosto atônito para eles.

— Resgatar, senhor? Há dois regimentos lá!

— E daí? São só oitocentos homens. Nós somos 53.

— E uma dúzia é de irlandeses. — Harper riu para o tenente.

Knowles desceu atabalhoadamente o barranco, olhando-os, incrédulo.

— Com todo o respeito, senhor. O senhor está louco. — E começou a rir. — Está falando sério?

Sharpe assentiu. Não havia outra opção. Cinquenta e três homens deveriam dominar oitocentos, caso contrário a guerra estava perdida. Riu para Knowles.

— Pare de se preocupar! Vai ser simples!

E como, diabos, vamos fazer isso?, pensou.

CAPÍTULO VI

Sharpe zombou de si mesmo. Era muito simples. Bastava libertar o major quando dois dos melhores regimentos do exército francês esperavam um ataque noturno. A solução sensata, pensou, era ir para casa. Os franceses provavelmente já haviam pegado o ouro, a guerra estava perdida, e um homem sensato colocaria o fuzil no ombro e pensaria em ganhar a vida em seu país. Em vez disso, como um jogador que tivesse perdido tudo, menos um punhado de moedas, ele iria apostar tudo num último lance, um lance contra uma disparidade de 16 para um.

O que não era exatamente verdade, disse a si mesmo enquanto a companhia descia por uma trilha de cabras na escuridão. Sharpe se deitara na borda da ravina enquanto o sol caía no oeste e vira os preparativos dos franceses. Eles eram meticulosos, mas em sua defesa estava sua fraqueza, e Sharpe sentira a empolgação crescer por dentro, com o incipiente conhecimento do sucesso. Os franceses esperavam um ataque por parte dos guerrilheiros, pequenos grupos de homens silenciosos que usariam facas, ou então que disparariam mosquetes no escuro, e haviam se preparado para essa dificuldade. A aldeia não ajudava. As casas dos dois lados da rua estreita eram acotoveladas por construções externas baixas e em más condições; o todo formando um labirinto de becos e cantos escuros onde um assassino silencioso teria vantagem. Os franceses não tinham sentinelas avançadas. Colocar um pequeno grupo de homens nos campos era escrever sua sentença de morte, e os franceses, acostumados a esse tipo de luta, haviam se recolhido a fortalezas improvisadas. A maior parte da cavalaria estava na casa de Cesar Moreno, com seu amplo estábulo e o alto muro a toda volta. A outra fortaleza, a única construção com muro alto e suficientemente forte, era o eremitério com seu cemitério. As duas edificações estariam apinhadas, mas ambas em segurança contra as facas silenciosas, e para torná-las mais seguras os franceses haviam embarcado numa cruzada de destruição sistemática. Os casebres mais próximos da casa de Moreno tinham sido arrasados, e o ruído das grandes marretas nas paredes de pedra chegavam à ravina. E cada árvore, cada porta, cada pedaço de móvel fora cortado, transformado em lascas e colocado em montes que poderiam ser acesos, de modo que o presente da escuridão fosse negado a algum guerrilheiro que atacasse. Os franceses tinham vantagem, mas apenas contra guerrilheiros. Nem em seus sonhos mais loucos imaginariam o aparecimento súbito da infantaria britânica, cinturões cruzados no peito, nítidos à luz defensiva das fogueiras, mosquetes flamejando a morte disciplinada. Pelo menos era o que Sharpe esperava.

Ele possuía mais uma vantagem, pequena porém importante. Kearsey obviamente dera sua palavra de honra aos captores, sua promessa de cavalheiro, de que não tentaria escapar, e Sharpe vira o pequeno major mancando pela aldeia. A cada vez Kearsey voltara para a casa de Moreno, e finalmente, enquanto a luz se esvaía, Sharpe vira o major sentado num balcão, numa das poucas peças de mobília que restavam, de modo que ao menos seus salvadores soubessem onde ele estava. Tudo o que restava era invadir a casa, e para isso a velocidade era vital.

A marcha na escuridão pareceu demorar uma eternidade, mas Sharpe não ousava apressar os homens, por medo de se perderem. Eles escorregavam e xingavam as rochas; os cabos dos mosquetes batiam com som oco nas pedras; eles forçavam a vista à luz minúscula vinda da lua em forma de foice enevoada pelas nuvens do norte. A leste, as estrelas piscavam contra a silhueta dos morros, e, à medida que eles se aproximavam do piso do vale e a meia-noite ia chegando, os franceses acendiam fogueiras que atraíam a companhia como faróis na noite escura.

Harper estava ao lado de Sharpe.

— Eles estão se cegando, senhor.

Na segurança da luz das fogueiras os franceses não veriam nada para além da distância de um tiro de mosquete a partir dos muros. A noite ao redor seria um local de fantasia e formas estranhas. Até para Sharpe os marcos do terreno, que haviam parecido tão claros à luz do dia, agora assumiam formas monstruosas, até mesmo desapareciam, e ele parava com frequência, agachava-se e tentava filtrar o real do imaginário. As armas dos homens estavam carregadas, mas não engatilhadas, os cintos brancos escondidos por baixo dos sobretudos; a respiração alta na escuridão. Aproximaram-se da aldeia, afastando-se em ângulo da casa em direção ao norte, passando pela cevada madura e sentindo-se nus e óbvios no vale amplo. Sharpe forçou os sentidos procurando algum sinal revelador de que uma sentinela, no alto da casa de Moreno, fora alertada: o estalo de um fecho de carabina, o som raspado da espada de um oficial, ou, pior do que tudo, o súbito jorro de chamas quando alguém visse as formas escuras no campo. O esmagar do solo seco sob seus pés parecia ser ampliado até um volume terrível, mas ele sabia que o mesmo acontecia com os guardas inimigos. Esta era a pior hora da noite, quando os temores tomavam conta, e os hussardos e lanceiros dentro de seus muros ouviriam os lobos nos morros, os curiangos, e cada som seria um dobre de sinos por sua morte até que os sentidos fossem embotados, perdessem a confiança, e a noite meramente se tornasse um horror ao qual sobreviver.

Um clarão de luz.

— Abaixem-se! — sibilou Sharpe.

Jesus! Chamas chicotearam feito loucas na noite, cuspiram fagulhas que espiralaram na brisa, e então ele percebeu que os cavalarianos haviam acendido outra fogueira, uma das pilhas de madeira no espaço que fora limpo. Sharpe ficou no solo, ouvindo as batidas do coração, e procurou as formas escuras de cabanas abandonadas à sua frente. Estariam mesmo abandonadas? Será que os franceses teriam sido espertos e deixado qualquer observador nos morros pensar que todos estariam dentro dos muros protetores e bem iluminados? Será que as pequenas cabanas, os becos, não estariam salpicados de homens esperando com sabres? Respirou fundo.

— Sargento?

— Senhor?

— Você e eu. Tenente?

— Senhor?

— Espere aqui.

Sharpe e Harper avançaram, uniformes escuros fundindo-se à noite, e Sharpe conseguia ouvir cada farfalhar de sua casaca, cada estalo do cinto, e os muros altos pareciam conter o perigo em cada sombra. Sentiu-se tenso de ansiedade, os dentes trincados, esperando o tiro zombeteiro, mas em vez disso sua mão se estendeu e tocou uma parede de pedra. Harper estava ao lado, e Sharpe continuou, entrando num beco que fedia a esterco, e seu instinto começou a retornar.

Não havia ninguém na aldeia. Harper, uma sombra vasta, atravessou o beco e se agachou perto da rua principal. Um fogo tremulou na extremidade dela, lançando sombras loucas, mas os casebres estavam abandonados, e Sharpe relaxou aliviado. Os dois voltaram ao muro exterior, e Harper assobiou baixinho, três baixos sons, e as sombras na cevada se encurvaram e se moveram, a companhia avançando para o abrigo do muro.

Sharpe encontrou Knowles.

— Vamos ficar deste lado da casa. Fuzileiros primeiro. Esperem os sinais.

Knowles assentiu e seus dentes relampejaram, brancos, quando ele sorriu. Sharpe podia sentir a empolgação da companhia, a confiança, e se maravilhou com isso. Os homens estavam gostando daquilo, de atacar um número de inimigos 16 vezes maior, e não entendeu que era por causa dele. Harper sabia, Knowles sabia que o alto capitão dos fuzileiros, que não era dado a discursos empolgantes podia, mesmo assim, fazer com que sentissem que o impossível era apenas um pouquinho complicado e que a vitória era lugar-comum quando ele comandava.

Seguiram em corridas intermitentes ao lado do muro externo, os fuzileiros escoltando as sombras escuras, a companhia indo atrás, e o único momento de tirar o fôlego foi quando passaram sob a torre alta e escura da igreja. Um som veio do campanário, um sussurro musical, e os homens se imobilizaram, os olhos subitamente apavorados, e então veio o som de asas batendo, recuando no negrume, e os homens da companhia sussurraram juntos enquanto a coruja, que roçara uma asa contra o sino pendurado, desapareceu em sua caçada. Harper olhou para cima, viu o clarão branco e pensou nas corujas de celeiro que assombravam o vale em Tangaveane, no riacho que escorria dos leitos de turfa, na Irlanda.

— Alto! — a voz de Sharpe mal soou acima de um sussurro. Ele apontou. — Ali.

A companhia se apinhou num beco, com a luz da fogueira desconfortavelmente próxima. Sharpe espiou a rua com cautela, a pilha de entulho novo, e pela primeira vez pôde ver direito a frente da casa de Moreno. O muro era alto, com 2,50 metros ou 2,80, mas o grande portão duplo pelo qual os animais da fazenda podiam ser levados estava totalmente aberto. Dentro dava para ver rostos brancos olhando as fogueiras que eram a defesa principal e, atrás desses rostos, as sombras fracas de homens montados. Knowles não imaginara que os portões estariam abertos, mas para Sharpe isso era óbvio. Ele vira pelo telescópio que o muro da frente do pátio não tinha plataforma de tiro, onde os homens poderiam ficar e vigiar ou disparar contra guerrilheiros que atacassem, por isso os franceses não tinham opção. Ele sabia que manteriam o portão aberto e iluminariam a área na frente, de modo que, se algum guerrilheiro fosse idiota a ponto de atacar, os lanceiros poderiam jorrar para a área de matança com suas lâminas longas e penetrantes. E nenhum guerrilheiro seria idiota a ponto de atacar o portão. A frente da casa estava fortemente iluminada, o pátio armado e pronto, e o único perigo vindo da frente seria um ataque por parte de tropas treinadas. E isso, sabiam os franceses, era uma impossibilidade. Sharpe sorriu.

A fogueira diante do portão estalava e rugia, e seu barulho encobria os pés se arrastando e os grunhidos no beco. Os casacas vermelhas do South Essex lutavam para tirar os sobretudos, enrolá-los e enfiar o bolo nas mochilas. Sharpe sorriu para eles. Os fuzileiros, sem os cinturões brancos cruzados no peito que poderiam alertar os inimigos, se agachavam perto dele, alguns se remexendo de tão empolgados, todos querendo começar a ação, afastar os nervosos pensamentos de ansiedade.

Knowles passou entre os homens.

— Prontos, senhor.

Sharpe se virou para os fuzileiros.

— Lembrem-se. Tentem pegar os oficiais.

O fuzil Baker era uma arma mortal, lenta para ser carregada, porém mais precisa do que qualquer outra arma de fogo no campo de batalha. Os mosquetes, sob o comando do tenente Knowles, podiam espalhar a morte num arco amplo, mas os fuzis eram instrumentos de precisão. Assim que estivessem na casa, os casacas verdes poderiam procurar oficiais inimigos, matá-los e deixar a cavalaria sem líderes. Sharpe se virou de novo para a casa. Podia ouvir os murmúrios, as batidas de cascos no pátio, um homem tossindo. Então tocou o ombro de Harper, e os fuzileiros deslizaram para a rua, arrastando-se de barriga, escondidos nas sombras até terem formado uma linha atrás do entulho. Os fuzileiros iriam à frente, para atrair o fogo inimigo, começar o caos, e o resto estava por conta de Knowles: liderar a companhia em direção ao pesadelo da cavalaria. Sharpe esperou. Puxou a espada lentamente para fora da bainha, colocou-a à frente do corpo e esperou que seus homens colocassem as longas baionetas nos fuzis. Fazia muito tempo que não encarava o inimigo.

— Vamos!

Ele havia ordenado que gritassem, que berrassem, que parecessem monstros do inferno, e eles correram por cima do entulho, com os longos fuzis em silêncio, e os guardas junto ao portão giraram, levantaram as carabinas e atiraram cedo demais. Sharpe ouviu um projétil acertar uma pedra, viu Harper correr até a fogueira e agarrar, com as duas mãos, a ponta não queimada de um pedaço de madeira. O sargento girou-a e jogou a madeira acesa contra os cavaleiros que esperavam. Ela bateu no chão, explodiu em fagulhas e os cavalos empinaram. A espada de Sharpe estava alcançando o primeiro guarda que tentava largar uma carabina vazia e pegar o sabre. A espada acertou o hussardo na garganta; o homem agarrou a lâmina, pareceu balançar a cabeça e tombou, frouxo. Sharpe se virou para os fuzileiros.

— Venham!

O portão estava vazio; os cavalos, apavorados com o fogo lançado por Harper. Os fuzileiros se ajoelharam nas bordas e apontaram para o espaço iluminado pelas fogueiras. Vozes gritavam em línguas estranhas, balas lascavam o calçamento de pedras da entrada, e Sharpe, procurando desesperadamente no pátio sinais de sua defesa organizada, ouviu os primeiros estalos característicos dos fuzis Baker. Onde, diabos, estava Knowles? Girou e viu os casacas vermelhas correndo em volta da fogueira, entrando em formação, os mosquetes deliberadamente sem baionetas nas pontas, de modo a não retardar o recarregamento, e então a voz de Harper berrou para ele.

Ouviu dois disparos de fuzis, virou-se e viu um lanceiro correndo em sua direção. O cavalo sacudia a cabeça, os olhos refletindo a luz da fogueira, o cavaleiro agachado sobre o pescoço do animal, a lâmina de aço tentando alcançar Sharpe, que se jogou de lado, acertando a coluna do portão, viu a lança passar e sentiu o cheiro do cavalo nas narinas. Outro fuzil disparou e o animal relinchou. Os braços do polonês subiram, e homem e cavalo caíram de lado, e Sharpe corria à frente, para dentro do pátio.

Tudo era lento demais! Cortou as cordas dos cavalos amarrados. "Zap! Zap! Zap!" Um homem girou um sabre em sua direção, errou, e Sharpe cravou a espada no peito do hussardo. Ela ficou presa. Fuzileiros passaram correndo, gritando, incoerentes, as baionetas compridas impelindo franceses espalhados para dentro de portais escuros. Sharpe pôs o pé no cadáver e torceu a espada, soltando-a. Viu Harper correndo à frente, baioneta estendida, fazendo recuar um oficial que gritava pedindo socorro diante do irlandês gigantesco. O homem tropeçou, tombou para trás, os gritos se tornaram de pânico enquanto ele caía numa fogueira. Harper se virou, esqueceu-se dele, e Sharpe gritou para o sargento sair do caminho.

— Fuzileiros!

Soprou seu apito, gritou para eles, trouxe-os até a construção onde ele estava. Cavalos desgarrados corriam de um lado para o outro no pátio, galopavam para a entrada, empinavam enquanto a companhia, com os cintos brancos reluzindo, preenchia a entrada, e o tenente Robert Knowles começou a dar as ordens terríveis que arrepiariam qualquer francês que conhecesse o poder de fogo da infantaria britânica:

— Apontar! Só a primeira fila! Fogo!

Era a última coisa que os hussardos e lanceiros poderiam ter esperado. Em vez de guerrilheiros e facas silenciosas, estavam lutando contra uma máquina bem lubrificada que podia disparar quatro saraivadas por minuto. Os mosquetes flamejavam, fumaça jorrava no pátio, as balas de mosquetes, de três quartos de polegada, ricocheteavam entre as paredes.

— Fila de trás! Olhe o teto!

A primeira fila já estava pegando o próximo cartucho nas bolsas de munição, usando os dentes para tirar o projétil do cilindro envolto em papel, derramando a pólvora na arma mas guardando uma pitada para a caçoleta. A mão esquerda segurava a parte de cima do cano; a direita derramava a pólvora; a esquerda pegava o papel e rasgava a maior parte enquanto a direita mantinha a escorva entre o indicador e o polegar. O papel era empurrado frouxo no cano, os outros três dedos da mão direita levantavam a vareta no ar, uma bala era cuspida dentro da arma e socada com a vareta de aço. Uma vez bastava, e a vareta era tirada, a arma erguida e o tempo todo eles precisavam ignorar os gritos do inimigo, os projéteis de carabina, os cavalos relinchando, as fogueiras, e colocar a pitada de pólvora na caçoleta depois de a pederneira ser puxada para trás, e a fileira de trás havia disparado, clarão e explosão nos ouvidos, e o tenente Knowles, com a voz calma, ordenava uma chacina.

— Apontar! Fogo!

Era um serviço mecânico e nenhuma infantaria do mundo o fazia melhor, porque nenhuma infantaria no mundo, a não ser a britânica, treinava com munição de verdade. A matança como um relógio bem regulado. Fogo, recarregar, apontar, fogo, até os rostos estarem pretos, os olhos, ardendo com os grãos de pólvora lançados pela escorva a centímetros das faces, os ombros machucados pelo coice da arma, e o pátio adiante estava coberto de corpos dos inimigos, cheio de fumaça, e o tempo todo Knowles os havia levado adiante, dois passos de cada vez; os cavalos enlouquecidos haviam escapado para trás deles, e Sharpe vira o grupo de Hagman, composto por quatro fuzileiros, fechar o portão. Mal se passara um minuto.

— Para dentro! — Sharpe chutou uma porta, Harper se chocou contra ela, e os fuzileiros estavam dentro da casa.

Alguém disparou contra eles, uma pistola, mas o tiro passou longe, e Sharpe estava golpeando com a espada.

— Baionetas!

Os fuzileiros formaram linha, avançaram rosnando, e Sharpe viu que estavam num salão que era a área de oficiais, a mesa coberta de garrafas vazias, uma escada levando a quartos onde homens acordavam ao som da batalha.

Lá fora, no pátio, o tenente Knowles contava baixinho, mantendo o ritmo das saraivadas, e, ao mesmo tempo, olhava desesperadamente ao redor para ver onde o perigo poderia ameaçar. Podia ver Hagman, meio inclinado de lado, os outros fuzileiros de seu grupo carregando armas para o pequeno homem de Cheshire, e soube que qualquer oficial que mostrasse o rosto num balcão ou no telhado seria derrubado por seu fuzil. Seus próprios homens, suando à luz das fogueiras, avançavam passo a passo, atirando contra paredes e janelas, e ocorreu ao tenente que esta era apenas sua terceira luta de verdade. Ele estava empurrando o pânico para longe, o impulso de fugir em busca de abrigo, mas sua voz soava calma, e no barulho ele mal ouvia os tiros de carabina que batiam perto. Viu casacas vermelhas caindo, acertados pelo fogo inimigo, viu o sargento Read cuidando deles, e então, com uma expressão de pavor, de repente identificou o ruído borbulhante e os gritos que vinham incomodando seus tímpanos no último minuto. Tinha se desviado para evitar uma fogueira e viu, sacudindo-se nas chamas, um oficial francês. O homem parecia estar tentando alcançar o tenente, mãos enegrecidas enroladas como garras, e de sua garganta saía aquele barulho terrível. De repente Knowles se lembrou da espada que tinha na mão, a arma comprada por seu pai, e com uma careta chegou perto do homem e fechou os olhos, enquanto empurrava a ponta contra a garganta do sujeito. Parara de dar ordens, mas os homens não notaram nem sentiram falta. Disparavam suas saraivadas para as sombras, e Knowles abriu os olhos vendo que tinha matado seu primeiro homem com uma espada. E então a voz do sargento Harper estava dominando o pátio.

— Aqui, senhor!

Sharpe achou que um minuto e meio teria se passado desde que os fuzileiros atravessaram o portão. Contara, inconscientemente, as saraivadas no pátio, achando que àquela luz os homens disparariam um tiro a cada 15 segundos. Agora, na entrada principal da casa de Moreno, havia encrenca. Oficiais em cima da escada tinham visto o que estava acontecendo, encontrado colchões e a mobília que haviam mantido para seu uso e formado uma barricada. Sharpe precisava de poder de fogo, rápido e avassalador, para limpar o topo da escada.

— Sargento!

Seria suicídio subir. O irlandês enorme deu um passo na direção dos degraus, mas Sharpe o fez parar.

— Dê-me a arma!

Harper olhou para a arma de sete canos, riu e balançou a cabeça. Antes que Sharpe pudesse impedi-lo, o sargento havia saltado até o degrau de baixo, apontado para cima a arma temível e puxado o gatilho. Foi como se um pequeno canhão tivesse disparado na sala. Arrotou fumaça e chamas, embotou os tímpanos e, para horror de Sharpe, o sargento caiu para trás, jogado. Sharpe correu para ele, temendo o pior.

Harper riu.

— Isso é que é coice!

Sharpe subiu a escada de dois em dois degraus, com a espada à frente, vendo onde o tiro havia jogado a barreira para trás, sangue manchando uma parede, e então um oficial apontava uma pistola. Não havia nada que Sharpe pudesse fazer. Viu o gatilho ser puxado, o cão saltar à frente, e nada aconteceu. Em sua pressa e no pânico o francês se esquecera de pôr a escorva na caçoleta. Era uma sentença de morte. A espada baixou com força, cortando crânio e cérebro, e Sharpe agarrou os colchões, jogando-os para o lado, e a espada bateu contra os sabres finos de dois homens que haviam sobrevivido à arma de sete canos.

— Fuzis! — gritou Harper, que subia correndo a escada.

Sharpe estocou, feriu um homem, saltou de lado enquanto o outro girava o sabre loucamente, e então Harper surgiu ao seu lado, com a baioneta-espada golpeando de baixo para cima, e a plataforma ficou livre.

— Kearsey! — gritou Sharpe, esquecendo as sutilezas de patente. Pelo amor de Deus, onde está o desgraçado? — Kearsey!

— Sharpe? — O major, parado junto a uma porta, afivelava a calça. — Sharpe?

— Saia daqui, major!

— Minha palavra de honra!

— Você foi salvo! — Que se danasse a palavra de honra dele.

Uma porta se abriu no fim do corredor, um fuzil disparou, a porta se fechou. De repente Kearsey pareceu acordar.

— Por ali! — Apontou para uma porta fechada, do outro lado do corredor. — Dá para pular para fora da casa.

Sharpe assentiu. A plataforma parecia segura. Um oficial havia aberto uma porta no fim do corredor, mas um tiro de fuzil o dissuadira de se arriscar mais. Os casacas verdes estavam recarregando as armas, esperando ordens, e Sharpe foi até o topo da escada. Lá embaixo era o caos. A sala estava cheia de fumaça de mosquetes e era atravessada por chamas, segundo a segundo, enquanto os casacas vermelhas disparavam contra janelas, portas e passagens. Knowles havia parado de controlar os disparos muito antes. Agora cada homem atirava o mais rápido que podia, e os chumaços de papel queimando, expelidos atrás das balas de mosquete, incendiavam tapetes e cortinas. Sharpe pôs as mãos em concha.

— Tenente! Aqui em cima!

Knowles assentiu e se virou para seus homens. Sharpe encontrou Kearsey ao lado, pulando numa perna só enquanto calçava uma bota.

— Os fuzis vão cobri-los, major! Assuma!

Kearsey assentiu, não mostrou surpresa diante das ordens peremptórias de Sharpe, e o alto fuzileiro se virou para as portas fechadas. A primeira não estava trancada. O aposento se achava vazio, a janela convidativamente aberta, e Harper foi derrubar o que restava dos vidros e dos caixilhos. Sharpe experimentou a outra porta, ela resistiu, e ele a acertou com o ombro. A madeira em volta da fechadura se lascou facilmente e ele parou.

Na cama, com mãos e pés amarrados aos quatro postes grossos, havia uma garota. O cabelo escuro num travesseiro, vestido branco, lembrando

O OURO DE SHARPE

Josefina, e olhos que o encararam arregalados por cima de uma mordaça. Ela se sacudia e se retorcia, lutando para se livrar, e Sharpe ficou pasmo com a beleza súbita, com a ferocidade do seu rosto. Os tiros ainda soavam lá embaixo, um grito repentino, o cheiro de chamas pegando em madeira. Ele foi até a cama e cortou as cordas com a espada pesada. A jovem sacudiu a cabeça de lado, em direção ao canto sombreado do quarto, e Sharpe viu o movimento, abaixou-se depressa, ouviu a explosão e sentiu o vento do tiro da pistola quando um homem saltou ao lado da cama. Um coronel, nada menos do que isso, com uniforme de hussardo, cujo prazer fora interrompido antes de começar. Havia medo no rosto do sujeito. Sharpe sorriu, subiu na cama, olhou enquanto o coronel tentava sair do canto, e então, com uma determinação fria, obrigou-o a se encostar na parede com a ponta da espada.

— Sargento!

Harper entrou segurando a arma de sete canos e viu a garota.

— Deus salve a Irlanda.

— Solte-a.

Sharpe escutou a voz de Kearsey na plataforma.

— Firmes, agora!

Podia escutar Knowles no andar de baixo, contando os homens, mandando os feridos para cima primeiro. O coronel francês balbuciava para Sharpe, apontando para a garota, mas a espada o continha, e Sharpe desejou ter matado o sujeito imediatamente. Aquele não era lugar para fazer prisioneiros, e ele, encurralado, não sabia o que acontecia lá fora. A garota estava livre, esfregando os pulsos, e Sharpe baixou a espada.

— Vigie-o, sargento!

Correu até a janela, partiu os vidros com a espada e viu a escuridão vazia lá fora. Eles poderiam conseguir! Os primeiros casacas vermelhas estavam no topo da escada, e então o coronel francês soltou um grito, uma agonia terrível, e Sharpe, ao girar, viu que a garota magra e morena havia tirado o sabre do próprio francês e cravado na virilha dele. Ela estava sorrindo, e era linda de tirar o fôlego.

Harper olhava, aparvalhado. Sharpe ignorou o francês.

— Patrick!

— Senhor?

— Traga os homens para cá. Pela janela! E pela porta ao lado!

A garota cuspiu no coronel, que desmoronara no próprio sangue, xingou-o e depois olhou para Sharpe com uma expressão que parecia demonstrar puro desdém porque ele não matara o francês. Sharpe estava se afastando dela, desequilibrado por sua beleza de falcão, mal ouvindo as ordens dadas na plataforma, os mosquetes disparando. Recuperou a atenção bruscamente, desprezando-se, mas a garota foi mais rápida. Ela estava com o sabre do coronel, tinha a liberdade; saiu correndo pela porta, ignorando a luta, e virou à direita. Sharpe foi atrás, abandonando a cautela, só restando o instinto de que algumas coisas, talvez uma só, eram capazes de virar a vida de um homem pelo avesso.

CAPÍTULO VII

nowles agira bem. O saguão estava pegando fogo, mas livre do inimigo, e os casacas vermelhas recuavam subindo a escada, ainda carregando e disparando os mosquetes, ignorando o sangue fresco que tornava os degraus escorregadios. E então os fuzileiros assumiram, os Bakers cuspindo no corredor embaixo, e o major Kearsey, com o sabre na mão, empurrava os homens para um quarto, em direção a uma janela, gritando:

— Pulem!

— Mirem para baixo! Mirem para baixo! — gritava a voz de Harper para os fuzileiros.

Hussardos vinham entrando no saguão, sufocando com a fumaça, casacas vermelhas jorravam pelas janelas do andar de cima, entrando em forma no campo embaixo, e apenas Sharpe estava ausente.

Knowles olhou em volta.

— Capitão!

— Ele sumiu! — O major Kearsey agarrou Knowles. — Vá para fora! Pode haver cavalarianos!

A garota havia corrido por uma porta e Sharpe fora atrás, notando, de modo irrelevante, uma pequena estátua da Virgem Maria com um monte de velas tremulando junto à base. Lembrou-se dos católicos da companhia decidindo que hoje — não, ontem — era 15 de agosto, dia da assunção da Santa Virgem Maria, e sentiu-se grato porque a escada atrás da porta estava

O OURO DE SHARPE

numa escuridão de breu. Pegou uma vela e acompanhou o som dos passos, que ia sumindo. Apressou-se, os calcanhares escorregando em degraus, batendo com força escada abaixo. Xingou a si próprio. Seu lugar era com seus homens, e não perseguindo uma garota porque ela possuía o cabelo preto e comprido de Josefina, um corpo esguio e uma beleza que o dominara. Mas esta não era uma noite para ações sensatas; era uma escuridão enlouquecedora, o último lance de um jogador, e ele pensou que ela fora mantida prisioneira e que isso a tornava importante para o inimigo, e, portanto, era importante para ele.

A racionalização durou até a base da escada, que tinha quatro lados, e Sharpe sabia que ela mergulhava até abaixo do térreo, num porão. Ele ainda corria para baixo, quase sem controle, com a chama da vela apagada, quando um braço branco saltou e a voz dela o silenciou. Estavam perto de uma porta, com luz vazando pelas frestas largas das tábuas, mas não adiantava fingir que quem estivesse do outro lado não teria ouvido seus pés na escada. Sharpe a escancarou, ignorando a cautela da jovem, no porão um lampião pendia de um gancho, e embaixo dele, com o medo estampado no rosto, um lanceiro segurava um mosquete com baioneta. Ele tentou dar uma estocada em Sharpe, talvez achando que poderia matar com uma ponta de lâmina mais facilmente do que puxando um gatilho, mas Sharpe havia ganhado experiência exatamente com esse tipo de luta. Deixou a baioneta vir, saltou de lado e usou o movimento do inimigo para cravar a lâmina da espada na barriga dele. Em seguida quase engasgou.

O porão estava totalmente sujo de sangue, com corpos que mostravam a morte em uma dúzia de modos horrendos. Havia estantes para vinho junto às paredes, vazias pelos saques, mas o piso estava preto com sangue espanhol, coberto de mutilações obscenas como um pesadelo. Homens e mulheres jovens, velhos, todos mortos horrivelmente. Sharpe percebeu, impressionado, que aquelas pessoas deviam ter morrido na véspera, enquanto ele olhava do topo do morro; foram mortas enquanto os franceses fingiam que a aldeia estava vazia. Ele ficara deitado na ravina, com o sol quentes às costas, e no porão os espanhóis morriam, lentamente e com requinte de crueldade. Os corpos estavam inertes e enro-

BERNARD CORNWELL

dilhados, impossíveis de ser contados ou de dizer de que maneiras pereceram. Alguns eram novos demais até mesmo para saber o que acontecera, sem dúvida assassinados diante dos olhos das mães. Sharpe sentiu uma fúria impotente enquanto a garota passava por ele, procurando no meio da confusão. De longe, como se viesse do outro lado de uma cidade inteira, escutou uma saraivada de tiros. Eles precisavam sair! Agarrou o braço da garota.

— Venha!

— Não!

Ela procurava uma pessoa, puxando os corpos, sem perceber o horror. Por que haveria um guarda para os mortos? Sharpe passou por ela, pegou o lampião, e então ouviu o gemido vindo da extremidade distante e escura da velha adega. A garota ouviu também.

— Ramon!

Sharpe pisou em carne morta, encolheu-se por causa de uma teia de aranha e então, a princípio debilmente, avistou um homem algemado à parede mais distante. Não se perguntou por que uma adega estaria equipada com algemas; não havia tempo. Levou o lampião mais para perto e viu que o que pensara serem correntes eram riscas de sangue. O homem não estava algemado, e sim pregado à parede de pedra, vivo.

— Ramon! — A garota passou por Sharpe, e puxou os pregos, sem sucesso.

Sharpe pôs o lampião no chão e golpeou a cabeça dos pregos com o punho de latão da espada. Bateu neles para a esquerda e para a direita, ouvindo o trovão de cascos lá fora, gritos e uma saraivada, e então o prego se soltou, com o sangue escorrendo novamente. Em seguida começou a soltar a outra mão. Outra saraivada, mais cascos, e ele martelou desesperadamente até que o prisioneiro estivesse livre. Deu a espada à garota e levantou Ramon, se é que esse era o nome dele, sobre o ombro.

— Ande!

A jovem guiou-o passando pela porta por onde tinham vindo, pela imensidão de sangue e corpos, até o outro canto do porão. Um alçapão foi revelado pelo lampião que ela segurava, e a garota o indicou. Sharpe baixou seu fardo, que gemia, ergueu a mão, fez força, e uma súbita brisa do bem-vindo ar da noite afastou o fedor tremendo do sangue e dos mortos. Alçou-se, surpreso ao descobrir que o alçapão dava para fora dos muros da casa, e então percebeu que era assim que os suprimentos podiam chegar ali sem ter de passar pelo pátio e pela cozinha. Olhou em volta e ali estava a companhia, marchando firme em três fileiras.

— Sargento!

Harper se virou, o alívio nítido no rosto à luz da casa, que pegava fogo. Sharpe pulou de volta para o porão, levantou o ferido até o chão, subiu e estendeu a mão para a jovem. Ela o ignorou, subiu sozinha, rolou na grama e Sharpe teve um vislumbre das pernas compridas. Houve gritos de comemoração dos homens, e Sharpe percebeu que eram para ele. Harper estava ali, dando um tapa em suas costas, dizendo algo ininteligível sobre ter pensado que Sharpe estava perdido, e então o sargento segurou o ferido, e eles correram para a companhia. Sharpe, pela primeira vez, viu cavaleiros na escuridão. Harper entregou o ferido para os soldados. Knowles sorria para Sharpe. Kearsey fez um gesto para a garota.

— Eles estão carregados? — Sharpe indicou os mosquetes, gritando para Knowles por cima do som do incêndio na casa.

— A maioria, senhor.

— Vamos continuar!

Sharpe empurrou Knowles, levando a companhia para o campo de cevada e a escuridão reconfortante, e se virou para olhar a casa e ver o que a cavalaria fazia. Harper já estava junto, correndo de costas, com a arma de sete canos ameaçando qualquer cavaleiro. Sharpe se perguntou quanto tempo fazia desde que haviam invadido o portão. Não mais de sete ou oito minutos, decidiu. Tempo suficiente para seus homens terem disparado setecentos ou oitocentos tiros contra os franceses atônitos, incendiado a casa, resgatado Kearsey, a garota e o prisioneiro, e riu no escuro.

— Atenção à direita! — gritou Harper.

Uma dúzia de lanceiros, enfileirados, com as pontas malignas das lanças abaixadas de modo a luzir perto do chão, vinham a trote, para acertar o flanco da companhia. Mas ainda havia tempo.

— Direita, volver!

A companhia se virou, três fileiras girando.

— Alto! — Era uma linha malfeita, mas serviria. — Fileira de trás, meia-volta. Não atirem ainda! — Isso cuidava da retaguarda. — Apresentar. Mirem na barriga; vamos dar uma dor de barriga neles! Fogo!

Era inevitável. O inimigo se tornou um tumulto de cavalos caindo e lanceiros tombando.

— Direita, volver! Avançar! Acelerado! — Agora ele estava com a pequena companhia numa coluna, correndo para a cevada, para a plantação não colhida que lhes daria um pouco de cobertura. Havia mais sons de cascos atrás, mas não tinham mosquetes suficientes carregados para outra carga. Era hora apenas de correr. — Corram!

A companhia correu, acelerada apesar do peso que carregavam, e Sharpe ouviu um homem ferido gemer. Mais tarde haveria tempo de contar os feridos. Naquele momento virou-se, viu os lanceiros vindo numa perseguição desesperada, um deles tendo Harper como alvo, mas o irlandês empurrou a lança de lado com a arma atarracada e levantou uma mão enorme que puxou o polonês da sela. O sargento gritava insultos em seu gaélico natal. Segurou o lanceiro sem esforço, sua força enorme fazendo com que o sujeito parecesse não ter peso, e jogou-o aos pés de outro cavalo. Um fuzil estalou atrás de Sharpe, outro cavalo caiu, e a voz de Hagman veio em meio à balbúrdia:

— Peguei!

— Para trás! — gritava Harper enquanto os outros cavalos ainda se encontravam a metros de distância. De repente a cevada estava sob os pés de Sharpe, que correu para dentro da plantação, e, por um momento, as trombetas não significavam nada para ele; apenas corria, lembrando-se do indiano com a ponta de lança parecendo uma navalha, a tentativa desesperada e inútil de fugir dela.

E então Sharpe escutou a voz triunfante de Harper:

— É o toque de recolher! Os desgraçados já tiveram o suficiente! — Harper estava rindo, gargalhando. — O senhor conseguiu!

Sharpe diminuiu a velocidade, deixou a respiração arfar no peito. O campo estava estranhamente silencioso, os cascos soando abafados, os tiros interrompidos, e achou que os franceses se recusavam a acreditar que apenas cinquenta homens haviam atacado a aldeia. A visão de casacas vermelhas e cintos cruzados no peito os teria convencido de que mais soldados ingleses estariam na escuridão, e seria loucura jogar os lanceiros contra a saraivada em massa de um regimento escondido. O capitão ouviu os homens ofegando, alguns gemendo ao serem carregados, os murmúrios empolgados de soldados vitoriosos. Imaginou qual seria o preço e se virou para Harper.

— Você está bem?

— Sim. E o senhor?

— Arranhado. Qual foi a contagem?

— Não tenho certeza, senhor. Jim Kelly está mal. — A voz de Harper saiu triste, e Sharpe se lembrou do casamento, apenas semanas antes, quando a enorme Pru Baxter trançara margaridas no cabelo para se casar com o pequeno cabo irlandês. Harper continuou: — Cresacre estava sangrando, senhor, diz que está bem. Mas perdemos uns dois. Vi no pátio.

— Quem? — Ele devia saber.

— Não sei, senhor.

Foram subindo para os morros, até onde os cavalos não poderiam ir, voltando à ravina que alcançaram quando os morros mais distantes estavam delineados pelo levíssimo cinza do alvorecer. Era hora de dormir, e os homens caíram embolados como os cadáveres do porão. Alguns ficaram de sentinela na borda da ravina, os olhos vermelhos de exaustão, manchados de pólvora, rindo para Sharpe, que os havia levado à vitória. A garota, sentada com Kearsey, amarrava uma atadura na perna dele, enquanto Knowles cuidava dos outros feridos. Sharpe parou perto.

— Como estão as coisas?

— Kelly está nas últimas, senhor.

O cabo tinha um ferimento no peito, e Knowles havia puxado os restos da casaca para mostrar um horror de costelas brilhantes e sangue borbulhando. Era um espanto ele ter vivido tanto tempo. Cresacre levara um tiro na coxa, um ferimento limpo, e ele próprio fez o curativo, jurou que ficaria bem e pediu desculpa a Sharpe, como se estivesse causando algum aborrecimento. Dois outros se achavam muito feridos, ambos cortados com sabres, mas viveriam, e praticamente não havia nenhum homem que não tivesse um arranhão, um hematoma, alguma memória da noite anterior. Sharpe contou cabeças. Quarenta e oito soldados, três sargentos e dois oficiais haviam saído da ravina. Quatro homens não tinham voltado. Sharpe sentiu-se varrido pelo cansaço, mesclado com alívio. Era uma conta menor do que ele ousara esperar. Assim que Kelly morresse e seu corpo estivesse a salvo dos abutres numa cova rasa, teria perdido cinco homens. Os lanceiros deviam ter perdido um número três vezes maior. Andou em meio à companhia, junto aos que estavam acordados, e os elogiou. Os homens pareceram sem graça com os agradecimentos, tremendo à medida que o suor secava nos corpos ao ar frio, a cabeça balançando enquanto alguns tentavam ficar acordados e espiar, com olhos vermelhos, o alvorecer.

— Capitão Sharpe! — Kearsey o chamava, parado num trecho limpo da ravina. — Capitão!

Sharpe desceu pela lateral da ravina.

— Senhor?

Kearsey o encarou, os olhos pequenos estavam ferozes.

— Está louco, Sharpe?

Por um segundo o significado não penetrou na cabeça do capitão.

— Como assim, senhor?

— O que você estava fazendo?

— Fazendo, senhor? Salvando-o. — Sharpe havia esperado um agradecimento.

Kearsey se encolheu, mas era difícil dizer se seria da dor na perna ou da sagacidade de Sharpe. O alvorecer revelava os detalhes da ravina: os homens caídos, o sangue, a raiva no rosto de Kearsey.

— Seu idiota!

Sharpe conteve a raiva.

— Senhor?

Kearsey balançou a mão para os feridos.

— Como vai levá-los de volta?

— Vamos carregá-los, senhor.

— "Vamos carregá-los, senhor" — imitou-o Kearsey. — Por 30 quilômetros de terreno? Você só estava aqui para ajudar a carregar o ouro, Sharpe! Não para travar uma batalha no fim do mundo!

Sharpe respirou fundo, contendo a ânsia de gritar de volta.

— Sem o senhor não teríamos chance de convencer El Católico a deixar que levássemos o ouro. Essa foi a minha avaliação.

Kearsey olhou-o, balançou a cabeça e apontou para Jim Kelly.

— Acha que valeu isso?

— O general disse que o ouro era importante, senhor — disse Sharpe, baixinho.

— Importante, Sharpe, apenas porque é um gesto para os espanhóis.

— Sim, senhor. — Não era hora de discutir.

— Pelo menos você os resgatou. — O major indicou os espanhóis.

Sharpe olhou para a beleza morena da jovem.

— Eles, senhor?

— São os filhos de Moreno. Teresa e Ramon. Os franceses os mantinham como iscas, esperando que Moreno ou El Católico tentassem um resgate. Pelo menos podemos ganhar o agradecimento deles, e provavelmente isso é mais valioso do que carregar o ouro para eles. Além do mais, duvido que o ouro esteja lá.

O sol rompeu a borda da ravina. Sharpe piscou.

— Perdão, senhor?

— O que você espera? Os franceses estão lá. Já devem ter pegado o ouro. Ou isso não lhe ocorreu?

Ocorrera, mas Sharpe não estava com humor para revelar seus pensamentos a Kearsey. Se os franceses tivessem encontrado o ouro ele suspeitava que iriam levá-lo diretamente a Ciudad Rodrigo, mas sem dúvida Kearsey não se convenceria. Sharpe assentiu.

— Eles lhe falaram alguma coisa a respeito, senhor?

Kearsey deu de ombros, não gostando da lembrança de que fora capturado.

— Eu tive azar, Sharpe. Por não saber que os lanceiros estavam lá. — Balançou a cabeça, parecendo subitamente cansado. — Não, eles não disseram nada.

— Então há esperança, senhor?

O major pareceu amargo, e balançou a mão na direção de Kelly.

— Diga isso a ele.

— Sim, senhor.

Kearsey suspirou.

— Desculpe, Sharpe. Isso foi injusto. — Ele pareceu pensar um momento. — Mas você sabe que eles virão atrás de nós hoje, não sabe?

— Os franceses, senhor?

O major assentiu.

— Quem mais? É melhor dormir, Sharpe. Dentro de umas duas horas terá de defender este lugar.

— Sim, senhor.

Ele se virou, e, ao fazer isso, captou o olhar de Teresa. Ela o fitou sem interesse, sem reconhecimento, como se o resgate e as duas mortes compartilhadas não significassem coisa alguma. El Católico é um homem de sorte, pensou Sharpe. E dormiu.

CAPÍTULO VIII

Casatejada era como um formigueiro destruído. Durante toda a manhã as patrulhas saíam, revistavam o vale e depois galopavam em suas nuvens de poeira de volta para as casas, deixando as finas colunas de fumaça, os únicos sinais restantes da atividade noturna. Outros arrebanhavam os cavalos desgarrados, circulando pelo piso do vale, lembrando a Harper os peões das charnecas de Donegal, onde nascera. Na ravina, os homens se moviam lentamente, em silêncio, como se o som pudesse chegar à aldeia, mas na verdade a empolgação do ataque dera lugar ao cansaço e à tristeza. A respiração de Kelly borbulhara durante toda a manhã, com uma espuma cor-de-rosa constantemente no canto da boca. Os homens o evitavam como se a morte fosse contagiosa. Sharpe acordou, mandou Harper dormir, substituiu as sentinelas e lutou para raspar as crostas de sangue da espada com um punhado de capim duro. Não ousaram acender uma fogueira para esquentar a água que poderia limpar os mosquetes, de modo que os homens usavam o expediente do campo de batalha, urinando nos canos, e riam sem graça para a garota enquanto sacudiam o líquido para soltar os depósitos de pólvora grudados à noite. A garota não reagia, seu rosto parecia imóvel, e ela ficava sentada segurando a mão do irmão, falando baixinho com ele e lhe dando goles de água tépida de um cantil de madeira. O calor ricocheteava nas laterais de pedra da ravina, atacava de todos os lados, assando os vivos e os agonizantes.

Kearsey subiu, deitou-se ao lado de Sharpe e pegou o telescópio para espiar os franceses lá embaixo.

— Eles estão arrumando a carga.

— Senhor?

Kearsey assentiu em direção à aldeia.

— Mulas, Sharpe. Uma fileira de mulas.

Sharpe pegou seu telescópio de volta e observou a rua da aldeia. Kearsey tinha razão, uma fila de mulas com homens passando cordas pelos fardos, mas era impossível dizer se havia ouro ou apenas comida nas mochilas.

— Talvez eles não procurem por nós.

O major havia se acalmado desde o amanhecer.

— Devem procurar. Olhe a trilha que deixamos. — Atravessando o campo de cevada como uma sinalização gigantesca, lá estava o caminho pisoteado pela retirada da Companhia Ligeira. — Eles vão querer olhar por cima da crista, só para se certificar de que vocês foram embora.

Sharpe observou as rochas nuas e o capim da colina.

— Deveríamos ir embora?

Outro balanço de cabeça.

— Esta ravina é o melhor esconderijo em quilômetros. Não pode ser vista de nenhum lado; mesmo de cima é difícil. Mantenham a cabeça baixa e vocês estarão bem.

Sharpe achou estranho Kearsey falar em "vocês", como se o próprio major não fizesse parte do exército britânico ou como se a sobrevivência de Sharpe em território inimigo não fosse preocupação dele. Não disse nada. O major mordiscava nervoso um fio do bigode; parecia estar imerso em pensamentos, e quando falou parecia ter chegado ao fim de uma longa deliberação.

— Você deve entender por que ele é importante.

— Senhor? — Sharpe estava perplexo.

— O ouro, Sharpe. — Ele parou e Sharpe esperou. O homenzinho repuxou o bigode. — Os espanhóis foram muito decepcionados, Sharpe, muito. Pense no que aconteceu depois de Talavera, hein? E em Ciudad Rodrigo. Um negócio vergonhoso, Sharpe, vergonhoso.

Sharpe continuou em silêncio. Depois de Talavera os espanhóis perderam o apoio de Wellington ao não fornecer a comida e os suprimentos que haviam prometido. Um exército britânico faminto não tinha utilidade para a Espanha. Ciudad Rodrigo? Cinco semanas antes a cidade-fortaleza espanhola se rendera, depois de uma defesa heroica, e Wellington não mandara ajuda. A cidade fora um obstáculo para o avanço de Masséna, Almeida era a próxima, e Sharpe ouvira críticas violentas de que os britânicos haviam decepcionado os aliados, mas Sharpe não era estrategista. Deixou que o major continuasse.

— Devemos provar algo a eles, Sharpe, que podemos ajudar, que podemos ser úteis, ou então devemos recusar o apoio deles. Entende? — Ele virou seu rosto feroz para Sharpe.

— Sim, senhor.

A vivacidade e a confiança se esgueiraram de volta para a voz do major.

— Claro, nós perderemos a guerra se não tivermos os espanhóis! Foi isso o que Wellington acabou entendendo, não é, Sharpe? Antes tarde do que nunca! — Ele deu seu riso. — Por isso Wellington quer que nós levemos o ouro, para que os britânicos sejam vistos entregando-o em Cádiz. Isso prova um argumento, Sharpe, mostra que fizemos um esforço honesto. Ajuda a cobrir a traição em Ciudad Rodrigo! Ah, política, política! — Disse as últimas duas palavras como um pai indulgente falando sobre as arruaças dos filhos. — Entende?

— Sim, senhor.

Não era hora de discutir, ainda que Sharpe não acreditasse em absolutamente nada do que Kearsey dissera. Claro que os espanhóis eram importantes, mas os britânicos também eram importantes para os espanhóis, e entregar alguns sacos de ouro não restauraria a amizade e a confiança que haviam sido despedaçadas pela ineficiência espanhola no ano anterior. No entanto era importante que Kearsey acreditasse que as motivações de Wellington eram honestas. O pequeno major, Sharpe sabia, estava engajado de modo passional no lado dos espanhóis, como se, depois de toda uma vida de soldado, tivesse encontrado nos morros ásperos e nas casas brancas daquele povo um calor e uma confiança que não vira em nenhum outro lugar.

O OURO DE SHARPE

Sharpe se virou e assentiu para Teresa e Ramon.

— Eles sabem alguma coisa sobre o ouro? Sobre o capitão Hardy?

— Dizem que não. — Kearsey deu de ombros. — Talvez El Católico tenha transportado o ouro e Hardy tenha ido com ele. Eu ordenei que ele ficasse com o ouro.

— Então certamente a garota deve saber, não?

Kearsey se virou e falou num espanhol em *staccato* com ela. Sharpe ouviu a resposta; a voz dela era profunda e rouca e, mesmo que não entendesse a língua, ele ficou satisfeito em olhá-la. A jovem tinha o cabelo comprido e escuro, preto como o de Josefina, mas a semelhança terminava aí. A portuguesa apreciava o conforto, vinho bebido à luz de velas, lençóis macios, ao passo que essa garota lembrava a Sharpe uma fera selvagem com olhos profundos, cautelosos, postos dos dois lados de um nariz que parecia de falcão. Era jovem. Kearsey havia lhe dito que teria 23 anos, mas dos dois lados da boca havia linhas curvas. Sharpe se lembrou de que a mãe dela morrera nas mãos dos franceses, Deus sabia o que ela própria sofrera, e lembrou-se do sorriso depois de ela ter furado o coronel com seu próprio sabre. Teresa mirara baixo, lembrou-se, e riu da lembrança. Ela olhou para Sharpe como se quisesse arrancar seus olhos com os dedos compridos.

— O que há de engraçado?

— Nada. Você fala inglês?

Ela deu de ombros, e Kearsey olhou para Sharpe.

— O inglês do pai dela é fluente; é isso que o torna tão útil para nós. Os filhos aprenderam um pouco, com ele, comigo. É uma boa família, Sharpe.

— Mas eles sabem alguma coisa sobre Hardy? Sobre o ouro?

— Ela não sabe nada, Sharpe. Acha que o ouro ainda deve estar no eremitério, e não viu Hardy. — Kearsey estava satisfeito com a resposta, confiando que nenhum espanhol mentiria para ele.

— Então a próxima coisa que devemos fazer, senhor, é procurar no eremitério.

Kearsey suspirou.

— Se você insiste, Sharpe. Se você insiste. — Encolheu-se de novo e deslizou da borda da ravina. — Mas por enquanto, Sharpe, fique atento àquela patrulha. Ela não vai demorar.

BERNARD CORNWELL

O major estava certo, pelo menos com relação a isso. Trezentos lanceiros saíram cavalgando da aldeia, trotando por uma trilha paralela às hastes quebradas de cevada, e Sharpe olhou-os vindo. Portavam carabinas em vez de lanças, e ele sabia que pretendiam revistar os morros a pé. Virou-se para a ravina e ordenou silêncio, explicou que uma patrulha se aproximava, e então se virou para ver os poloneses apeando ao pé da encosta coberta de pedras.

Uma mosca pousou em seu rosto. Ele quis esmagá-la mas não ousou, já que os lanceiros haviam começado a escalada pela encosta íngreme, deixando os cavalos vigiados embaixo. Estavam se estendendo para formar uma linha, uma grosseira ordem de escaramuça, e dava para ouvir as vozes distantes resmungando contra o calor e o esforço. Havia uma chance de não encontrarem a ravina, de que subindo obliquamente a encosta saíssem na crista perto da pilha de pedras e jamais suspeitassem de que toda uma companhia estava em terreno morto atrás deles. Respirou devagar, desejando que eles ficassem na parte de baixo da encosta, e viu os oficiais tentando obrigar a formação a subir mais alto, usando a parte chata dos sabres desembainhados.

Pôde ouvir a respiração de Kelly, mais alguém pigarreando, e balançou a mão livre pedindo silêncio. Um lanceiro alto, bronzeado e com bigode preto, subia mais alto do que os outros. Enquanto ele usava as mãos para prosseguir, com a carabina pendurada no ombro, Sharpe viu uma tira de ouro manchado na manga do sujeito. Um sargento. Era um sujeito grande, quase tanto quanto Harper, e seu rosto tinha cicatrizes de campos de batalha do outro lado da Europa. Desça, desejou Sharpe em silêncio, mas o sujeito continuou subindo em sua escalada solitária e perversa. Sharpe moveu a cabeça devagar, avistou os rostos encarando-o e encontrou Harper. Chamou-o lentamente, pôs um dedo nos lábios, apontou para o pé da encosta interna da ravina.

O sargento polonês parou, olhou para cima, enxugou o rosto e se virou para espiar os colegas. Um oficial gritou para ele, balançou o sabre para fazer o sargento juntar-se à formação, que havia ido adiante, mas o sargento fez que não, gritou de volta e sinalizou para o horizonte acima, a poucos metros íngremes. Sharpe xingou-o; sabia que se a Companhia Ligeira fosse descoberta eles seriam empurrados para o leste, para longe do ouro, da vitória, e aquele veterano estava colocando tudo em risco. Subia logo abaixo de Sharpe, que se inclinou o mais adiante que ousava para ver o topo amarelo e quadrado do chapéu chegando cada vez mais perto. Podia ouvir o sujeito grunhindo, o som das unhas raspando a pedra, as botas procurando apoio, e então, como se num pesadelo, uma grande mão marrom com unhas partidas apareceu ao lado do rosto de Sharpe e ele juntou toda a força para um ato desesperado. Aguardou — pode ter sido apenas por meio segundo, mas que pareceu uma eternidade — até o rosto do sujeito aparecer. Os olhos se arregalaram de surpresa, e Sharpe estendeu a mão e agarrou o sargento pelo pescoço, os dedos se fechando como uma armadilha na garganta. Avançou com a mão esquerda, encontrou o cinto e, meio se virando de costas, puxou o lanceiro por cima da borda, segurando o sujeito enorme no ar com uma força que nem sabia possuir, e jogou-o, braços e carabina se sacudindo, à misericórdia gentil do sargento Harper. O irlandês chutou o lanceiro quando este pousou, reverteu a posição de sua arma de sete canos e baixou-a, com um barulho enjoativo, na cabeça do sujeito. Sharpe girou de volta para olhar a encosta. A formação continuava avançando! Ninguém tinha visto, ninguém notara, mas a coisa não terminara. O lanceiro era forte, e os golpes de Harper, que teriam matado um bezerro de bom tamanho, não pareciam ter feito nada mais do que arrancar o chapéu amarelo e azul.

O sargento inimigo segurava Harper pela cintura, apertando, e o irlandês tentava torcer a cabeça do outro até arrancá-la dos ombros. Os dentes do polonês estavam trincados; ele deveria ter gritado, mas devia estar tonto e só conseguia pensar em ficar de pé, enfrentar o oponente e usar seus punhos enormes para bater em Harper. Os homens na ravina estavam imóveis, pasmos com o inimigo que aparecera subitamente entre eles, e foi Teresa quem reagiu. Pegou um mosquete, virou-o, deu quatro passos e girou a coronha com acabamento em latão, acertando a testa do homem. Ele se afrouxou, tentou se levantar, mas ela golpeou de novo, e Sharpe viu a alegria feroz no rosto da jovem enquanto a arma fazia o sargento cair com o rosto ensanguentado, e de repente tudo ficou silencioso de novo na ravina.

Harper balançou a cabeça.

— Deus salve a Irlanda.

A garota deu a Harper o tipo de olhar penalizado que Sharpe achava que ela reservara apenas para ele, e então, sem ao menos olhar para Sharpe, subiu a encosta até se deitar ao seu lado e espiou o inimigo. Finalmente eles sentiram falta do sargento. Homens no topo da formação pararam e se reuniram, inseguros, chamaram seu oficial embaixo, esperando enquanto ele punha as mãos em concha e gritava para o alto da encosta. A voz ecoou e sumiu. Ele chamou de novo, fez parar o resto da linha, e Sharpe soube que dentro de alguns minutos eles seriam descobertos. Sargento desgraçado! Olhou em volta, imaginando se haveria como se esconderem na encosta do outro lado da ravina, sabendo que era inútil, e então viu que a garota estava se movendo, atravessando a ravina e subindo pelo outro lado. Seu rosto devia ter traído o alarme, porque Kearsey, sentado junto de Ramon, balançou a cabeça.

— Ela vai conseguir. — O sussurro mal alcançou Sharpe.

A patrulha de busca havia se sentado, feliz por descansar, mas o oficial continuava chamando o sargento desaparecido. Ele subia o morro em movimentos curtos, erráticos, sem saber o que fazer e irritado com os seus homens, que gritavam com ele. Mas não tinha escolha; teria de ir procurar seu sargento, e Sharpe, com o suor brotando no rosto, não podia imaginar o que uma garota faria para afastar os lanceiros da busca.

Um grito espantou-o, lancinante, em seguida foi cortado e repetido. Ele escorregou alguns centímetros pelas pedras e virou o rosto para a crista de onde o som viera. Harper olhou-o, perplexo. Tinha de ser a garota. Sharpe espiou pela borda de novo e viu os lanceiros apontando para o alto da encosta. Teresa tornou a gritar, um som aterrorizante, e os homens de Sharpe se entreolharam, depois olharam para ele, como a perguntar o que poderiam fazer para salvá-la. Sharpe fitou os lanceiros, viu a incerteza deles, e então ouviu-os gritar e apontar encosta acima. Olhou para ver o que os agitara, e seus homens, observando-o, foram tranquilizados por um sorriso, que, para Harper, pareceu o maior que ele já vira no rosto de Sharpe. Nenhum deles, no fundo da ravina, podia ver o que acontecia, mas Sharpe, na borda, pegou o telescópio e desistiu de se incomodar para saber se alguém veria ou não o clarão de luz.

Não que alguém fosse estar olhando, pelo menos enquanto uma garota nua corria feito louca pela crista, parando para se virar e jogar pedras contra um perseguidor imaginário na encosta oculta aos lanceiros. Bebida ou mulheres, pensou Sharpe, a isca para soldados, e Teresa estava guiando-os numa corrida louca, cada vez mais para longe da ravina. Ele a fixava na luneta, sem nenhuma vergonha, e podia ouvir os gritos empolgados dos lanceiros que estariam perdidos para o controle dos oficiais tensos. Eles presumiriam que o sargento encontrara a jovem, a despira, a deixara se soltar e agora a perseguia. Sharpe reconheceu a inteligência e a coragem de Teresa, mas por enquanto só tinha tempo para o corpo esguio e musculoso, para uma beleza que ele desejava.

Kearsey havia mancado até o limite do piso da ravina e estava olhando para Sharpe.

— O que está acontecendo?

— Ela os está levando para longe, senhor. — Sharpe falava normalmente, já que os lanceiros se achavam muito longe do alcance da audição.

Kearsey assentiu, como se tivesse esperado essa resposta. Harper continuava curioso.

— Como, senhor?

A garota havia desaparecido atrás do cume, e os lanceiros, tendo despedaçado qualquer disciplina, ofegavam subindo a encosta uns bons 50 metros atrás. Sharpe riu para seu sargento.

— Ela tirou a roupa.

Kearsey girou, aparvalhado.

— Você olhou!

— Só para ver se poderia ajudar, senhor.

— Que tipo de homem é você, Sharpe? — Kearsey estava furioso, mas Sharpe lhe deu as costas. Que tipo de homem não olharia?

Harper continuava perto do lanceiro inconsciente e parecia aborrecido.

— O senhor deveria ter me dito.

Sharpe se virou de volta. Kearsey se afastara, mancando.

— Eu prometi à sua mãe que iria mantê-lo longe de encrenca. Desculpe. — E riu de novo para o sargento. — Se eu contasse, toda a porcaria da companhia ia querer dar uma olhada. Não é? E nesse momento estaríamos de volta à guerra, em vez de em segurança.

Harper riu.

— Privilégio do posto, hein, senhor?

— Algo assim. — Ele pensou naquela beldade, no corpo sombreado com a barriga dura, as coxas longas, e nos desafios dos olhares desinteressados, quase antagônicos, que ela lhe dera.

Passaram-se duas horas antes que ela retornasse, tão silenciosamente quanto partira, e usando seu vestido branco. Fizera bem seu trabalho, porque os lanceiros foram chamados de volta, o sargento foi abandonado, e Casatejada estava apinhada de franceses. Sharpe achou que a aldeia fora o centro de uma operação gigantesca para tirar os guerrilheiros das áreas de suprimento de Masséna. Kearsey concordou, e os dois homens ficaram olhando enquanto outras unidades de cavalaria vinham do norte para se juntar aos lanceiros poloneses. Dragões, *chasseurs*, os uniformes do império, levantando uma nuvem de poeira digna de todo um exército, e tudo isso gasto na caçada a guerrilheiros em morros secos.

A garota subiu até a borda e ficou olhando, em silêncio, a cavalaria deixar a aldeia. Suas armas relampejavam agulhas de luz em meio à névoa marrom do pó; as fileiras pareciam intermináveis, o poder glorioso da França que derrubara a melhor cavalaria da Europa mas não podia derrotar os guerrilheiros. Sharpe fitou a garota, olhou Kearsey, que falava com ela, e sentiu-se de novo satisfeito por não precisar lutar contra os guerrilheiros. O único modo de vencer era matar todos, cada um deles, jovens e velhos, e nem mesmo isso funcionava, como estavam descobrindo os franceses. Pensou nos corpos em meio ao sangue no porão. Não era a guerra de Talavera.

Passaram a noite na ravina, cautelosos porque os franceses ainda deviam estar vigiando, e em algum momento da madrugada as borbulhas pararam na garganta de Kelly. Pru Kelly, mesmo não sabendo, estava viúva outra vez, e Sharpe se lembrou do sorriso do pequeno cabo, lembrou-se de sua disposição. Enterraram-no ao amanhecer, numa sepultura raspada no solo, e cobriram com um monte de pedras que seriam retiradas à força por raposas e onde iriam se empoleirar abutres que rasgariam mais ainda o peito dele.

Kearsey disse as palavras de cor, e os homens ficaram sem jeito em volta das pedras empilhadas. Do pó ao pó, das cinzas às cinzas, e dentro de algumas semanas, pensou Sharpe, Pru Kelly iria se casar de novo, porque era assim que acontecia com as mulheres que marchavam com os soldados. O sargento polonês, amarrado com correias de mosquetes, olhou o enterro e, por alguns instantes, parou de lutar. O dia novo chegou, ainda quente, com a chuva ainda se mantendo longe, e a Companhia Ligeira marchou em direção ao vale vazio para encontrar seu ouro.

CAPÍTULO IX

Era um cheiro doce, doce-pegajoso, que deixava um depósito féti-do em algum lugar no topo das narinas; no entanto era impossí-vel descrever por que era tão desagradável. Sharpe o sentira com frequência, assim como a maior parte da companhia, e eles o reconhece-ram a 50 metros da aldeia. Não era tanto um cheiro, pensou Sharpe, mas uma condição do ar, uma névoa invisível. Como uma névoa, parecia adensar o ar, tornar a respiração difícil, mas o tempo todo tinha aquela promessa doce, como se os cadáveres deixados pelos franceses fossem feitos de açúcar e mel.

Nem mesmo os cães foram deixados vivos. Alguns gatos, difíceis demais de ser apanhados, sobreviveram aos franceses, mas os cães, como seus donos, foram mortos, abertos com selvageria desesperada, como se os franceses achas-sem que a morte em si não bastasse e o corpo devesse ser virado ao avesso para não aparecer magicamente vivo para emboscá-los de novo. Só um ho-mem vivia na aldeia, um dos homens de Sharpe, deixado para trás no ataque, e os franceses, fiéis à curiosa honra que prevalecia entre os exércitos, deixa-ram John Rorden encostado num colchão, com pão e água à mão e um pro-jétil em algum lugar da pélvis, que iria matá-lo antes que o dia terminasse.

Ramon, num inglês lento, disse a Sharpe que quatro dúzias de pessoas haviam sido deixadas na aldeia, principalmente os velhos ou os muito no-vos, mas todos tinham morrido. Sharpe olhou as casas destroçadas, o san-gue espirrado em paredes baixas e brancas.

— Por que eles foram apanhados?

Ramon deu de ombros e balançou a mão coberta pelas bandagens.

— Eles foram bons.

— Bons?

— Franceses. — Ele estava procurando uma palavra, e Sharpe ajudou.

— Espertos?

O rapaz assentiu. Tinha o nariz semelhante ao da irmã, os mesmos olhos escuros, mas havia nele uma amabilidade que Sharpe não vira em Teresa. Ramon balançou a cabeça, desesperançado.

— Nem todos eram guerrilheiros, sim? — Cada grupo de palavras era uma pergunta, como se ele quisesse se certificar de que seu inglês era adequado.

Sharpe ficou assentindo.

— Eles querem paz? Mas agora. — Ramon falou duas frases rápidas em espanhol, o tom amargo, e Sharpe soube que aquelas pessoas das terras altas que tinham tentado se manter afastadas da guerra seriam arrastadas para ela, quisessem ou não. Ramon piscou para conter as lágrimas; os mortos eram de sua aldeia. — Nós fomos lá? — Apontou para o norte. — Eles estavam à nossa frente, sim? Nós estávamos... — Ele descreveu um círculo com as duas mãos cobertas de bandagens.

— Cercados?

— *Sí.* — Ramon olhou para a mão direita, para os dedos que se projetavam da bandagem cinza, e Sharpe viu que o indicador se movia como se estivesse puxando um gatilho. Ramon lutaria de novo.

Os corpos não estavam apenas no porão. Alguns, talvez para diversão dos lanceiros, tinham sido levados ao eremitério para encontrar seu amargo fim, e nos degraus da construção Sharpe encontrou Isaiah Tongue, o admirador de Napoleão, vomitando o pão seco que fora seu desjejum. A companhia esperou perto do eremitério. O prisioneiro, alto e orgulhoso, estava de pé junto ao sargento McGovern, e Sharpe parou junto ao escocês.

— Cuide dele, sargento.

— Sim, senhor. Eles não vão tocar nele. — O rosto forte estava retorcido como se sentisse dor. McGovern, como Tongue, havia olhado dentro do eremitério. — Selvagens, senhor, é o que eles são. Selvagens.

— Eu sei.

Não havia nada a dizer que alcançasse a dor de McGovern, a dor de um pai distante dos filhos que tinha acabado de ver pequenos corpos mortos. O fedor era denso junto ao eremitério, com o zumbido de moscas, e Sharpe parou perto dos degraus. Havia quase uma relutância em entrar, não só por causa dos cadáveres, mas pelo que o eremitério talvez não contivesse. O ouro. Tão perto, tão próximo da sobrevivência da guerra, e, em vez de um sentimento de triunfo, ele se sentiu sujo, tocado por um horror que trazia uma raiva contra o seu trabalho. Subiu os degraus, o rosto uma máscara, e se perguntou o que os homens fariam caso se descobrissem, como provavelmente aconteceria, num lugar onde as regras não mais contavam. Lembrou-se da selvageria incontrolável que se seguia a um cerco, a fúria pura, explosiva, que ele sentira depois que a morte o tocara uma vintena de vezes numa pequena brecha, e ele soube, quando o ar frio do eremitério o acertou, que esta guerra na Espanha, caso devesse continuar, não seria vencida enquanto a infantaria britânica fosse alimentada no estreito moedor de carne de uma pequena brecha numa muralha de cidade.

— Para fora! Tirem-nos!

Os homens, pálidos, olhavam chocados para a raiva de Sharpe, mas ele não conhecia nenhum outro modo de reagir a corpos tão pequenos.

— Enterrem-nos!

Harper chorava, lágrimas escorrendo pelas faces. Tanta inocência, tanto desperdício, como se um bebê merecesse aquilo. Kearsey ficou ali parado com Teresa, e nenhum dos dois chorou. O major repuxou o bigode.

— Terrível. Medonho.

— Também é terrível e medonho o que eles fazem com os franceses. — Sharpe surpreendeu-se ao dizer isso, mas era verdade. Lembrou-se dos prisioneiros nus, perguntou-se como os outros hussardos capturados haviam morrido.

— É. — Kearsey usou o tom de alguém que tentasse evitar uma discussão.

A garota olhou para Sharpe e ele viu que ela continha as lágrimas, o rosto rígido com uma raiva de dar medo. Sharpe esmagou uma mosca.

— Onde está o ouro?

Kearsey o acompanhou, esporas tilintando na pedra, e apontou para uma lápide no mesmo nível do chão do eremitério. A construção não era usada para serviços religiosos. Mesmo apesar da devastação causada pelos poloneses tinha um ar de desuso, de ser pouco mais do que um depósito para o cemitério da aldeia. Era um lugar consagrado apenas à morte. O major cutucou a lápide com o bico da bota.

— Aqui embaixo.

— Sargento!

— Senhor!

— Arranje uma porcaria de uma picareta! Depressa!

Havia um conforto nas ordens, como se elas pudessem lembrar uma guerra em que bebês não morriam. Olhou a lápide gravada com o nome Moreno e, embaixo das letras, um brasão desgastado. Tentava ignorar o som dos corpos sendo arrastados para fora. Bateu no brasão com a ponta da bota.

— Família nobre, senhor?

— O quê? Ah. — Kearsey estava entorpecido. — Não sei, Sharpe. Talvez antigamente.

A garota estava de costas para eles, e Sharpe percebeu que aquela era a câmara mortuária de sua família. Isso fez com que se perguntasse, com um gesto irritado, onde seu próprio corpo repousaria enfim. Sob as cinzas de algum campo de batalha ou afogado como os pobres reforços em seus navios de transporte?

— Sargento!

— Senhor?

— Onde está essa picareta?

Harper chutou o entulho deixado pelos poloneses, depois grunhiu e se curvou. Estava com a picareta, sem cabo, e enfiou-a na fenda entre as pedras. Fez força, as veias do rosto se destacando. Com um tremor a lápide se moveu, subiu, e embaixo surgiu um espaço suficiente para Sharpe enfiar um pedaço de pedra quebrada.

— Vocês aí!

Rostos olharam da porta do eremitério.

— Venham cá!

Teresa fora até uma segunda porta, que se abria para o cemitério, e ficou ali parada como se não se interessasse. Harper encontrou outro lugar, fez força de novo e desta vez foi mais fácil. Havia espaço para uma dúzia de mãos segurarem a lápide e puxá-la do piso, virando-a como um alçapão, enquanto Kearsey se incomodava com a ideia de eles a tombarem deixando aos Morenos um túmulo quebrado. Degraus escuros levavam para a escuridão. Sharpe parou no de cima, reivindicando o direito de ser o primeiro a descer.

— Vela? Venha, alguém! Tem de haver uma vela!

Hagman tinha uma na mochila, um coto gorduroso mas utilizável, e houve uma pausa enquanto ela era acesa. Sharpe olhou para o negrume. Era ali que as esperanças de Wellington estavam guardadas? Ridículo.

Pegou a vela e começou a lenta descida para a tumba e para um cheiro diferente. Este não era um cheiro doce, não era rançoso, e sim poeirento, porque os corpos estavam ali havia muito tempo, alguns por tempo suficiente para os caixões terem desmoronado e mostrar o brilho de ossos secos. Outros eram mais novos, ainda intactos, com a pedra embaixo dos nichos manchada do líquido que escorrera, mas Sharpe não olhava os caixões. Levantou bem a luz miserável, girando-a no pequeno espaço, e viu, brilhante no meio da corrupção, o clarão de metal. Não era ouro, só um pedaço de latão descartado que já prendera o canto de um caixão.

Sharpe se virou para olhar Kearsey.

— Não há ouro.

— Não. — O major olhou em volta, como se pudesse ter perdido 16 mil moedas de ouro no chão vazio. — Foi-se.

— Onde estava guardado? — Sharpe sabia que não adiantava, mas não iria desistir.

— Aí. Onde você está.

— Então para onde ele se foi, senhor?

Kearsey fungou e empertigou-se totalmente.

— Como vou saber, Sharpe? Só sei que não está aqui. — Ele parecia estar quase na defensiva.

— E onde se encontra o capitão Hardy? — Sharpe sentia raiva. Ter vindo tão longe para nada!

— Não sei.

Sharpe chutou a parede da câmara mortuária, uma reação boba, e xingou. O ouro sumido, Hardy desaparecido, Kelly morto e Rorden morrendo. Pôs a vela na laje de um nicho e se abaixou para olhar o chão. A poeira fora incomodada por marcas longas, riscadas, e ele se parabenizou, ironicamente, por adivinhar que as manchas haviam sido feitas quando o ouro fora retirado. Agora saber disso não adiantava muito. O ouro sumira. Empertigou-se.

— El Católico poderia tê-lo levado?

A voz veio de cima, do topo da escada, e era intensa, profunda como a de Kearsey, porém mais jovem, muito mais jovem.

— Não, não poderia.

O dono da voz usava botas cinza de cano longo e uma capa cinza e comprida sobre uma fina bainha de espada feita de prata. Ao descer a escada até a luz fraca, revelou que era um homem alto com feições morenas, magras e bonitas.

— Major. É um prazer vê-lo de volta.

Kearsey se envaideceu, puxou o bigode, fez um sinal na direção de Sharpe.

— Coronel Jovellanos, este é o capitão Sharpe. Sharpe, este é...

— El Católico. — A voz de Sharpe soou neutra, sem prazer por conhecê-lo.

O homem alto, talvez três anos mais velho que Sharpe, sorriu.

— Sou Joaquím Jovellanos, já fui coronel do exército espanhol, e agora sou conhecido como El Católico. — Ele fez uma ligeira reverência. Parecia divertido com o encontro. — Usam o meu nome para amedrontar os franceses, mas você pode ver que na verdade sou inofensivo.

Sharpe se lembrou da velocidade extraordinária do sujeito com a espada, de sua coragem ao enfrentar sozinho a carga dos franceses. O homem não era nem um pouco inofensivo. Sharpe notou as mãos de dedos longos, que se moviam com uma espécie de graça ritual quando ele gesticulava. Uma delas foi oferecida a Sharpe.

— Ouvi dizer que você salvou minha Teresa.

BERNARD CORNWELL

— Sim. — Sharpe, alto como El Católico, sentiu-se desajeitado diante do langor civilizado do espanhol.

A outra mão veio de trás da capa e tocou brevemente o ombro de Sharpe.

— Então estou em dívida para com você. — As palavras foram negadas pelos olhos que permaneciam atentos e cautelosos. El Católico recuou e sorriu de modo depreciativo como se admitisse que os modos espanhóis podiam ser um tanto floreados. A mão magra indicou a tumba.

— Vazia.

— É o que parece. Muito dinheiro.

— Que teria sido seu prazer transportar para nós. — A voz parecia seda escura. — Para Cádiz?

Os olhos de El Católico não haviam se afastado de Sharpe. O espanhol sorriu e fez o mesmo gesto indicando a tumba ao redor.

— Infelizmente não pode ser. Ele se foi.

— O senhor sabe para onde? — Sharpe sentia-se como um sujo varredor de rua na presença de um aristocrata requintado.

As sobrancelhas subiram.

— Sei, capitão. Sei.

Sharpe sabia que estava sendo atormentado, mas foi em frente.

— Para onde?

— Isso lhe interessa?

Sharpe não respondeu, e El Católico sorriu de novo.

— O ouro é nosso, capitão, é ouro espanhol.

— Estou curioso.

— Ah. Bem, nesse caso posso aliviar sua curiosidade. Está com os franceses. Eles o capturaram há dois dias, juntamente com seu galante capitão Hardy. Nós capturamos um desgarrado que nos contou.

Kearsey tossiu, olhou para El Católico como se pedisse permissão de falar e a recebeu.

— É isso, Sharpe. A caçada acabou. De volta a Portugal.

Sharpe o ignorou, continuou a encarar o atento espanhol.

— Tem certeza?

El Católico sorriu, levantou as sobrancelhas com ar divertido, abriu as mãos.

— A não ser que nosso desgarrado tenha mentido. E duvido disso.

— O senhor rezou com ele?

— Rezei, capitão. Ele foi para o céu com uma prece e com todas as costelas removidas, uma a uma. — El Católico gargalhou.

Foi a vez de Sharpe sorrir.

— Nós temos nosso próprio prisioneiro. Tenho certeza de que ele pode negar ou confirmar a história do seu desgarrado.

El Católico apontou um dedo escada acima.

— O sargento polonês? É o seu prisioneiro?

Sharpe assentiu. As mentiras seriam descobertas.

— Ele mesmo.

— Que tristeza. — As mãos se juntaram com a sugestão graciosa de um arrependimento piedoso. — Cortei a garganta dele quando cheguei. Num momento de raiva.

Os olhos não estavam sorrindo, independentemente do que a boca fizesse, e Sharpe soube que esse não era o momento de aceitar, nem mesmo de reconhecer o delicado desafio. Deu de ombros, como se a morte do sargento não significasse nada para ele, e acompanhou o alto espanhol escada acima até o eremitério, que estava ruidoso com recém-chegados que silenciaram quando seu líder apareceu. Sharpe se levantou, no cheiro denso e doce, e olhou o homem de capa cinza se mover com facilidade entre seus seguidores: a figura de um líder que distribuía favores, recompensa e consolo.

Sharpe sabia que um soldado não era julgado meramente por seus atos, mas pelos inimigos que destruía, e os dedos do fuzileiro se estenderam, inconscientemente, para sua grande espada. Nada fora admitido, nada fora dito abertamente, mas na semiescuridão da tumba, nos destroços das esperanças inglesas, Sharpe encontrara o inimigo. E agora, no cheiro da morte, tateava o caminho para a vitória naquela pequena guerra súbita, não desejada e muito particular.

CAPÍTULO X

A rapieira moveu-se invisivelmente; num momento estava à esquerda de Sharpe, no outro, como se por magia, passara por sua guarda e estremecia contra seu peito. Havia pressão suficiente para curvar a lâmina, para sentir a ponta tirar um traço de sangue; então El
5. Católico deu um passo atrás, balançou a lâmina fina numa saudação e assumiu a guarda de novo.

— Você é lento, capitão.

Sharpe sopesou sua lâmina.

— Tente trocar de armas.

10. El Católico deu de ombros, reverteu sua lâmina e estendeu-a para Sharpe. Pegando em troca a pesada espada de cavalaria, segurou-a na horizontal, virou o pulso e estocou contra o ar vazio.

— Ferramenta de açougueiro, capitão. *En garde!*

A rapieira era delicada como uma agulha fina, no entanto, mesmo com
15. o equilíbrio, com a capacidade de resposta da arma, ele não pôde fazer nada para romper a defesa casual de El Católico. O líder guerrilheiro o provocava, comandava-o, e com um pequeno gesto final de desprezo bateu de lado na estocada de Sharpe e parou com a mão 1 centímetro antes de abrir a garganta do capitão.

20. — Você não é espadachim, capitão.

— Sou soldado.

El Católico sorriu, mas a lâmina moveu-se apenas o suficiente para tocar a pele de Sharpe antes que o espanhol largasse a espada no chão e estendesse a mão para a sua arma.

— Volte ao seu exército, soldado. Você pode perder o barco.

— O barco? — Sharpe se abaixou e puxou sua espada pesada.

— Não sabia, capitão? Os ingleses estão indo embora. Navegando para casa, capitão, deixando a guerra para nós.

— Então cuide dela. Nós voltaremos.

Sharpe se virou, ignorando o riso de El Católico, e foi em direção ao portão que dava na rua. Estava nas ruínas do pátio de Moreno, onde Knowles havia mandado as saraivadas contra os lanceiros, e tudo o que restava eram marcas de projéteis nas paredes queimadas. Cesar Moreno passou pelo portão e parou. Sorriu para Sharpe, levantou a mão para El Católico e olhou em volta como se temesse que alguém estivesse ouvindo.

— Esses homens são seus, capitão?

— Sim?

— Eles estão prontos.

Ele parecia um homem bastante decente, pensou Sharpe, mas qualquer força e habilidade que tivesse parecia ter se esvaído sob os golpes da morte da esposa e do amor de sua filha pelo poderoso e jovem El Católico. Cesar Moreno era tão grisalho quanto o cinza da capa de seu futuro genro; cabelo grisalho, bigode grisalho e uma personalidade que era uma sombra do que já fora. Fez um sinal para a rua.

— Posso ir com o senhor?

— Por favor.

Haviam demorado um dia inteiro para limpar a aldeia, cavar as sepulturas, esperar enquanto o soldado Rorden morria em agonia insuportável, e agora caminhavam até onde ele e os outros mortos da companhia seriam enterrados, no campo. El Católico foi junto, aparentemente com polidez inesgotável, mas Sharpe sentia que Moreno era cauteloso com relação ao jovem colega. O velho olhou para o fuzileiro.

— Meus filhos, capitão?

Sharpe recebera agradecimentos uma dúzia de vezes, mas Moreno explicou de novo.

BERNARD CORNWELL

— Ramon estava doente. Nada sério, mas não podia viajar. Por isso Teresa ficou aqui, para cuidar dele.

— Os franceses surpreenderam vocês?

El Católico interveio:

— Sim. Eram melhores do que esperávamos. Sabíamos que eles iriam revistar os morros, mas com uma força tão grande? Masséna está preocupado.

— Preocupado?

O homem de capa cinza assentiu.

— Os suprimentos dele, capitão, todos viajam em estradas para o sul. Pode imaginar o que faremos com eles? Nós cavalgamos de novo amanhã, para emboscar a munição dele e tentar salvar Almeida. — Era uma cutucada astuta. El Católico arriscaria seus homens e sua vida para salvar Almeida quando os britânicos não tinham feito nada para salvar a guarnição espanhola de Ciudad Rodrigo. Ele virou seu sorriso mais charmoso para Sharpe.

— E se vocês viessem? Seria bom contar com esses seus fuzis.

Sharpe sorriu de volta.

— Devemos nos juntar ao nosso exército. Se lembra? Podemos perder o barco.

El Católico levantou uma sobrancelha.

— E de mãos vazias. Que triste!

O bando de guerrilheiros olhou-os passar em silêncio. Sharpe ficara impressionado com eles, com suas armas e com a disciplina imposta por El Católico. Cada homem, e muitas mulheres, tinha um mosquete com baioneta, e pistolas eram enfiadas nos cintos junto com facas e as longas espadas espanholas. Sharpe admirou os cavalos, as selas, e se virou para El Católico.

— Deve ser caro.

O espanhol sorriu. Isso era tão fácil quanto aparar um dos golpes desajeitados de Sharpe.

— Eles cavalgam pelo ódio contra os franceses, capitão. Nosso povo nos apoia.

E os ingleses lhes dão armas, pensou Sharpe, mas não disse nada. Moreno guiou-os passando pelo *castillo*, saindo ao campo.

O OURO DE SHARPE

— Lamento, capitão, que não possamos enterrar seus homens no nosso cemitério.

Sharpe deu de ombros. Os ingleses podiam lutar pela Espanha, mas seus mortos não podiam ficar nos cemitérios espanhóis porque a alma protestante arrastaria todas as outras para o inferno. Parou diante da companhia, olhou para Kearsey, que estava junto às sepulturas em seu papel autonomeado de capelão, e assentiu para Harper.

— Tirar chapéus!

As palavras ressoaram fracas na vastidão do vale. Kearsey estava lendo a Bíblia, embora soubesse as palavras de cor, e El Católico, com o rosto cheio de compaixão, concordava ouvindo.

— O homem que nasceu de uma mulher tem poucos dias, e muitas atribulações. Ele cresce como uma flor e é cortado.

E onde está o ouro?, pensou Sharpe. Seria provável que os franceses, depois de matar os velhos e jovens, quebrar o crucifixo, espalhar excrementos nas paredes do eremitério, teriam recolocado cuidadosamente a tampa da tumba da família? Lá no alto do vale uma exaltação de cotovias começou seu voo e seu canto. Sharpe olhou para Harper. O sargento olhava para cima, para scus pássaros amados, mas enquanto Sharpe o observava, o irlandês se virou para o capitão e depois para o outro lado. Seu rosto se mostrava impassível, ilegível, e Sharpe se perguntou o que ele teria encontrado. Havia pedido que ele olhasse pela aldeia, sem explicar nada, mas sabendo que o sargento entenderia.

— Amém! — O serviço fúnebre terminou, e Kearsey olhou irritado para a companhia. — A saudação, capitão!

— Sargento!

— Companhia! — As palavras ressoaram confiantes, a disciplina no caos, os mosquetes se levantando juntos, os rostos dos homens anônimos no ritual. — Fogo!

A saraivada espantou as cotovias, fez pairar fumaça branca sobre as sepulturas, e as regras do decoro haviam sido cumpridas. Sharpe teria enterrado os homens sem cerimônia, mas Kearsey insistira, e Sharpe reconheceu que o major estava certo. A disciplina, o velho padrão de comandar e obedecer, tranquilizara os homens, e Sharpe os ouvira falando, em um tom baixo e concentrados, sobre marchar de volta às linhas britânicas. A viagem por cima dos dois rios, em território inimigo, estava sendo chamada de "caça à galinha selvagem", divertida e perigosa mas sem fazer parte da guerra de verdade. Estavam sentindo falta do batalhão, das rações regulares, da segurança de uma dúzia de outros batalhões em marcha, e o pensamento no ouro, que antes os empolgara, agora era visto em perspectiva, como o sonho de outro soldado, como encontrar uma taverna de vinhos não saqueada e cheia de mulheres solícitas.

Kearsey veio marchando e parou ao lado de Sharpe. Encarou a companhia com a Bíblia ainda apertada na mão.

— Vocês se saíram bem. Muito bem. É um terreno difícil e um longo caminho até chegar em casa. Ótimo trabalho.

Eles o olharam de volta com a expressão vazia que os soldados usam para encorajar a fala de oficiais impopulares.

— Lamento que tenham de voltar com as mãos vazias, mas seus esforços não foram em vão. Nós mostramos, juntos, que nos importamos com o povo espanhol, com o futuro dele, e seu entusiasmo, sua luta, não será esquecida.

El Católico bateu palmas, sorriu para a companhia, sorriu para Kearsey. A companhia de Sharpe ficou olhando os dois homens como se imaginasse que nova indignidade seria jogada sobre ela, e Sharpe conteve um sorriso ao pensar no povo espanhol se lembrando do entusiasmo e da luta do soldado Batten.

Kearsey repuxou o bigode.

— Vocês vão marchar amanhã, de volta a Portugal. E El Católico fornecerá uma escolta.

Sharpe manteve o rosto impávido, escondendo a fúria. Kearsey não lhe havia contado nada disso.

O major continuou:

— Eu vou ficar, para prosseguir com a luta, e espero que nos encontremos de novo. — Se esperava aplausos, ficou desapontado.

Então, como El Católico comparecera ao enterro dos ingleses mortos, foi a vez de os oficiais se postarem no cemitério murado enquanto os aldeões mortos eram postos numa sepultura comum. El Católico tinha um padre de estimação, um homenzinho bem velho, que se apressou durante o serviço enquanto Sharpe, Knowles e Harper permaneciam parados sem jeito perto do muro alto. Os franceses também tinham estado ali, como mostravam as sepulturas violadas e os sepulcros explodidos. Os mortos haviam sido enterrados de novo, os danos remendados, mas Sharpe voltou a pensar na selvageria daquela guerra.

Olhou para Teresa, vestida de preto, e a mulher lhe deu um dos seus olhares despreocupados, como se jamais o tivesse visto. Neste momento ele pensou que já havia encrenca suficiente no horizonte sem que planejasse ir atrás da mulher de El Católico. O oficial espanhol, com a espada ainda enfiada sob o braço, captou o olhar que Teresa lançou a Sharpe e sorriu ligeiramente, ou pelo menos repuxou os cantos da boca, como se reconhecesse o desejo de Sharpe e sentisse pena dele por querer algo tão inalcançável quanto Teresa. Sharpe se lembrou do corpo dourado correndo pelas pedras, as sombras na pele, e soube que seria tão fácil desistir da busca ao ouro quanto do desejo pela jovem.

Harper fez o sinal da cruz, os chapéus foram colocados e as pessoas se remexeram no cemitério. Ramon veio mancando até Sharpe e sorriu.

— Vocês vão embora amanhã?

— Vamos.

— Fico triste. — Ele era sincero, o único rosto amigável em Casatejada. Apontou para o fuzil de Sharpe. — Gosto dele.

Sharpe riu e entregou o fuzil para ele manusear.

— Venha conosco; você poderia virar um fuzileiro.

Houve um riso, e El Católico estava ali parado, com Kearsey lealmente servindo de sombra para o sujeito alto. Ficou olhando Ramon tatear com o dedo mínimo, que se projetava do curativo, as sete ranhuras espiraladas que faziam o projétil girar e tornavam a arma tão precisa.

El Católico pigarreou.

— Dia triste, capitão.

— É, senhor. — Sem dúvida ele não viera para dizer a Sharpe que havia sido um dia triste.

El Católico fitou o cemitério ao redor, com expressão imperiosa.

— Mortos demais. Sepulturas demais. Muitas sepulturas novas.

Sharpe acompanhou o olhar dele pelo cemitério pequeno. Havia algo estranho ali, algo deslocado, mas poderia ser sua reação aos enterros, aos danos causados pelos franceses no cemitério. Um muro, ao lado do eremitério, era feito de nichos, cada um do tamanho de um caixão, e os franceses haviam despedaçado as portas lacradas e derrubado o conteúdo podre no chão. Será que os franceses teriam ouvido falar do ouro?, pensou, ou será que tratavam todos os cemitérios daquele jeito? Violar os mortos era praticamente a provocação mais hedionda que alguém poderia fazer, mas Sharpe achou que seria uma coisa comum na guerra entre os guerrilheiros e os franceses.

Inesperadamente o sargento Harper deu um passo adiante.

— Eles não abriram todos os túmulos, senhor. — Disse isso como se fosse um consolo, com sua compaixão surpreendente.

El Católico sorriu para ele, viu que Harper apontava para uma sepultura recente, muito bem coberta de terra e esperando sua lápide. O homem alto assentiu.

— Não todas. Talvez não tenham tido tempo. Eu o enterrei há seis dias. Um empregado, um homem bom.

Houve um estalo, e todos olharam para Ramon, que ainda mexia no fuzil Baker. Ele havia aberto o pequeno depósito na coronha, e pareceu impressionado com as ferramentas de limpeza que estavam ali dentro. Devolveu o fuzil a Sharpe.

— Um dia eu tenho um, não é?

— Um dia eu lhe darei um. Quando voltarmos.

Ramon ergueu as sobrancelhas.

— O senhor volta?

Sharpe gargalhou.

— Nós voltaremos. Vamos perseguir os franceses até Paris.

Em seguida pendurou o fuzil no ombro e se afastou de El Católico, atravessou o cemitério e passou por um portão lateral, de ferro fundido, que dava para os vastos campos. Se havia esperado ar puro, não maculado pela morte, teve azar. Ao lado do portão, meio escondido por arbustos verde-escuros, havia um enorme monte de esterco, fétido e quente, e Sharpe se virou, vendo que El Católico o havia seguido.

— Acha que a guerra não está perdida, capitão?

Sharpe se perguntou se detectara um traço de preocupação no espanhol. Deu de ombros.

— Não está perdida.

— Você está errado. — Se o espanhol estivera preocupado, agora não estava mais. Ele falou alto, quase com zombaria: — Vocês perderam, capitão. Agora só um milagre poderá salvar os ingleses.

Sharpe captou o tom zombeteiro.

— Todos somos umas porcarias de cristãos, não somos? Acreditamos em milagres.

O protesto de Kearsey foi interrompido por uma gargalhada. Isso fez com que todos parassem e girassem, para ver Teresa, de braço dado com o pai, parada junto à porta do eremitério. O riso parou, o rosto ficou sério de novo, mas, pela primeira vez, pensou Sharpe, ele vira que ela não estava completamente ligada ao espanhol alto com a capa cinza. Ela até assentiu para o fuzileiro, antes de se virar. Milagres, decidiu Sharpe, estavam começando a acontecer.

CAPÍTULO XI

A empolgação arrefecera. O fracasso, como uma ressaca, impunha seu preço zombeteiro na forma de depressão e arrependimento enquanto Sharpe marchava para o oeste, indo de Casatejada em direção aos dois rios que separavam a Companhia Ligeira do condenado exército britânico. Sharpe sentia-se azedo, desapontado e enganado. Houve pouca afabilidade nas despedidas. Ramon o abraçara, ao modo espanhol, com um beijo nas duas faces, e o rapaz parecera genuinamente triste por se separar da Companhia Ligeira.

— Lembre-se da promessa, capitão. Um fuzil.

Sharpe fizera a promessa, mas ficou pensando, soturno, em como poderia cumpri-la. Logo Almeida estaria sitiada, os franceses dominariam a terra entre os rios e os ingleses estariam se retirando para o oeste em direção ao mar, em direção à derrota final. E tudo o que havia entre a sobrevivência e o embarque silencioso e amargo era sua suspeita de que o ouro ainda estava em Casatejada, escondido tão sutilmente quanto os guerrilheiros escondiam sua comida e suas armas. Lembrou-se das palavras de Wellington. "*Deve*, ouviu? *Deve!*" Tinha de haver mais ouro, pensou Sharpe: ouro nos porões de Londres, nos bancos mercantis, nos escritórios de contabilidade, nas barrigas dos navios mercantes. Então por que *este* ouro? A questão não podia ser respondida, e a ameaça de derrota, como as nuvens de chuva que ainda se juntavam ao norte, seguiam a Companhia Ligeira em sua marcha vazia em direção ao rio Águeda.

O OURO DE SHARPE

Os guerrilheiros também iam para o oeste, e durante a primeira hora Sharpe observara os cavaleiros seguindo pela crista de uma baixa cadeia de morros ao sul. El Católico havia falado em emboscar os comboios franceses que estariam seguindo lentamente com munição na direção de Almeida. Mas, por mais que Sharpe visse a casaca azul de Kearsey entre os cavaleiros, não conseguia ver a capa cinza de El Católico. Havia perguntado a José, um dos tenentes de El Católico e líder da escolta da companhia, onde estava o comandante guerrilheiro, mas José dera de ombros.

— Foi à frente. — O espanhol esporeou o cavalo para longe.

Patrick Harper alcançou Sharpe e olhou o rosto de seu capitão.

— Permissão para falar, senhor?

Sharpe o fitou com azedume.

— Geralmente você não pede. O que é?

Harper indicou os cavaleiros da escolta.

— O que eles fazem o senhor lembrar?

Sharpe olhou as capas pretas e compridas, os chapéus largos e as selas com estribos longos. Deu de ombros.

— Diga.

Harper olhou para o céu do norte, para as nuvens pesadas.

— Eu me lembro, senhor, de quando era recruta. Foi assim, foi mesmo, a marcha a partir de Derry.

Sharpe estava acostumado aos circunlóquios do sargento. Se havia um modo de passar a informação por meio de uma história, o irlandês preferia usá-lo, e Sharpe, que aprendera que valia a pena ouvir, não o interrompeu.

— E eles nos deram uma escolta exatamente assim, senhor. Cavaleiros na frente, ao lado, atrás e a toda volta, de modo que nenhum filho da mãe saísse da estrada. Era como se fôssemos prisioneiros, senhor, era mesmo, e por todo o caminho! Ficamos trancados à noite num celeiro perto de Maghera, e estávamos do lado deles!

O rosto do sargento tinha a expressão fugaz de tristeza que às vezes vinha quando ele falava de casa, de seu amado Ulster, um lugar tão pobre que o fizera ir parar no exército de seu inimigo. A expressão passou e ele riu de novo.

— Está vendo o que eu digo, senhor? Isto é uma porcaria de escolta para prisioneiros. Eles estão nos tirando de sua terra, estão mesmo.

— E se estiverem?

Os dois homens haviam apressado o passo de modo a ficarem à frente da companhia, fora do alcance da audição.

— Os desgraçados estão mentindo descaradamente. — Harper disse isso com um prazer silencioso, como se tivesse confiança de que poderia derrotar as mentiras com tanta facilidade quanto as enxergava.

José parou numa crista adiante e examinou o terreno antes de esporear o cavalo. A companhia estava isolada numa vastidão de capim claro, pedras e riachos secos. O sol torrava tudo, deixava o lugar enevoado com o ar tremeluzente, rachando o solo com abismos em miniatura. Sharpe sabia que eles precisavam parar para descansar, mas seus homens não estavam reclamando, nem mesmo os feridos, e eles continuavam a andar no calor e na poeira em direção à distante linha azul que eram os morros em volta de Almeida.

— Certo. Por que eles estão mentindo?

— O que aquele sujeito disse ontem? — Harper falava de El Católico, mas a pergunta não exigia resposta de Sharpe. O sargento continuou com entusiasmo: — Estávamos parados perto daquela sepultura, o senhor lembra, e ele disse que tinha enterrado o homem seis dias antes. Lembra?

Sharpe assentiu. Também estivera pensando naquela sepultura, mas as palavras de seu sargento abriam novas ideias.

— Continue.

— Ontem foi sábado. Eu perguntei ao tenente; ele sempre consegue lembrar o dia e a data. Isso significa que ele enterrou o empregado no domingo.

Sharpe olhou para Harper, sem saber o significado daquela declaração.

— E daí?

— E daí que ele enterrou o sujeito no domingo passado.

— O que há de errado com isso?

— Que Deus salve a Irlanda, senhor, eles não fariam isso. Não num domingo, e não num dia santo. Eles são católicos, senhor, não são pagãos protestantes como vocês. Num domingo? De jeito nenhum!

Sharpe riu da veemência dele.

— Tem certeza?

— Se tenho certeza? Ou não me chamo Patrick Augustine Harper. Todos éramos bons católicos em Tangaveane apesar dos ingleses desgraçados. Agora pode olhar aquilo, senhor?

— O quê? — Sharpe ficou alarmado com o gesto súbito do sargento apontando para o norte, como se uma patrulha francesa tivesse aparecido.

— Um milhafre vermelho, senhor. Não se vê muito disso.

Sharpe viu um pássaro parecido com um falcão, mas para ele a maioria dos pássaros, desde os cucos até as águias, pareciam falcões. Continuou andando. Harper reforçara suas suspeitas, aumentara-as, e ele deixou a mente voar sobre os vagos sentimentos que lhe causavam inquietação. A pedra sobre a cripta que nem havia provocado a menor desconfiança da parte de Kearsey. E a velocidade com que El Católico matara o sargento polonês, deixando de lado seu prazer usual de torturar. Certamente, pensou Sharpe, isso fora feito para que o sujeito não tivesse tempo, enquanto morria, de revelar o fato incômodo de que os franceses não sabiam nada sobre o ouro. Não era um grande motivo para suspeitas. No curto período em que o lanceiro fora seu prisioneiro, Sharpe nem mesmo encontrara uma língua comum, mas El Católico não saberia disso.

A lápide, a morte súbita do lanceiro e, além de tudo isso, a primeira suspeita de Sharpe, de que se os franceses tivessem encontrado o tesouro não iriam se demorar no vale. Ao contrário, cavalgariam rapidamente com o butim até Ciudad Rodrigo. Agora havia a ideia de Harper de que, se El Católico contara a verdade, a sepultura no pátio fora criada num domingo, o que, em si, era motivo para suspeita. Sharpe continuou andando, sentindo o suor escorrer pelas costas, e tentou se lembrar das palavras de El Católico. Será que ele dissera algo como "Eu o enterrei há uns seis dias"? Mas e se Harper estava certo com relação aos seis dias? De novo suas suspeitas corriam livres e não tinham nada para justificar o plano que estava em sua mente. No entanto El Católico mentia. Sharpe não tinha prova, só uma certeza. Virou-se de volta para Harper.

— Você acha que o ouro está naquela sepultura?

— Tem alguma coisa lá, senhor, e é tão certo quanto a danação eterna que aquilo não é um enterro cristão.

— Mas ele poderia ter enterrado o homem no sábado.

— Poderia, senhor, poderia. Mas o fato é que o túmulo não foi mexido. Estranho.

De novo Sharpe não acompanhou o raciocínio dele. Harper sorriu.

— Digamos que o senhor quisesse roubar alguns milhares de moedas de ouro e que elas estivessem escondidas na câmara mortuária. Bom, o senhor iria compartilhar a boa-nova com todo o mundo, dizendo que ia levá-las embora? Não se o senhor tivesse um grama de sensatez. Por isso o jeito é transportar para um lugar próximo, escondido pelos muros do cemitério, senhor, e esconder de novo. Numa sepultura boa e fresca.

— E se eu fosse um oficial francês — Sharpe raciocinava em voz alta — o primeiro lugar onde procuraria alguma coisa escondida, armas, comida, qualquer coisa, seria uma boa sepultura fresca.

Harper assentiu. Não estava mais sorrindo.

— E se o senhor encontrasse o cadáver de um oficial inglês? O que faria?

O sargento havia se adiantado muito ao raciocínio de Sharpe, e ele deixou a sugestão se emaranhar em suas suspeitas. Onde, diabos, estava Hardy? Se os franceses encontrassem um oficial inglês numa sepultura não iriam violá-la; recolocariam a terra, até fariam uma oração. Assobiou baixinho.

— Mas...

— Eu sei, senhor — interrompeu-o Harper. Esta era a teoria do sargento, muito bem pensada, e ele correu adiante com ela. — Tem uma coisa engraçada. Eles não enterram vocês, ingleses pagãos, em solo santo para não estragá-lo para nós, bons católicos. Mas o senhor acha que 16 mil moedas de ouro poderiam dominar o medo da condenação eterna? Eu ficaria tentado. E sempre se pode transferir o corpo quando se cavar o ouro, e com suas ave-marias você volta à escada dourada. — Harper assentiu, satisfeito com sua teoria. — O senhor falou com o pai da garota?

— Falei, mas ele não sabia de nada.

O que não era verdade, refletiu Sharpe. Ele conversara com Cesar Moreno, no pátio incendiado da casa do viúvo, e a cabeça grisalha baixou quando Sharpe lhe perguntou o que acontecera com o capitão Hardy. "Não sei." — Moreno havia olhado para cima, quase implorando para Sharpe não continuar.

— E quanto ao ouro, senhor?

O pai de Teresa se afastara bruscamente de Sharpe. "O ouro! Sempre o ouro! Eu queria que ele fosse para Lisboa. El Católico quer que ele vá por terra! Os franceses o pegaram! Se a sua cavalaria não tivesse feito besteira, capitão, ele estaria a caminho de Cádiz. Não há mais ouro."

Houvera um tom de desespero na voz do homem, que fez Sharpe sentir vontade de continuar sondando, deixar que as perguntas gentis liberassem a honestidade de Moreno, mas El Católico, acompanhado de Teresa, aparecera junto ao portão, e a chance se foi. No entanto, Harper agora oferecia uma nova teoria, que jamais teria ocorrido a Sharpe: que a sepultura no cemitério murado guardava o tesouro, e, como nos misteriosos montes antigos no campo inglês, o corpo estava rodeado por ouro. Havia outra superstição ligada àqueles morros, que Sharpe recordava bem, que dizia que cada um era vigiado por um dragão adormecido, um dragão que acordaria ao ouvir o primeiro raspar de uma picareta ladra. Ele teria de se arriscar com o dragão.

Sharpe deixou a ideia ganhar asas, tecer-se no ar, uma frágil sequência de possibilidades na qual pendurar a esperança de vitória. Será que o ouro poderia estar em Casatejada? Tão fácil? Que o ouro estivesse no cemitério, ali repousando enquanto os exércitos passavam, onde El Católico poderia desenterrá-lo sem medo de patrulhas francesas ou zelosos oficiais exploradores. Então por que El Católico encorajara Kearsey a ficar com os guerrilheiros? Ou, lembrou-se, por que havia convidado Sharpe a ficar com seus fuzileiros? No entanto, se Harper estivesse certo, se suas próprias suspeitas estivessem corretas, a sepultura fora cavada num domingo, o que ia contra a lei da Igreja, e nela estavam o ouro e o cadáver do amante de Josefina. E talvez El Católico os tivesse convidado a ficar com os guerrilheiros porque isso apenas diminuía as suspeitas deles, e porque El Católico, tendo todo o tempo do mundo, não tinha pressa especial para desenterrar as moedas. Tudo era fantástico demais, uma delicada teia de frágeis suposições, mas Sharpe sabia que, se não tomasse uma decisão, tudo estaria perdido irremediavelmente. Riu alto do absurdo de tudo aquilo, sobre suas preocupações de que poderia causar encrenca se estivesse errado, e se isso importava perante o resultado da campanha do verão. José olhou em volta, espantado com o riso súbito.

— Capitão?

— Precisamos descansar. Dez minutos.

Os homens sentaram-se agradecidos, tiraram as mochilas e se deitaram no chão. Sharpe voltou ao longo da linha para falar com os feridos que estavam sendo ajudados pelos companheiros. Ouviu Batten resmungar e parou.

— Não se preocupe, Batten, não falta muito.

Os olhos cheios de suspeita se levantaram para Sharpe.

— O dia está quente, senhor.

— Você iria reclamar se estivesse mais frio.

Os homens ali perto riram.

— De qualquer modo você estará em Almeida amanhã, e de volta ao batalhão depois de amanhã.

Sharpe falou alto, para que a escolta ouvisse, e enquanto falava soube que a decisão fora tomada. Eles não estariam em Almeida no dia seguinte, nem dali a dois dias, e sim de volta a Casatejada, onde havia uma sepultura a cavar. Era o único modo de afastar as suspeitas, mas ao fazer isso Sharpe sabia que estava fazendo inimigos mais perigosos do que os franceses. Se o ouro estivesse lá, e por um segundo sua mente se afastou da perspectiva aterrorizante de não estar, a companhia teria de carregá-lo por 30 quilômetros de terreno hostil, evitando os franceses, mas, pior do que isso, lutando contra os guerrilheiros, que conheciam o território e sabiam lutar nele. Por enquanto tudo o que podia fazer era convencer o carrancudo José de que tinha toda a intenção de voltar direto para o exército, e Sharpe, para surpresa de seus homens, subitamente pareceu volúvel e alegre.

— Carne cozida amanhã, pessoal. Chega de cozido de legumes! Rum do exército, suas esposas, o sargento-ajudante do regimento, todas as coisas das quais vocês sentiram falta. Não estão ansiosos?

Eles riram, felizes por ele estar feliz.

— E para nós, solteiros, as melhores mulheres de Portugal!

Houve grosseiros gritos de comemoração para isso, e o guerrilheiro, descansando na sela, olhou desaprovando.

— Seus homens lutam por mulheres, capitão?

Sharpe assentiu, animado.

— E por bebida. Além de 1 xelim por dia, com deduções.

Knowles veio da retaguarda com seu relógio aberto.

— Os dez minutos acabaram, senhor.

— De pé! — Sharpe bateu palmas. — Venham, rapazes! Vamos para casa. Formaturas, rações e a Sra. Roach para lavar a roupa!

Os homens se levantaram de bom humor, puseram as mochilas às costas, as armas nos ombros, e Sharpe viu a expressão de desdém de José. Ele havia criado a impressão, bastante exata, de que a Companhia Ligeira só se importava com bebidas e mulheres, e esses aliados não eram do gosto de José. Sharpe queria ser desprezado, ser subestimado, e se o espanhol voltasse a Casatejada pensando que os homens do South Essex eram desajeitados, grosseiros e estavam ansiosos para chegar aos bordéis de Lisboa, isso servia a Sharpe.

Patrick Harper, com a arma de sete canos pendurada no ombro, juntou o passo ao de Sharpe outra vez.

— Então vamos voltar?

Sharpe assentiu.

— Não que mais alguém precise saber. Como adivinhou?

Harper deu uma risada. Olhou astuto para Sharpe, como se avaliasse a sensatez de sua resposta, mas pareceu achar que ela era segura.

— Porque o senhor quer a mulher do desgraçado.

Sharpe sorriu.

— E o ouro, Patrick. Não esqueça o ouro.

Chegaram ao Águeda ao crepúsculo, quando os mosquitos se juntavam em nuvens sobre a lenta corrente que seguia para o norte. Sharpe sentiu-se tentado a acampar na margem leste, mas sabia que uma ação dessas provocaria as suspeitas dos guerrilheiros, por isso a Companhia Ligeira vadeou o rio e entrou 800 metros no meio das árvores que cercavam os morros a oeste. A escolta não foi embora, ficou na outra margem olhando-os, e por um momento Sharpe se perguntou se os espanhóis suspeitavam de que os soldados britânicos tentariam retornar a Casatejada naquela noite. Virou-se para o trêmulo tenente Knowles.

— Acenda uma fogueira.

— Uma fogueira? — Knowles ficou atônito. — Mas os franceses...

— Eu sei. Acenda. Uma fogueira grande.

Os homens estavam entusiasmados. Os que tinham as malignas baionetas com um dos gumes em forma de serra atacaram galhos de sobreiros, outros juntaram gravetos, e em minutos a fumaça azul da madeira subia como um sinal acenando no céu do início de noite. Patrick Harper, de pé com as fraldas da camisa pingando e segurando a calça encharcada junto ao fogo, lançou um olhar inquisitivo para o capitão como se sugerisse que o fogo era perigoso. Isso era deliberado, porque vê-lo iria convencer os guerrilheiros ainda mais da inépcia da infantaria britânica. Qualquer um que acendesse uma fogueira em terreno patrulhado pelo inimigo não poderia ter esperança de viver muito.

Fosse instigado pela visão da fogueira ou pelo tardio da hora, José decidiu partir, e Sharpe, agachado nas sombras no limite das árvores, viu os cavaleiros dando meia-volta e esporeando os animais para o leste. A companhia estava sozinha.

— Tenente!

Knowles veio da fogueira.

— Senhor!

— Vamos voltar. Esta noite. — Ficou observando Knowles para ver se havia alguma reação, mas o nortista assentiu como se a notícia não fosse inesperada. Sharpe ficou obscuramente desapontado. — Não levaremos os feridos. O sargento Read pode levá-los a Almeida. Dê-lhe três homens para ajudar e diga para encontrarem um comboio que retorne para o outro lado do Côa. Entendido?

— Sim, senhor.

— E vamos nos dividir esta noite. Eu vou na frente com os fuzileiros; vocês vão atrás. Encontrem-nos no cemitério em Casatejada.

Knowles coçou a cabeça.

— Acha que o ouro está lá, senhor?

Sharpe assentiu.

— Talvez. Quero pelo menos olhar. — Ele riu para o tenente, contagiando-o com seu entusiasmo. — Organize isso, Robert; depois avise se houver algum problema.

A noite baixou rapidamente e, para Sharpe, a escuridão parecia duplamente densa. A lua estava oculta atrás de nuvens que lentamente, muito lentamente, bloqueavam as estrelas, e uma brisa fraca e gélida que vinha do norte lembrou a Sharpe que o tempo ia mudar. Que não seja esta noite, pensou, porque a chuva iria retardá-los, tornaria a difícil jornada ainda mais perigosa, e ele precisava chegar a Casatejada enquanto a escuridão ainda reinasse. Para sua surpresa e seu prazer, a notícia de que não iriam para Almeida pareceu empolgar os homens. Eles sorriam para ele, murmuravam que ele era um desgraçado, mas havia na companhia uma inquietação que falava da necessidade de realizar o serviço. Knowles voltou, uma sombra na escuridão.

— Algum problema?

— Só Read, senhor. Quer um papel.

Sharpe gargalhou. O sargento Read era tão meticuloso quanto uma galinha com sua ninhada, e sem dúvida achava que seu pequeno grupo corria mais perigo do seu próprio lado do que com os franceses. Se os policiais militares descobrissem um pequeno grupo se afastando do batalhão poderiam presumir que haviam encontrado desertores e pendurá-los em suas cordas longas. Sharpe rabiscou com um lápis numa página do caderno de Knowles, sem saber na escuridão se as palavras eram ao menos legíveis.

— Dê-lhe isto.

Knowles não se afastou, e Sharpe pôde ouvi-lo movendo-se, inquieto.

— O que é?

A voz do tenente saiu baixa, preocupada:

— O senhor sabe se o ouro está lá?

— Você sabe que não sei.

Houve uma pausa; Knowles se remexeu de um pé para o outro.

— É um risco, senhor.

— Como assim? — Sharpe sabia que seu tenente não carecia de coragem.

— Achei que o major Kearsey havia ordenado que o senhor voltasse ao exército. Se ele retornar e nos encontrar xeretando em Casatejada não vai ficar exatamente feliz. E El Católico não nos receberá de braços abertos. E... — Sua voz ficou no ar.

— E o quê?

— Bom, senhor. — Knowles se agachou de modo a estar mais perto de Sharpe, com a voz mais baixa ainda. — Todo o mundo sabe que o senhor ficou encrencado com o general depois daqueles policiais militares. Se Kearsey reclamar, senhor, bem... — Ele ficou de novo sem palavras.

— Eu poderia me encrencar mais ainda, não é?

— É, senhor. E não é só isso. — De repente suas palavras jorraram como se ele tivesse guardado o discurso durante dias ou mesmo semanas: — Todos sabemos que a confirmação de sua patente não veio, senhor, e isso é injusto demais! Só porque o senhor já foi soldado raso eles parecem não fazer nada, e a Águia não significa nada.

— Não, não, não — Sharpe o interrompeu. Estava sem graça, tocado, até mesmo surpreso. — O exército não é injusto, apenas lento.

Ele não acreditava nisso, mas, caso se permitisse expressar seus pensamentos verdadeiros, a amargura apareceria. Lembrou-se da empolgação do momento, um ano antes, quando o general lhe dera a patente provisória de capitão, mas desde então só houvera silêncio da parte da Guarda Montada. Sharpe se perguntou se a promoção já não teria sido recusada e se ninguém ousava lhe contar; esse tipo de coisa já acontecera antes, e comandantes de batalhões haviam dado pessoalmente o pagamento. Exército desgraçado, sistema de promoção desgraçado. Olhou para Knowles.

— Há quanto tempo você é tenente?

— Dois anos e nove meses, senhor.

Sharpe não ficou surpreso por a resposta ser dada de modo tão completo e tão rápido. A maioria dos tenentes contava os dias que faltavam para completar três anos de serviço.

— Então será capitão na época do Natal?

Knowles pareceu sem graça.

— Meu pai vai pagar, senhor. Ele me prometeu o dinheiro depois de Talavera.

— Você merece. — Sharpe sentiu a pontada da inveja. Jamais poderia pagar 1.500 libras por uma patente de capitão, e Knowles tinha sorte por causa do pai. Sharpe riu, disfarçando o mau humor. — Se minha promoção definitiva não vier, Robert, no Natal teremos trocado de lugar! — Ele se levantou e olhou para o vale sombrio. — É hora de ir. Deus sabe como vamos encontrar o caminho. Mas boa sorte.

A 1.500 quilômetros dali, a nordeste, um homem pequeno com um tufo de cabelos desalinhado e um apetite insaciável pelo trabalho olhou a pilha de papéis que examinara e resmungou aprovando, enquanto relia os últimos parágrafos do último despacho do marechal André Masséna. Imaginou se o marechal, que ele próprio tornara príncipe de Essling, estaria perdendo o traquejo. O exército britânico era pequeno demais — os jornais de Londres diziam que eram apenas 23 mil homens com 22 mil aliados portugueses —, ao passo que o exército francês era grande demais, e Masséna parecia estar demorando um tempo enorme. Mas o despacho dizia que ele avançava, entrando em Portugal, e logo os ingleses estariam de costas para o mar e só encarariam o terror, a vergonha e a derrota. O homenzinho bocejou. Sabia de tudo o que acontecia em seu enorme império, até mesmo que o príncipe de Essling levara uma jovem para a guerra, para manter sua cama quente à noite, mas seria perdoado. Um homem precisava disso, em especial à medida que os anos corriam, e a vitória perdoava tudo. Riu alto, espantando um serviçal e fazendo as velas tremeluzirem, enquanto se lembrava do relatório de um agente secreto dizendo que a amante de Masséna se disfarçava com um uniforme de hussardo. Mas o que importava? O império estava em segurança, e o pequeno homem foi para a cama, para sua princesa, ignorando absolutamente a companhia que marchava por seu território na esperança de lhe dar muitas noites insones nos meses seguintes.

CAPÍTULO XII

Foi uma jornada de pesadelo, e só os instintos de Hagman, treinados por anos como caçador ilegal em território escuro, levou os fuzileiros em segurança de volta pelos caminhos por onde haviam sido escoltados antes. Sharpe se perguntou como Knowles, com o maior número de homens, estaria sobrevivendo, mas junto com os casacas vermelhas havia caçadores que não eram muito diferentes de Hagman, e não fazia sentido se preocupar. Os fuzileiros iam num bom ritmo, xingando em meio às pedras, tropeçando nos riachos secos, indo mais rápido do que os menos treinados homens do South Essex poderiam viajar. Os fuzileiros eram a elite do exército, os mais bem treinados, mais bem equipados, a melhor infantaria de um exército que alardeava os melhores soldados a pé de todo o mundo, mas nada de seu treinamento, de sua elogiada autoconfiança, os preparara para o trabalho de se esgueirar em Casatejada sob os narizes dos guerrilheiros cheios de desconfiança.

Perversamente a lua apareceu quando os homens de casacas verdes chegaram à última crista antes da aldeia. Velejou livre da borda de nuvens e mostrou o povoado, inocente e silencioso, no centro do vale. Os homens se deixaram cair ao chão, empurraram os fuzis à frente, mas nada se movia ao luar, a não ser a cevada ondulando na brisa e o milho fazendo barulho nas hastes longas. Sharpe olhou a aldeia, revivendo a inutilidade de tentar chegar perto sem ser visto, e esta noite não haveria esperança de convencer seus defensores a acender fogueiras, ficar ofuscados, e assim dar vantagem aos atacantes. Levantou-se.

— Venham.

Fizeram um circuito amplo, rodeando a extremidade sul do vale, movendo-se rapidamente ao luar e esperando que, se seus corpos sombreados fossem vistos fracamente contra o fundo escuro das montanhas, as sentinelas na aldeia achassem que era uma das matilhas de lobos que corriam nas terras altas. Por duas vezes na viagem os fuzileiros ouviram os lobos por perto; uma vez viram um perfil hirsuto numa crista, mas não foram incomodados. O cemitério ficava no lado leste da rua, e os fuzileiros tinham de circular a aldeia para se aproximarem, vindos da escuridão. Sharpe ficou olhando para o leste, temendo o primeiro sinal do alvorecer, temendo se aproximar da aldeia.

— Abaixados!

Deitaram-se de novo, num campo de cevada meio cortada que os franceses haviam pisoteado com seus cavalos, entrecruzando o campo de modo que, na escuridão, o lugar era feito de padrões fantásticos e curvas estranhamente sombreadas.

— Venham.

Eles se arrastaram adiante, com o eremitério a 400 metros, a torre do sino olhando-os, escolhendo caminhos em meio às hastes onde a plantação fora achatada e os poucos tufos restantes lhes davam cobertura. Ninguém falava; cada homem conhecia seu serviço, e cada um sabia, também, que os espanhóis, que falavam uns com os outros usando pedras brancas no topo dos morros, poderiam tê-los observado durante os últimos quilômetros. Mas por que eles estariam desconfiados? Sharpe era assombrado pela pergunta, pelas respostas possíveis, pelo gume de faca em que havia equilibrado a companhia.

Faltavam 200 metros, e ele parou, levantou a mão e se virou para Hagman.

— Tudo certo?

O homem assentiu e esboçou seu sorriso banguela.

— Perfeito, senhor.

Sharpe olhou para Harper.

— Venha.

Agora eram só os dois que se esgueiravam à frente penetrando no fedor cada vez maior do esterco, tentando ouvir os sons minúsculos que poderiam trair uma sentinela alerta. A cevada, amassada e tortuosa, crescia quase até o muro do cemitério, mas enquanto se arrastavam para mais perto da alta parede branca Sharpe soube que não teriam esperança de pulá-lo sem serem vistos. Deixou Harper se arrastar ao lado e pôs a boca perto do ouvido do sargento.

— Está vendo a torre do sino?

Harper assentiu.

— Tem de haver alguém lá em cima. Não podemos atravessar aqui. Seremos vistos.

O sargento estendeu a mão e curvou-a para a esquerda. Sharpe assentiu.

— Vamos.

A torre do sino, com seus arcos virados para os quatro pontos cardeais, era o posto de sentinela mais óbvio na aldeia. Sharpe não conseguia ver nada no espaço sombreado no topo da torre, mas sabia que um homem estava ali, e enquanto se arrastavam, com as hastes de cevada fazendo um barulho ensurdecedor, sentiu-se como um pequeno animal correndo para uma armadilha. Chegaram ao canto do cemitério, levantaram-se de encontro ao muro com um falso sentimento de alívio; e então, escondidos da torre, esgueiraram-se lentamente pelo lado esquerdo do muro, em direção ao portão, aos arbustos e ao monte fétido de esterco.

Nada se mexia. Era como se Casatejada estivesse deserta, e, por um momento, Sharpe deixou a mente se abrigar na possibilidade luxuosa de que El Católico tivesse partido com todos os seus seguidores e que a aldeia estivesse mesmo vazia. Então lembrou-se de Ramon, que ainda não podia cavalgar, e de sua irmã, Teresa, que ficara para cuidar dele, e soube que havia gente na aldeia, que ela estava vigiada. Mas de algum modo haviam chegado ao portão do cemitério e ninguém gritara, ninguém estalara o fecho de um mosquete, e ainda assim a aldeia tinha a expressão vazia de uma comunidade adormecida. Sharpe olhou pelo portão de ferro fundido. As sepulturas se achavam iluminadas pelo luar. Tudo estava silencioso, os pelos de sua nuca se eriçaram, e de repente a ideia de 16 mil moedas de ouro escondidas numa sepultura se tornou ridícula. Cutucou o cotovelo de Harper, forçando o sargento a ir para a sombra densa dos arbustos perto do portão.

— Não gosto disso — sussurrou. Não havia sentido em tentar dissecar seus temores; um soldado precisava confiar no instinto, e no momento em que ele tentasse identificá-lo, o instinto desapareceria como fumaça numa névoa. — Fique aqui. Eu vou entrar. Se alguém se meter comigo, use essa arma desgraçada.

Patrick Harper assentiu. Ele havia tirado a arma de sete canos do ombro e puxou a pederneira para trás, lentamente e com firmeza, de modo que a lingueta muito bem lubrificada deslizasse em silêncio para o lugar. O sargento compartilhava a apreensão de seu oficial, mas não tinha certeza se era devida à visão do cemitério vazio ao luar débil ou se porque os inimigos estariam vigiando-os, zombeteiros. Viu Sharpe pular no topo do muro, sem confiar nas dobradiças do portão, e então olhou para os morros e viu a borda fraquíssima do horizonte, o anúncio da alvorada, e sentiu uma brisa gélida perturbar o cheiro denso do esterco. Ouviu a bainha da espada de Sharpe raspar nas pedras. Houve um som oco quando ele bateu no chão; em seguida Harper estava sozinho, sob a cobertura densa do arbusto, segurando o cabo da arma assassina.

Sharpe se agachou dentro do cemitério, os ouvidos zumbindo com o barulho que fizera ao pular o muro. Tinha sido idiota! Deveria ter passado a espada e o fuzil pelas barras do portão, mas não pensara nisso, e havia feito um som parecido com o de um amante fugindo de um marido que retornasse, escorregando e tropeçando por cima da alta barreira de pedra. Mas nada se mexeu; nada a não ser um suspiro fundo e curioso onde o vento passava através da torre do sino e acariciava o enorme instrumento de metal. Do outro lado do cemitério podia ver os sepulcros do muro, pequenas caixas à luz fraca, e pensou na putrefação pingando pela argamassa, nos corpos deitados naquele cemitério, e em seguida estava deitado de barriga e se arrastando entre os túmulos em direção ao local, do outro lado, onde a sepultura recente o esperava. Ao se arrastar podia ser visto da torre do sino, ele sabia, mas a sorte estava lançada, não havia retorno; só podia esperar que o homem na torre estivesse dormindo com a cabeça encostada no peito, enquanto o inimigo se esgueirava embaixo. Sua fivela, o cinturão cruzado no peito e os botões se prendiam na terra seca enquanto Sharpe se arrastava até o monte de terra. A sepultura realmente parecia suspeita, decidiu, mais alta do que as outras e de algum modo mais bem esculpida num monte atarracado de terra clara. Sujara o rosto com uma mistura de terra e cuspe, mas não ousava olhar para cima, por mais que desejasse, para ver se havia uma cabeça se inclinando para fora do arco.

No silêncio xingou a própria estupidez. Será que não deveria ter marchado diretamente, com baionetas caladas, e insistido em cavar a sepultura? Se tivesse certeza poderia ter feito isso, em vez de vir como um ladrão na noite, mas nada era certo. Uma suspeita, só isso, uma suspeita débil e maldita, estimulada por nada mais do que a insistência de Patrick Harper de que um homem não seria enterrado num domingo. De repente lembrou-se de que o segundo nome do sargento era Augustine e riu, insensatamente, enquanto finalmente chegava próximo ao objeto para cuja exploração marchara até tão longe e com tanta dificuldade.

Nada se movia. O sino gemia suavemente, mas não havia outros sons. Seria fácil pensar que estava absolutamente sozinho e invisível, mas seu instinto continuava mandando sinais de perigo com relação aos quais ele nada podia fazer. Começou a cavar, desajeitado, deitado e com um braço torto puxando punhados de terra do túmulo. Era mais difícil do que imaginara. Cada punhado de terra e de pedras provocava uma avalanche miniatura do topo do monte, e a cada vez parecia que o barulho era ensurdecedor, mas Sharpe não ousava fazer nada além de continuar raspando a sepultura enquanto os músculos do braço, dobrados de modo não natural, gritavam de agonia. Uma vez pensou que ouvira um barulho, uma passada sobre as pedras, mas quando se imobilizou não havia nada. Levantou os olhos, viu a mancha de luz cinza que limitava seu tempo e cavou mais fundo, forçando a mão para dentro do solo e tentando fazer um túnel até o que quer que estivesse enterrado naquela terra dura e rasa. A luz estava melhorando, desastrosamente, e o que antes fora apenas sombras corcundas ao luar agora podia ser visto como lápides nítidas, ornamentadas. Até conseguia ler o que estava escrito na mais próxima — Maria Uracca —, e o anjo gravado que guardava o repouso dela parecia rir dele à luz débil. Arriscou-se a olhar para cima, jogando fora a cautela, mas não havia nada a ser visto no arco aberto no topo da torre, a não ser a forma fraca e cinza do sino. Empurrou a mão com mais força, ainda sem encontrar nada além de terra e pedras, e aumentou a cratera que tinha feito, que parecia como se um cão tivesse escavado em busca de um osso. Então escutou uma voz, clara e nítida, em algum lugar da aldeia, e soube que não havia mais tempo. A voz não parecera alarmada, era apenas alguém acordando, mas não fazia sentido continuar tentando se esconder. Ajoelhou-se e usou as duas mãos puxando a terra, buscando o que quer que houvesse na sepultura. E ali estava: tecido de aniagem. Raspou mais freneticamente, com a terra escorrendo sobre o pedaço de pano, e sua mente partiu à frente da ideia de moedas de ouro em sacos finos, enterradas 15 centímetros abaixo da superfície. Limpou o caminho de novo, pôde ver o saco com clareza, e cutucou-o com dedos rígidos, rasgando-o, forçando a mão no meio das moedas. Mas não havia moedas. Só o fedor imundo, desesperado, podre, de um cadáver, e uma gosma horrível nos dedos, um engasgo na garganta, e ele soube instantaneamente que aquele corpo amortalhado em pano marrom e simples, não era do capitão Hardy, e sim do empregado de El Católico, que, por um motivo que ele jamais saberia, não fora incomodado pelos franceses na tentativa de saquear. Fracasso, absoluto, completo, fracasso total, o fim de mil esperanças, e dedos cobertos de pano podre. E nada de ouro.

— Bom-dia. — A entonação era zombeteira, calma e firme, e Sharpe girou para ver El Católico parado à porta do eremitério. O oficial espanhol estava na sombra, mas não havia como se enganar com os longos punhos do uniforme por baixo da capa cinza, a espada fina ou a voz sedosa. — Bom-dia, capitão Sharpe. Estava com fome?

Sharpe se ergueu, consciente da sujeira no uniforme. Abaixou-se para pegar o fuzil, mas parou quando viu um cano de mosquete apontando para ele por trás de El Católico. E de repente, com pés silenciosos, uma dúzia de homens se enfileirou de cada lado do espanhol, que continuava olhando Sharpe com expressão de zombaria.

— O senhor costuma desenterrar cadáveres, capitão Sharpe?

Não havia nada a dizer. Ele deixou o fuzil no chão e se empertigou.

— Perguntei se o senhor costuma desenterrar cadáveres, capitão.

O homem alto deu mais alguns passos no cemitério. Sharpe enxugou a sujeira da mão direita nas pernas do macacão. Por que, diabos, Harper não aparecera? Será que o teriam encontrado também? Sharpe não ouvira nada, nem passos, nem porta estalando; mas estivera cavando, e o barulho poderia ter sido suficiente para esconder a quieta aproximação de El Católico até a porta dos fundos do eremitério.

O espanhol deu um risinho e balançou a mão num dos seus gestos elegantes.

— Você não vai responder à minha pergunta. Acho que está procurando o ouro, não é? Estou certo?

Sharpe não disse nada, e El Católico insistiu:

— Estou certo?

— Está.

— Você tem voz! — El Católico se virou e falou com um dos seus homens, esperou e se virou de novo, segurando uma pá. — Então cave, capitão. Cave. Não tivemos tempo de enterrar Carlos decentemente. Fizemos às pressas, no sábado passado, à noite, de modo que você poderá nos prestar um serviço. — Jogou a pá para Sharpe, com o metal refletindo a luz, e ela bateu no chão ao lado dos pés do fuzileiro.

Sharpe não se mexeu. Parte dele amaldiçoava Harper, injustamente, pelas suspeitas quanto a um enterro no domingo, mas sabia que teria voltado de qualquer modo. E onde estava o grande irlandês? Ele não poderia ter sido capturado, não sem uma luta que seria audível a mais de 1 quilômetro de distância, e o capitão sentiu uma levíssima esperança se agitar.

El Católico deu um passo à frente.

— Não vai cavar?

O alto espanhol baixou a mão esquerda, e Sharpe viu o cano do mosquete subir, escutou o estrondo, viu o jorro de chama no meio da fumaça, e o projétil se achatou na parede atrás dele. Será que os desgraçados haviam cortado a garganta de Harper? Não havia esperança de um resgate da parte de Hagman; Sharpe enfatizara ao grupo que eles não deveriam vir à aldeia enquanto não fossem chamados. Que tudo se danasse! E Knowles entraria na mesma armadilha, e tudo, absolutamente tudo, desmoronara em volta dele porque fora esperto demais. Pegou a pá — não tinha escolha — e enfiou-a na terra ao lado do cadáver, e sua mente, recusando-se a aceitar a derrota absoluta, ainda esperava que embaixo do corpo podre pudesse encontrar sacos de ouro. Embaixo do cadáver havia solo duro, cheio de pedras afiadas, muito compactado e estremecendo à medida que ele golpeava com a pá.

El Católico gargalhou.

— Achou o ouro, capitão? — Em seguida se virou para seus homens, falou em espanhol rápido, e eles riram do inglês, zombaram do capitão dos fuzileiros de rosto sujo que estava sendo obrigado a cavar uma sepultura como um camponês.

— Joaquím? — Era Teresa, que de repente estava ali, com um longo vestido branco. Parou ao lado de seu homem, passou o braço pelo dele e perguntou o que estava acontecendo.

Sharpe ouviu-a rir enquanto El Católico explicava.

— Cave, capitão, cave! O ouro! Você precisa do ouro! — El Católico se divertia.

Sharpe jogou a pá no chão.

— Não há ouro.

— Ah! — O rosto de El Católico mostrou um horror fingido; suas mãos subiram, soltando a jovem, e ele traduziu para seus homens. Em seguida se virou de volta, ignorando o riso deles. — Onde estão seus homens, capitão?

— Vigiando você.

Era uma resposta débil, e El Católico tratou-a com o desprezo merecido. Gargalhou.

— Você foi visto se arrastando até a sepultura sozinho e no escuro, capitão. Mas não está sozinho, está?

— Não. E não esperava encontrá-lo aqui.

El Católico fez uma reverência.

— Um prazer inesperado, então. O pai de Teresa está comandando a emboscada. Eu decidi voltar.

— Para proteger o seu ouro? — Era uma tentativa inútil, mas agora tudo era inútil.

El Católico passou o braço pelos ombros de Teresa.

— Para proteger meu tesouro, capitão. — Ele traduziu de novo, e os homens gargalharam.

O rosto da garota permaneceu enigmático como sempre. El Católico balançou uma das mãos na direção do portão.

— Vá, capitão. Sei que seus homens estão por perto. Vá para casa, pequeno cavador de sepulturas, e lembre-se de uma coisa.

— O quê?

— Vigie as costas. Com muito cuidado. É uma longa estrada. — El Católico tornou a gargalhar, viu Sharpe se abaixar para pegar o fuzil. — Deixe a arma, pequeno cavador de sepulturas. Vai nos poupar o trabalho de recolhê-lo no chão da estrada.

Sharpe pegou-o, pendurou-o desafiadoramente no ombro e xingou inutilmente o espanhol. El Católico riu, deu de ombros e indicou de novo o portão.

— Vá, capitão. Os franceses estão com o ouro, como eu disse. Os franceses.

O portão não estava trancado; poderia ser aberto com facilidade, mas Patrick Harper, com o sangue de heróis irlandeses nas veias, optou por chutá-lo com o pé enorme. O portão explodiu para dentro, as dobradiças sendo arrancadas da argamassa seca, e ali ele parou, 1,92m de irlandês risonho, imundo como um carniceiro, e com sete canos seguros numa das mãos, apontando casualmente para El Católico e seus homens.

— Bela manhã! E como vai nosso lorde esta manhã?

Sharpe raramente tinha um vislumbre da imitação feita por Harper do que o resto do mundo considerava que fossem os maneirismos irlandeses, mas aquele era, sem dúvida, um ótimo desempenho. A pavorosa mortalha de fracasso desapareceu porque Sharpe soube, com certeza absoluta, que Harper estava fervilhando de boas notícias. Ali estava o riso, o passo dançado e as palavras idiotas que borbulhavam do soldado enorme.

— E é uma belíssima manhã mesmo, sem dúvida, meritíssimo. — Ele olhava para El Católico. — Eu não me moveria, Vossa Graça, enquanto estou com a arma apontada para o senhor. Ela poderia disparar com um

bum desesperado, poderia mesmo, e arrancar toda a sua preciosa cabeça.
— Fitou Sharpe. — Bom-dia, senhor! Desculpe minha aparência.

Sharpe sorriu, começou a rir de alívio. Harper estava nojento, coberto com esterco brilhante e meio podre, e o sargento riu através da máscara de estrume.

— Caí na merda, senhor. — Só uma coisa no sargento não estava suja de esterco: a arma. E essa, apesar de sua empolgação, apontava para El Católico com muita firmeza. O irlandês olhou de novo para Sharpe. — Poderia chamar os garotos, senhor?

Sharpe tirou o apito do coldre no cinturão de couro atravessado ao peito e tocou o sinal que traria os fuzileiros correndo para a aldeia. Harper continuava olhando com firmeza para El Católico.

— Obrigado, senhor. — Este era o seu momento, sua vitória, e Sharpe não iria estragá-lo.

O sargento sorriu para El Católico.

— O senhor estava dizendo, Vossa Santidade, que os franceses estão com o ouro?

El Católico assentiu, sem dizer nada. Teresa olhou de modo desafiador para Harper, depois para Sharpe, que agora apontava seu fuzil para o pequeno grupo de guerrilheiros.

— Os franceses estão com o ouro. — A voz dela saiu firme, o tom quase de desprezo contra os dois homens armados.

Os espanhóis tinham armas, mas nenhum deles ousou se mexer enquanto o vasto focinho da arma de sete canos os encarava do flanco. Teresa repetiu:

— Os franceses estão com o ouro.

— Isso é bom, moça, é mesmo. — De repente Harper soava gentil. — Porque o que a senhora não sabe, como dizia minha mãe, não vai lhe fazer falta. E olhe o que encontrei no monte de esterco. — Ele riu para todos, ergueu a mão livre, e dela, escorrendo numa cascata brilhante, caíram grossas moedas de ouro. O sorriso ficou mais largo.

— O Bom Senhor foi gentil comigo nesta manhã — disse Patrick Augustine Harper.

CAPÍTULO XIII

Sharpe apontou para uma oliveira retorcida, aparentemente um marco entre dois campos, e gritou para Hagman:

— Está vendo aquela árvore, Daniel?

A voz veio da torre do sino.

5. — Senhor?

— A oliveira! A 400 metros daqui. Depois da casa grande!

— Vi, senhor.

— Arranque com um tiro aquele galho pendurado!

Hagman murmurou algo relativo a porcarias de milagres, El Católico 10. zombou da impossibilidade do tiro, e Sharpe sorriu para ele.

— Se algum de seus homens tentar sair da aldeia, vai ser abatido. Entendeu?

O espanhol não respondeu. Sharpe havia posto quatro fuzileiros na torre do sino com ordens de atirar em qualquer cavaleiro que saísse de 15. Casatejada. Por enquanto precisava de todo o tempo que pudesse ganhar antes que todo o bando de guerrilheiros endurecidos de El Católico começasse a perseguir a Companhia Ligeira pelos morros. O fuzil Baker espocou, o galho pendurado saltou no ar, preso por uma tira de casca, e então caiu de volta. Hagman não havia cortado totalmente a casca clara, mas a de- 20. monstração foi mais do que suficiente, e El Católico viu o galho balançar como um pêndulo. Não disse nada. Seus homens, desarmados e perplexos, estavam sentados junto ao muro do cemitério e viram cinco outros fuzileiros, liderados por Harper, remexendo a enorme pilha de esterco com suas baionetas. Tiravam sacos de couro cheios de moedas e jogavam-nos aos pés de Sharpe; saco após saco, gordos de ouro, era mais dinheiro do que Sharpe jamais vira num só lugar, uma fortuna além de sua capacidade de imaginar.

Os fuzileiros se mostravam pasmos com o ouro, empolgados com a descoberta e incrédulos, em sua empolgação, enquanto os sacos quentes e fedorentos caíam com ruído aos pés de Sharpe. O rosto de El Católico estava rígido como uma máscara de criança vendida numa feira campestre, mas Sharpe sabia que os músculos controlados escondiam uma fúria enorme. O espanhol foi até Sharpe e indicou os sacos.

— O ouro é nosso, Sharpe.

— Nosso?

— É espanhol. — Os olhos escuros examinavam o rosto do fuzileiro.

— Então vamos levá-lo a Cádiz para vocês. Quer ir junto?

— Cádiz! — Por um momento a máscara escorregou e a voz se tornou um rosnado de fúria. — Vocês não vão levá-lo a Cádiz! Ele voltará à Inglaterra com seu exército, para comprar conforto para seus generais.

Sharpe esperava que sua expressão espelhasse o desprezo de El Católico.

— E o que você ia fazer com ele?

O espanhol deu de ombros.

— Levá-lo a Cádiz. Por terra.

Sharpe não acreditou; todos os instintos lhe diziam que El Católico planejara roubar o ouro, ficar com ele, mas não tinha prova, a não ser a de que o ouro fora escondido. Encolheu os ombros de novo para o líder guerrilheiro.

— Então vamos lhe economizar uma viagem. Será um prazer.

Sorriu para El Católico, que se virou e falou rápido com seus homens, indicando Sharpe, e os guerreiros sentados junto ao muro murmuraram com raiva, de modo que os homens de Sharpe tiveram de apontar os fuzis e dar um passo à frente.

Patrick Harper parou junto de Sharpe e se espreguiçou.

— Eles não estão felizes, senhor.

Sharpe riu.

— Eles acham que estamos roubando seu ouro. Não creio que queiram nos ajudar a levá-lo para Cádiz.

Teresa olhava para Sharpe como um gato espiando um pássaro. Harper viu a expressão dela.

— Acha que eles vão tentar nos impedir, senhor?

Sharpe arqueou as sobrancelhas, inocente.

— Somos aliados. — Em seguida, falou mais alto e devagar, para que qualquer um dos espanhóis que soubesse um pouquinho de inglês entendesse: — Vamos levar o ouro a Cádiz, à Junta.

Teresa cuspiu no chão e levantou os olhos de novo para Sharpe. Ele se perguntou se todos tinham ficado sabendo que o ouro estava escondido no esterco, mas duvidou. Se um número muito grande de guerrilheiros soubesse, sempre havia o perigo de alguém falar e o segredo ir embora. Mas não havia como duvidar do fato de que, agora que o ouro fora revelado, eles estavam decididos a impedir que os ingleses o levassem. Era uma guerra não declarada, maligna e particular, e Sharpe se indagou como a Companhia Ligeira carregaria as moedas através de uma região que era território familiar de caça para os homens de El Católico.

— Senhor! — Hagman chamava da torre do sino. — O Sr. Knowles está à vista!

Knowles evidentemente havia se perdido, desgarrado no escuro, e o rosto do jovem tenente se mostrava exasperado e exausto enquanto os homens de casacas vermelhas se arrastavam para dentro da aldeia. Ele parou ao ver o ouro, depois se virou para Sharpe de novo. Sua expressão mudou para júbilo.

— Não acredito.

Sharpe pegou uma moeda e jogou-a casualmente para ele.

— Ouro espanhol.

— Santo Deus!

Os recém-chegados se comprimiram em volta do tenente, inclinando-se e passando os dedos na moeda. Knowles levantou os olhos.

— O senhor o encontrou!

Sharpe assentiu para Harper.

— Foi o Harps.

— Harps! — Knowles usou o apelido do sargento quase inconsciente-mente. — Como diabos você conseguiu?

— Fácil, senhor, fácil.

Harper se lançou numa narrativa de seu feito. Sharpe já a ouvira qua-tro ou cinco vezes, mas esta era a realização do sargento, e ele precisou ouvi-la de novo. Harper estivera no meio dos arbustos, como Sharpe man-dara, ouvindo o som de seu capitão cavando a sepultura.

— Um barulho tremendo! Pensei que ele ia acordar os mortos, pensei mesmo, estava cavando, e o tempo todo a luz vinha chegando. — Então ouviu ruídos, passos vindos da aldeia. Harper assentiu para Sharpe. — Eu sabia que ele não estava escutando nada, ainda raspando como se a sepul-tura tivesse pulgas, estava mesmo, e pensei: não vou me mexer. Os des-graçados podiam saber sobre o capitão, mas eu estava escondido e estava melhor lá. — Apontou para El Católico, que o encarou, sem expressão. — Então o sujeito ali veio para cá, sozinho. Estava abotoando a calça, estava sim, e espiou pelo portão. Então, pensei, vai pular em cima do capitão, é? Eu também já ia pular, mas então ele se virou, desembainhou aquela espa-da bonitinha e enfiou na porcaria do esterco! Então eu soube, soube sim, e quando o desgraçado saiu de perto eu também cutuquei. — Ele deu um riso largo, parecendo esperar aplausos, e Knowles riu.

— Mas como você soube?

Sharpe interrompeu:

— Esta é a parte inteligente. O honesto sargento Harper trabalhando.

Harper riu, feliz em se expor à luz da aprovação.

— Já viu um punguista trabalhando, senhor?

Knowles balançou a cabeça, murmurou algo sobre moverem-se em cír-culos diferentes, e o riso de Harper ficou maior ainda.

— É assim, senhor, é o seguinte. São dois juntos, certo? Um esbarra num homem rico na rua, empurra ele, sabe como é. Não machuca o sujei-to, mas o desequilibra. Então o que ele faz? Pensa que você pode ter afanado o dinheiro, por isso coloca imediatamente a mão em cima do bolso para ver se ele continua lá. Assim, o seu colega está olhando, vê em que bolso ele bate, e o roubo está praticamente feito! — Harper apontou um polegar para o líder guerrilheiro. — O desgraçado idiota caiu direitinho. Ouviu o capitão incomodando os vermes, por isso não pôde resistir a dar uma voltinha e garantir se o negócio continuava seguro! E aqui está!

Knowles gargalhou.

— Como um simples irlandês de Donegal sabe sobre punguistas?

Harper arqueou uma sobrancelha sábia.

— Nós aprendemos muita coisa em Tangaveane, senhor. É surpreendente, senhor, é mesmo, o que a gente aprende no colo da mamãe.

Sharpe foi até o esterco espalhado.

— Quantos sacos mais?

Harper esfregou as mãos.

— É só isso, senhor. Sessenta e três sacos; não estou vendo mais nenhum.

Sharpe olhou para seu empolgado sargento. Ele estava coberto de excremento animal e humano, as roupas escorregadias de líquido. Sorriu.

— Vá se lavar, Patrick. E parabéns.

Harper bateu palmas.

— Certo, pessoal! Hora da limpeza!

Sharpe voltou ao ouro e pegou outra moeda no saco que ele havia aberto. Era uma moeda grossa, achou que deveria pesar quase 30 gramas, e de um lado havia o brasão da Espanha encimado por uma coroa, e com uma legenda circulando o perímetro. Leu-a em voz alta, abrindo caminho lentamente pelas sílabas.

— *"Initium sapientiae timor domini."* Sabe o que significa, tenente?

Knowles olhou para sua moeda e balançou a cabeça. O fuzileiro Tongue, o educado, veio com uma tradução.

— O início da sabedoria, senhor, é o temor ao Senhor.

Sharpe riu. Virou a moeda. Do outro lado havia o perfil de um homem, a cabeça coberta por uma peruca com cachos profusos e a legenda facilmente compreensível. Felipe V, pela Graça de Deus Rei da Espanha e das Índias. Abaixo do perfil havia uma data: 1729. Sharpe fitou Knowles.

— Sabe o que é?

— Um dobrão, senhor. Uma peça de oito escudos.

— Quanto vale?

Knowles pensou, sopesou a moeda, jogou-a no ar.

— Umas três libras e dez xelins, senhor.

Sharpe pareceu incrédulo.

— Cada uma?

Knowles assentiu.

— Cada uma.

— Santo Deus.

Dezesseis mil moedas, cada uma valendo três libras e dez xelins. Sharpe tentou fazer a conta de cabeça. Isaiah Tongue venceu todos, com a voz cheia de espanto enquanto dizia a cifra:

— Cinquenta e seis mil libras, senhor.

Sharpe começou a rir, sentindo-se quase histérico em sua reação. Poderia comprar bem mais de trinta patentes de capitão com esse dinheiro. Daria para um dia de pagamento de mais de 1 milhão de homens. Nem que Sharpe vivesse cem anos, jamais ganharia a quantidade de dinheiro que estava nos sacos de couro a seus pés: moedas gordas, grandes, grossas, amarelo-douradas, com imagens de um rei com cabelo chique, nariz adunco, aparência frágil. Dinheiro, ouro, mais do que ele poderia compreender com seu salário de dez xelins e seis pence por dia, menos dois xelins e oito pence para o rancho, e depois mais descontos para roupa lavada e custos de hospital, e ficou olhando incrédulo para a pilha. Quanto aos homens, tinham sorte se num ano ganhassem apenas duas daquelas moedas. Um xelim por dia, menos todos os descontos, deixavam-nos nos Três Setes: sete libras, sete xelins e sete pence por ano. Mas havia poucos homens que ganhavam ao menos isso. Eram cobrados por equipamentos perdidos, equipamentos quebrados, equipamentos substituídos, e homens haviam desertado em troca de menos do que o valor de um punhado desse ouro.

— Quatrocentos e cinquenta quilos, senhor. — Knowles estava sério.

— O quê?

— É o que acho que pesa, senhor. Quatrocentos e cinquenta, talvez mais.

Quase meia tonelada de ouro para ser carregada através das colinas inimigas, e provavelmente num tempo que iria piorar desastrosamente.

Agora as nuvens estavam acima, pesadas de chuva, movendo-se para o sul de modo que logo não haveria céu azul. Sharpe apontou para os sacos.

— Divida-os, tenente. Trinta pilhas. Encha trinta mochilas, jogue tudo fora, menos a munição, e só teremos de nos revezar carregando.

El Católico se levantou, andou lentamente até Sharpe, mantendo um olhar fixo nos fuzileiros que ainda cobriam os espanhóis com suas armas.

— Capitão.

— Sim?

— É ouro espanhol. — Ele falava com orgulho, fazendo um último esforço.

— Eu sei.

— Pertence à Espanha. Deve ficar aqui.

Sharpe balançou a cabeça.

— Pertence à Junta Suprema em Cádiz. Simplesmente vou entregá-lo.

— Ele não precisa ir. — El Católico havia juntado toda a sua dignidade. Falava baixo, persuasivo. — Será usado para lutar contra os franceses, capitão. Para matar franceses. Se o senhor o levar, a Inglaterra irá roubá-lo; irá para casa com seus navios. Ele deve ficar aqui.

— Não. — Sharpe sorriu para o espanhol, tentando irritá-lo. — Ele vai conosco. A marinha real vai mandá-lo a Cádiz. Se não acredita em mim, por que não vem também? Seria bom ter mais costas para carregá-lo.

El Católico retribuiu o sorriso.

— Eu vou com o senhor, capitão.

Sharpe soube o que ele queria dizer. A viagem para casa seria um pesadelo de medo, medo de emboscada, mas o "deve" de Wellington era o imperativo na cabeça de Sharpe. Virou-se e, ao fazer isso, sentiu uma solitária gota de chuva bater na face. Esperou, mas não houve outras, porém soube que logo, em menos de uma hora, as nuvens iriam estourar e os riachos e rios subiriam com velocidade inimaginável.

Harper voltou, limpo, as roupas encharcadas. Assentiu para os guerrilheiros.

— O que faremos com eles, senhor?

— Vamos trancá-los quando formos embora. — Isso lhes daria um pouco de tempo, não muito, mas cada minuto era valioso. Virou-se para Knowles. — Estamos prontos?

— Quase, senhor.

Knowles estava dividindo os sacos enquanto dois homens, o sargento McGovern e o fuzileiro Tongue, derramavam o ouro nas mochilas. Sharpe sentiu-se grato porque muitos de seus homens haviam saqueado as mochilas francesas de couro de boi em Talavera; as mochilas inglesas, de lona e madeira, iriam se rasgar com o peso. Os homens odiavam as mochilas inglesas, feitas pela firma de Trotter's, com suas terríveis tiras peitorais que, no fim de uma marcha longa, faziam os pulmões parecerem cheios de ácido. "Dor de Trotter's" era como isso era chamado, e praticamente todos os homens tinham às costas equipamento francês capturado.

O fuzileiro Tongue olhou para Sharpe.

— Não deveria haver 64 sacos, senhor?

— Sessenta e quatro?

Tongue empurrou para trás uma mecha de cabelo que caía continuamente nos olhos.

— Deveriam ser 16 mil moedas, senhor. Temos 63 sacos, com 250 naquele. — Ele apontou para o saco aberto. — Com isso são 15.750. Faltam 250.

— Não é só isso o que está faltando. — A voz de Harper veio suave, e Sharpe demorou um momento para entender.

Hardy. Ele se esquecera do capitão Hardy na empolgação da descoberta do ouro. Olhou para El Católico.

— E então?

O espanhol deu de ombros.

— Nós usamos um saco, sim. Precisamos comprar armas, pólvora, munição, até comida.

— Eu não estava falando do ouro.

— De quê, então? — El Católico estava imóvel.

Outra gota de chuva, e mais outra, e Sharpe olhou para as nuvens. Seria uma marcha dura.

BERNARD CORNWELL

— O capitão Hardy está desaparecido.

— Eu sei.

— O que mais você sabe?

A língua de El Católico surgiu rapidamente e lambeu os lábios.

— Achamos que ele foi capturado pelos franceses. — E passou para seu tom de desprezo superior: — Sem dúvida vão trocá-lo, educadamente. Você não entende a guerra de verdade, capitão.

Harper resmungou, deu um passo adiante.

— Deixe-me fazer as perguntas, senhor. Vou arrebentar com ele.

— Não. — Foi a garota que falou. — Hardy tentou escapar dos franceses. Não sabemos onde ele está.

— Eles estão mentindo. — As mãos do irlandês se fecharam com força.

A chuva batia no chão seco, gotas grandes, quentes. Sharpe se virou para a companhia.

— Enrolem os fechos! Tampem os canos!

A chuva era inimiga da pólvora, e o máximo que eles podiam fazer era tentar manter os fuzis e mosquetes secos. Sharpe viu o terreno absorvendo a água. Precisavam partir logo, antes que a poeira virasse lama.

— Senhor! — Era Hagman de novo, gritando da torre.

— Daniel?

— Cavaleiros, senhor. Uns 3 quilômetros ao sul.

— Franceses?

— Não. Espanhóis, senhor.

Agora o tempo era tudo. Sharpe se virou para Harper.

— Tranquem-nos. Encontre algum lugar, qualquer lugar.

Precisavam esquecer o capitão Hardy e marchar depressa, tentar conseguir uma dianteira sobre os guerrilheiros, mas Sharpe sabia que era impossível. O ouro era pesado. El Católico sabia. Enquanto os espanhóis eram arrebanhados sem cerimônia para a aldeia ele abriu caminho passando por um fuzileiro.

— Vocês não irão longe, capitão.

Sharpe foi até ele.

— Por quê?

El Católico sorriu, indicou a chuva, o ouro.

— Nós vamos persegui-los. Vamos matá-los.

Era verdade. Sharpe sabia que, mesmo usando os cavalos que ainda estavam na aldeia, não poderia viajar suficientemente rápido. A chuva estava caindo com mais força, ricocheteando no chão de modo que a terra parecia ter uma névoa reluzente uns 5 centímetros acima da superfície. Sharpe sorriu e passou pelo espanhol.

— Não vão. — Ele estendeu a mão, segurou a gola de Teresa e tirou-a do grupo. — Ela morre se ao menos um de nós for ferido.

El Católico saltou para cima dele, a garota se torceu de lado, mas Harper lançou o punho contra a barriga do espanhol, e Sharpe agarrou Teresa apertando seu pescoço.

— Entendeu? Ela morre. Se esse ouro não chegar ao exército britânico, ela morre!

El Católico se empertigou com os olhos furiosos.

— Você vai morrer, Sharpe, prometo, e não será uma morte fácil.

Sharpe o ignorou.

— Sargento?

— Senhor?

— Corda.

O espanhol ficou olhando em silêncio enquanto Harper encontrava um pedaço de corda e, sob a orientação de Sharpe, a amarrava no pescoço de Teresa.

Sharpe assentiu.

— Segure-a, sargento. — Em seguida virou-se para El Católico. — Lembre-se dela assim. Se chegar perto de mim, ela morre. Se eu voltar em segurança, vou soltá-la para se casar com você.

Em seguida fez um gesto e a companhia empurrou os espanhóis para longe. Sharpe olhou-os se afastar, sabendo que logo estariam em seu encalço, mas agora havia comprado mais do que tempo. Tinha sua refém. Olhou-a, vendo o ódio no rosto orgulhoso da jovem, e soube que não poderia matá-la. Esperava que El Católico não soubesse disso, caso contrário, na chuva torrencial, todos os homens da Companhia Ligeira estariam mortos.

Partiram, em silêncio e molhados, na longa jornada para casa.

CAPÍTULO XIV

Havia seis cavalos na aldeia, e nos 3 primeiros quilômetros, voltando pela mesma trilha por onde tinham vindo, a viagem foi bastante fácil. Os cavalos carregavam os sacos de ouro, os homens subiam a encosta, a chuva sibilava nos ouvidos e havia a empolgação
5. do sucesso, de finalmente estar na estrada para casa, mas isso não iria durar. O caminho direto para o oeste, que estavam usando, não era o mais sensato. Era a trilha óbvia, onde El Católico procuraria em primeiro lugar, e levava direto para Almeida, além do crescente exército francês que se concentrava ao redor da cidade. Sharpe sentiu a tentação de ficar no caminho
10. fácil, de tornar a marcha mais amena, mas assim que a aldeia ficou fora do campo de visão ele virou os homens para o norte, subindo os morros, e abandonou os cavalos. O tenente Knowles, com três homens, levou-os mais para o oeste, e Sharpe esperou que a continuação das marcas de cascos atrasasse a perseguição enquanto a companhia, atônita com o peso das moedas, luta-
15. va no ermo ao norte, escalando pedras e encostas que nenhum cavalo poderia subir. A chuva continuava firme, encharcando os uniformes, levando os corpos cansados, doloridos e insones a novos níveis de desconforto.

Teresa não parecia ter medo, como se soubesse que Sharpe não iria matá-la, e recusou a oferta de um sobretudo com um balanço desdenhoso
20. da cabeça. Estava com frio, encharcada, humilhada pela corda no pescoço, mas Sharpe deixou-a, porque, para ela, teria sido simples fugir sem o estorvo através das pedras escorregadias onde os homens da Companhia

Ligeira, com os fardos pesados, jamais poderiam pegá-la. Harper segurava a outra ponta enrolada no punho.

— Para onde está indo, senhor? — Ele teve de gritar acima do barulho da chuva.

— Para o vau em San Anton. Lembra? O major nos falou dele. — Sharpe se perguntou onde Kearsey estaria, qual seria a reação dele.

Knowles demorou uma hora e meia para alcançá-lo, com seus homens exaustos pelo esforço, mas satisfeitos por estarem de volta à segurança da companhia completa. Knowles balançou a cabeça.

— Não vi nada, senhor. Nada.

Sharpe não se tranquilizou. Aqueles morros podiam estar cheios de vigias escondidos, e o ardil de deixar uma pista falsa poderia não retardar El Católico nem por um minuto, mas, à medida que o dia continuava e o cansaço se tornava um entorpecimento que ia além da dor, Sharpe deixou as esperanças crescerem. Andavam por uma paisagem de pesadelo no platô entrecruzado de ravinas, leitos de riachos e pedras. Nenhum cavalo conseguiria ser rápido ali em cima, e Sharpe forçava os homens impiedosamente, estalando a raiva como se fosse um chicote, impelindo-os para o noroeste com o clima implacável, chutando os homens que caíam e carregando duas mochilas de ouro para provar que aquilo poderia ser feito.

Teresa olhava tudo, a boca curvada num sorriso irônico, enquanto seus captores escorregavam, batiam dolorosamente nas pedras e seguiam, atabalhoados na tempestade. Sharpe rezou para que o vento continuasse no norte; havia perdido todo o sentido de orientação, e seu único guia era a chuva no rosto. Parava vez ou outra, deixava os homens descansarem e examinava o platô açoitado pela chuva procurando sinais de algum cavaleiro. Não havia nada, só a chuva caindo em cortinas lentas na sua direção, o ricochetear das gotas nas pedras e o horizonte cinza onde ar e pedras se tornavam indistinguíveis. Talvez o engodo tivesse funcionado, pensou, e El Católico estivesse procurando a quilômetros dali, na estrada errada, e quanto mais eles permaneciam sem ser detectados, mais Sharpe ousava ter esperança de que o ardil tosco das pegadas falsas tivesse dado certo.

A cada meia hora, aproximadamente, a companhia parava, e os homens que não estavam carregando as mochilas cheias de ouro revezavam com os outros. Era uma marcha dolorosamente lenta. As mochilas machucavam os ombros, deixavam-nos em carne viva, e o ouro, longe de ser algo surgido de seus sonhos mais loucos, se tornava um fardo odiado que os homens jogariam fora, felizes, se Sharpe não tivesse assumido posição na retaguarda, impelindo-os, forçando a companhia através do platô desolado. Não tinha ideia do quanto haviam percorrido, nem mesmo de que horas eram, só que deviam continuar marchando, colocando distância entre eles e El Católico, e sua raiva estalou quando a companhia parou subitamente e se deixou cair no chão.

— Levantem-se. — gritou.

— Mas, senhor! — Knowles, à frente da companhia, acenou adiante.

— Olhe!

Mesmo na chuva, sob o tempo esmagador, era uma visão linda. O platô terminava de súbito, caía num vale amplo através do qual serpenteava um riacho e uma trilha.

O Águeda. Tinha de ser o rio Águeda, à esquerda, e o riacho no fundo do vale corria para o oeste juntando-se ao rio onde a trilha levava até um vau. O coração de Sharpe saltou. Eles conseguiram! Podia ver a estrada recomeçando do outro lado do rio; era o vau de San Anton, e ao lado da trilha, deste lado do rio, havia uma antiga fortificação num afloramento de rocha que antigamente devia guardar a travessia. A essa distância — achou que seriam uns 2 quilômetros e meio — as paredes pareciam quebradas, caídas aos pedaços à luz cinzenta, mas a fortaleza devia marcar o lugar do vau. Tinham conseguido!

— Cinco minutos de descanso!

A companhia sentou-se, aliviada, e comemorou. Sharpe se empoleirou numa pedra e examinou o vale. Segundo a segundo suas esperanças renasciam. O lugar estava vazio. Nenhum cavaleiro, nenhum guerrilheiro, nada além do riacho e da trilha indo para o rio. Pegou seu telescópio, rezando para que a chuva forte não penetrasse nas junções dos cilindros, e examinou o vale de novo Uma segunda estrada correndo de norte a sul, passava deste lado do forte, mas ela também estava vazia. Santo Deus! Tinham conseguido!

— Venham! — Ele bateu palmas, puxou os homens e os empurrou. — Para o rio! Vamos atravessar esta noite! Parabéns!

A chuva continuava caindo, cegando os homens, que tropeçavam encosta abaixo, mas tinham conseguido! Podiam ver o objetivo, sentir orgulho de um feito, e amanhã acordariam na margem oeste do Águeda e marchariam até o Côa. Havia patrulhas britânicas na outra margem, certamente não tantas quanto as francesas, mas o rio Águeda marcava uma espécie de limite, e depois de um dia de esforço como aquele eles o mereciam. Quase correram pela última parte da encosta, atravessaram o riacho espadanando, as botas fazendo barulho no leito de cascalho, e depois seguiram pela trilha molhada como se fosse uma via pavimentada no centro de Londres. O vau estava 1 quilômetro e meio adiante, com árvores nas duas margens, e a companhia sabia que, assim que atravessasse, poderia descansar, deixar o cansaço fluir e fechar os olhos contra o horror cinzento do dia e sua jornada.

— Senhor. — Harper falou baixinho, com resignação desesperada. — Senhor. Atrás.

Cavaleiros. Cavaleiros desgraçados. Guerrilheiros que não haviam cavalgado por cima do platô, e sim pela estrada, direto desde Casatejada e agora apareciam na trilha atrás deles. Teresa sorriu, deu a Sharpe um olhar de vitória e ele o ignorou. Gritou cauteloso para a companhia parar.

— Quantos, sargento?

Houve uma pausa.

— Acho que é só um grupo pequeno.

Sharpe não podia ver mais do que vinte ou trinta cavaleiros, parados na chuva apenas 300 metros atrás da companhia. Respirou fundo.

— Eles não podem nos fazer mal, rapazes. Baionetas. Não irão atacar contra baionetas!

Havia algo estranhamente reconfortante no som de lâminas raspando nas bainhas, na visão dos homens se agachando com os joelhos dobrados, fixando as longas baionetas, em fazer algo contra o inimigo, em vez da caminhada extenuante pela chuva. O bando de cavaleiros avançou, esporeou os animais até um trote, e Sharpe ficou junto com seus homens, na primeira fila.

— Vamos ensinar a eles a respeitar a baioneta! Esperem! Esperem!

Os guerrilheiros não tinham intenção de atacar a pequena companhia. Os cavaleiros se dividiram em dois grupos e galoparam dos dois lados dos soldados exaustos, quase ignorando-os. El Católico estava ali, com um sorriso de triunfo no rosto, e tirou o chapéu num gesto irônico enquanto passava, a 30 metros de distância e intocável. Teresa deu um puxão na direção dele, mas Harper segurou-a com firmeza e ela ficou olhando os cavaleiros irem para o oeste em direção à fortaleza e ao rio. Sharpe sabia o que eles estavam fazendo. A companhia ficaria presa no vale, e El Católico esperaria até que o resto dos guerrilheiros, convocados do sul, viesse apoiá-lo.

Enxugou a chuva do rosto.

— Venham. — Não havia aonde ir, de modo que a melhor coisa era continuar em frente.

Talvez El Católico pudesse ser ameaçado com uma baioneta no pescoço de Teresa, mas em sua mente Sharpe só conseguia visualizar fracasso, derrota. El Católico jamais fora enganado. Eles deviam saber que Sharpe fora para o norte, e, enquanto a companhia lutava pelas insuportáveis terras altas, o espanhol trouxera seus seguidores pela estrada fácil. Sharpe xingou-se de idiota, de idiota otimista, mas não havia nada a fazer. Ouviu as botas raspando a superfície molhada, o sibilo da chuva, o borbulhar da corrente que continuava aumentando de volume, e deixou o olhar ir para os morros distantes, amortalhados, do outro lado do rio, depois para a pedra da pequena fortaleza que fora construída, séculos antes, para proteger os altos vales de agressores que viessem de Portugal, e então olhou para a direita, mais para o norte, para o contraforte dos morros que quase chegavam ao rio, e viu no horizonte turvo a forma de um cavaleiro com um chapéu estranho, quadrado.

— Abaixados! Abaixados! Abaixados!

Algo, um instinto, um borrão parcial, disse-lhe que a patrulha francesa acabara de chegar à linha dos morros. Forçou os homens a se deitar no leito do riacho, enterrando a companhia sob cobertura. Eles se enfiaram atrás da margem rasa com mato baixo, rostos molhados espiando-o em busca de explicação, sem receber nenhuma enquanto ele continuava pressionando-os.

El Católico foi muito, muito mais lento. Sharpe, deitado perto de Harper e da garota, viu os guerrilheiros cavalgarem em direção ao vau, e só quando os lanceiros franceses estavam em movimento, trotando quase preguiçosos encosta abaixo, a figura cinzenta girou, balançou o braço e os guerrilheiros instigaram suas montarias cansadas até um galope. Os espanhóis cavalgaram de volta para o vale, espalhando-se enquanto cada um escolhia seu rumo, e os lanceiros, um regimento diferente dos poloneses, escolhiam seus alvos e partiam para eles com lâminas abaixadas e jorros de água brilhante saltando dos cascos. Espiando entre tufos de capim, Sharpe podia ver vinte lanceiros, mas, olhando de volta para o horizonte ao norte, viu outros aparecerem, em seguida um grupo num lugar onde os morros quase encontravam o rio, e percebeu que havia todo um regimento francês ali, vindo para o sul, e enquanto tentava encontrar uma rima ou um motivo para a presença deles viu a garota soltar a corda com um puxão, arrastar-se para trás, e ela estava de pé, com o vestido branco brilhando no meio da sujeira, correndo para o sul em direção aos morros, para onde El Católico e seus homens fugiam desesperadamente. Sharpe empurrou Harper para baixo.

— Fique aí!

A garota subiu pela outra margem do riacho, perdeu o equilíbrio, virou-se e viu Sharpe chegando. Pareceu entrar em pânico, porque correu rio abaixo, passando por uma curva larga na água, e virou para o sul de novo. Deviam estar vendo-a! Sharpe gritou para ela se abaixar, mas o vento roubou as palavras e ele se obrigou a continuar, chegando mais perto, e saltou. Chocou-se contra ela enquanto Teresa se virava para olhar onde ele estava, e seu peso jogou-a no cascalho ao lado do riacho. Ela lutou com Sharpe, rosnando, as unhas tentando arranhar seus olhos, mas ele a empurrou para baixo, esmagando-a com seu peso, segurou os pulsos dela e forçou-os a se separar, e usou toda a força para mantê-los imóveis. Teresa o chutou, e ele enganchou as pernas nas dela, golpeou-as para baixo, sem se importar se a machucava, pensando apenas nos 2,68m de lança que poderiam espetá-los como insetos que se retorciam. O riacho corria frio em torno de seus tornozelos, e ele soube que a água cobria Teresa até a cintura, mas não havia tempo para se importar com isso porque o som de cascos soava perto, e Sharpe baixou a cabeça com força, acertando a testa dela, no momento em que um cavalo passava espirrando água no riacho.

Levantou os olhos e viu José, o homem que os escoltara até o rio, gritando para a garota, as palavras se perdendo na chuva que chicoteava; então os cotovelos e os calcanhares do guerrilheiro se moveram, o cavalo partiu num galope frenético, e Sharpe viu três lanceiros, bocas abertas no grito longo e silencioso de uma carga de cavalaria, galopando para encurralar o espanhol.

José se retorceu, chicoteou o cavalo, encontrou terreno plano e baixou a cabeça, mas os lanceiros estavam perto demais. Sharpe viu um francês se levantar nos estribos, recuar a lança e estocar adiante de modo que a lança tivesse todo o peso do cavaleiro atrás da ponta de aço, que se cravou nas costas de José. Ele se arqueou, gritou ao vento, caiu junto com a chuva, e suas mãos tentaram chegar à coluna vertebral para puxar a grande lança cravada nela. Os outros dois lanceiros se inclinaram sobre o homem agonizante e golpearam para baixo, diminuindo a velocidade dos cavalos, e Sharpe ouviu o estalar de uma gargalhada ao vento.

Teresa respirou fundo, torceu-se violentamente, e Sharpe soube que ela ia gritar. A jovem não vira a morte de José, só sabia que El Católico estava perto, e só havia uma coisa para Sharpe fazer. Suas pernas estavam por cima das dela, prendendo-as, as mãos nos pulsos, por isso apertou a boca em cima da dela e forçou sua cabeça para baixo. Teresa o mordeu; seus dentes se chocaram com violência, mas ele torceu a boca de modo que a sua ficasse em ângulo reto em relação à dela e, usando os dentes, forçou a cabeça dela contra o cascalho. Um olho o espiava, furioso, Teresa se sacudia embaixo dele, retorcia-se, mas o peso de Sharpe a esmagava e, muito de repente, Teresa ficou imóvel.

A voz estava perto; quase em cima deles, e ela pôde ouvir, como Sharpe, o som de cascos no cascalho.

— *Ici!* Jean!

Houve um grito vindo mais de longe, mais cascos, e a garota ficou absolutamente imóvel. Sharpe podia enxergar o medo súbito no olho dela, sentir o coração de Teresa batendo embaixo de seu peito, a respiração dela de súbito contida em sua boca. Ele ergueu a boca, com o lábio ensanguentado, virou a cabeça numa lentidão infinita, de modo a ver todo o rosto dela, e sussurrou:

— Fique parada. Parada.

Ela assentiu, quase imperceptivelmente, e Sharpe soltou seus pulsos, mas manteve as mãos em cima deles. A chuva caía com violência, comprimia suas costas, pingava de seu cabelo e da barretina sobre o rosto dela. A voz retornou, ainda gritando, e Sharpe ouviu através do sibilo da chuva o estalo de uma sela e o bufo de um cavalo. Os olhos de Teresa permaneciam fixos nos dele. Sharpe não ousava olhar para cima, mas queria ver desesperadamente o quanto o lanceiro estava perto, e viu os olhos dela se virarem rápido para cima e de volta aos seus, e havia um novo temor neles. Ela devia ter visto algo; o francês não podia estar longe, procurando não um casal deitado no riacho, mas cavaleiros que haviam se espalhado na tempestade. A mão dela apertou a de Sharpe; Teresa fez um movimento minúsculo da cabeça como a dizer que o francês estava próximo, mas ele balançou a cabeça bem devagar, e depois, dizendo a si mesmo que uma cabeça erguida aumentava a chance da descoberta, baixou-a na direção da de Teresa. Os cascos fizeram barulho de novo. O francês riu, gritou algo para os amigos, e ela manteve os olhos abertos enquanto Sharpe a beijava. Teresa poderia ter se mexido, mas não o fez; continuava observando enquanto sua língua explorava o lábio cortado dele, e Sharpe, olhando os olhos enormes e escuros, pensou que ela o olhava porque o que estava acontecendo era tão inacreditável que só a prova dos olhos poderia confirmar. Ele também a fitava.

O lanceiro gritou de novo, muito mais perto, e então houve uma resposta, zombeteira e imperativa, sugerindo que o lanceiro mais próximo fora enganado: um pássaro, talvez, no leito do riacho, ou um coelho correndo, e ele estava sendo chamado de volta. Sharpe ouviu os cascos do cavalo se chocando contra o leito do riacho, e uma vez, em meio a uma pausa no vento, o som pareceu soar tão perto que os olhos da garota se arregalaram de pavor, e então o som recuou, as vozes foram sumindo e ela cerrou as pálpebras, beijou-o com ferocidade e, quase no mesmo movimento, virou a cabeça para o lado. Os três lanceiros estavam indo embora, as ancas molhadas dos cavalos brilhando, e Sharpe deu um suspiro de alívio e pesar.

— Eles se foram.

Teresa começou a se mexer, mas ele balançou a cabeça.

— Espere!

Ela virou a cabeça, levantou-a de modo que sua face encostasse na dele, e sibilou ao ver o que havia no final do vale: um comboio com fileiras de carros de boi cujos eixos não engraxados gritavam de modo lancinante em meio ao mau tempo. De cada lado das carroças lentas viam-se as formas de mais cavaleiros, sabres e lanças. Escoltando as carroças para o sul em direção à estrada para Almeida. A passagem do comboio poderia demorar uma hora, mas pelo menos ele espantara El Católico e seus homens. Sharpe percebeu, com um dos súbitos jorros de empolgação que pontuaram o crescente sentimento de fracasso durante a última semana, que desde que a Companhia Ligeira não fosse descoberta eles poderiam chegar em segurança ao vau quando os franceses tivessem partido. Olhou para a garota.

— Você vai ficar quieta?

Teresa assentiu. Ele perguntou de novo, ela tornou a concordar, então Sharpe saiu lentamente de cima e ficou deitado ao lado. Ela se virou de barriga para baixo, e o vestido molhado grudou em seu corpo. Sharpe se lembrou da visão de seu corpo nu, da beleza sombreada, esguia. Estendeu a mão e pegou a corda em seu pescoço, virando-a até achar o nó, desfazendo-o com dedos molhados. A corda apertada, encharcada, cedeu lentamente, mas acabou se soltando, e ele largou-a no cascalho.

— Desculpe.

Teresa deu de ombros, como se isso não importasse. Havia um cordão em seu pescoço, e Sharpe, com a mão já perto, puxou-o encontrando um

O OURO DE SHARPE

medalhão quadrado com fecho feito de prata. Ela ficou espiando, os olhos escuros absolutamente sem expressão, enquanto ele enfiava uma unha embaixo do fecho e o medalhão se abria. Não havia nenhuma imagem dentro, e Teresa deu uma sugestão de sorriso porque sabia que ele esperara um retrato. A parte interna da tampa estava gravada com: meu amor por você. J. Sharpe demorou alguns segundos para perceber que Joaquím, El Católico, jamais teria gravado em inglês numa peça de prata, e soube, com uma certeza doentia, que o medalhão pertencera a Hardy. "J" de Josefina; olhou para o anel de prata, gravado com uma águia, que ela comprara antes de Talavera, antes de Hardy, e com uma superstição que não entendia, encostou o medalhão no anel.

— Ele está morto, não está?

Por um momento o rosto dela não se mexeu, mas então Teresa confirmou com a cabeça. Seus olhos baixaram para o anel no dedo dele, e de volta para seu rosto.

— O ouro?

— O quê?

— Vocês vão para Cádiz?

Foi a vez de Sharpe pensar, de olhar os olhos dela através da chuva que pingava da aba da barretina.

— Não.

— Vão ficar com ele?

— Acho que sim. Mas para lutar contra os franceses, não para levar para casa. Prometo.

Ela assentiu e se virou para olhar o comboio francês. Canhões, vindos do exército francês ao norte e indo para Almeida. Não eram peças de campanha nem mesmo artilharia de cerco, mas sim os morteiros de oito polegadas, os prediletos de Bonaparte, com canos obscenamente pequenos que se agachavam como panelas em suas camas de madeira e que podiam lançar obuses explosivos no ar para caírem nas casas apinhadas de uma cidade sob sítio. Também havia carroças, presumivelmente de munição, e todas puxadas por bois lentos que eram instigados com aguilhões compridos e chicoteados por cavalarianos irados. O progresso não era ajudado pelo vento, que entrava embaixo das coberturas de lona das carroças, chicoteando as cordas e soltando-as, de modo que as lonas impermeáveis se agitavam e se retorciam como morcegos aprisionados, e os cavalarianos, sem dúvida xingando a guerra, lutavam para cobrir os preciosos barris de pólvora contra a chuva interminável. Os eixos sólidos, girando junto com as rodas, guinchavam no vale encharcado. Sharpe podia sentir a chuva batendo nas costas, a água no riacho subindo até os joelhos, e soube que o rio também estaria subindo, e que a cada momento que passava sua chance de atravessar o vau ia recuando. A água ficaria funda demais. Virou-se de novo para a garota.

— Como Hardy morreu?

— El Católico. — Teresa deu a resposta prontamente, e Sharpe soube que a lealdade da jovem estava mudando. Não havia sido o beijo.

— Por que ele quer o ouro?

Ela deu de ombros como se essa fosse uma pergunta idiota.

— Para comprar poder.

Por um momento Sharpe imaginou se Teresa estaria falando de soldados, e então viu que ela dissera a verdade. Os exércitos espanhóis haviam acabado; o governo, se é que podia ser chamado de governo, estava na distante Cádiz. E El Católico tinha uma chance sem paralelo de construir seu próprio império. Nos morros da velha Castela poderia montar um feudo que rivalizaria com o dos antigos barões que haviam construído as fortalezas espalhadas na área de fronteira. Para um homem implacável, todo o país da Espanha era uma grande oportunidade. Sharpe continuava olhando a garota.

— E você?

— Quero ver os franceses mortos. — As palavras foram ditas com uma veemência terrível. — Todos.

— Você precisa da nossa ajuda.

Ela olhou-o com muita firmeza, não gostando da verdade, mas finalmente assentiu.

— Eu sei.

O OURO DE SHARPE

Ele manteve os olhos abertos e se inclinou adiante, beijou-a de novo com a chuva a golpeá-los. O riacho os encharcava, e as carroças do comboio francês guinchavam em seus ouvidos. Ela fechou os olhos, pôs a mão na nuca dele, segurou-o, e Sharpe soube que não era um sonho. Ele a queria.

Teresa se afastou e sorriu-lhe pela primeira vez.

— Sabe que o rio sobe?

Ele assentiu.

— Poderemos atravessar?

Ela olhou para o riacho, balançou a cabeça.

— Se a chuva parar esta noite? Sim.

Sharpe já vira a velocidade extraordinária com que os rios, naqueles morros secos, aumentavam e diminuíam. Teresa assentiu para a fortaleza.

— Vocês podem passar a noite lá.

— E você?

Ela tornou a sorrir.

— Posso ir embora?

Sharpe se sentiu um idiota.

— Pode.

— Vou ficar. Qual é o seu nome?

— Richard.

Ela assentiu. Olhou de novo para a fortaleza.

— Vocês ficarão em segurança. Nós a usamos. Dez homens podem cuidar da entrada.

— E El Católico?

Teresa balançou a cabeça.

— Ele tem medo de você. Vai esperar até amanhã, quando seus homens chegarem.

A chuva batia forte no vale, corria das pedras e do capim e fazia inchar o riacho enquanto o vento golpeava a paisagem. Metade dentro da água, metade fora, eles esperaram a passagem do comboio e o que o próximo dia traria. A guerra teria de esperar.

CAPÍTULO XV

— Senhor, senhor! — A mão de alguém apertava seu ombro, e quando abriu os olhos Sharpe deparou com a luz cinza do dia nas paredes cinza. — Senhor?

— Está bem!

A garota também estava acordando, os olhos piscando de surpresa antes de se lembrar aonde se encontrava. Ele sorriu para ela.

— Fique aqui.

Sharpe se arrastou para fora do espaço embaixo da escada, passou pelo soldado que o acordara e foi até o enorme buraco na parede sul da torre. O amanhecer era como uma névoa cinza no campo turvando as árvores, o capim do outro lado do rio, mas dava para ver manchas brancas na superfície da água onde não houvera mancha nenhuma na noite anterior. O nível da água estava baixando depressa e as pedras que marcavam o vau de San Anton faziam espumar a superfície do rio. Eles poderiam atravessar nesse dia, e Sharpe levantou os olhos para espiar os morros a oeste, como se esperasse ver uma patrulha amiga. Lembrou-se dos canhões indo para o sul na véspera e parou, imóvel diante do buraco quebrado tentando escutar o som esmagador dos gigantescos canhões de cerco feitos de ferro. Silêncio. O cerco de Almeida ainda não começara.

— Senhor! — O tenente Knowles parou junto à porta da torre.

— Tenente?

— Visitantes, senhor. Descendo o vale.

Sharpe resmungou, ficou de pé e pendurou a espada enorme enquanto acompanhava Knowles até o pátio. Havia uma fogueira acesa, cercada por homens, e Sharpe os observou.

— Vocês têm chá?

Um deles prometeu trazer uma caneca, e ele se juntou a Knowles na fortificação elevada que formava o canto sudeste do pátio de San Anton. Fitou o vale, para além do riacho onde a garota ficara deitada sob seu corpo e os lanceiros franceses tinham sido vistos pela primeira vez.

— Estamos tremendamente populares hoje.

Uma fila de cavaleiros vinha pela trilha de Casatejada: os homens de El Católico, em força total, e dentre eles se avistava a casaca azul de Kearsey. Sharpe cuspiu por cima do parapeito, para o rio lá embaixo.

— Mantenha-os do lado de fora, Robert. Não deixe ninguém, nem o major, vir para dentro dos muros.

Seu uniforme estava úmido e desconfortável. Sharpe tirou a espada e os cinturões e se despiu completamente.

— Aumente esse fogo! Usem os espinheiros!

O fuzileiro Jenkins pendurou as roupas de Sharpe em pedras perto da fogueira, e Sharpe, tremendo, com uma caneca de chá nas mãos, olhava os duzentos cavaleiros que se dirigiam ao bosque de carvalho onde El Católico e seus homens pernoitaram. Ele mirou o céu, avistou as nuvens desfeitas e soube que a tempestade havia passado. Logo ficaria quente, sob um azul sem sombras, e Sharpe se perguntou quanta água a companhia teria.

— Sargento McGovern!

— Senhor?

— Leve seis homens até o rio com todos os cantis. Encham-nos.

McGovern olhou para Knowles e de volta para Sharpe.

— Já fizemos isso, senhor. O tenente mandou.

— Ah. — Sharpe dirigiu a Knowles um pedido de desculpas. — Ninguém os incomodou?

Knowles balançou a cabeça.

— É como o senhor disse. Eles estão vigiando o vau, não o castelo.

— Alguma comida?

Knowles suspirou. Sentira esperança, contra toda a sua experiência, de que o humor matinal de Sharpe tivesse sido moderado por Teresa.

— Só biscoito duro, senhor. E mesmo assim não é muito.

Sharpe xingou e jogou a borra do chá na direção dos carvalhos que abrigavam os homens de El Católico.

— Certo! Quero todas as armas limpas! — Ignorou os resmungos, virou-se e se encostou no parapeito.

Todos estavam melhores, tendo dormido um pouco, algumas horas entre os turnos de sentinela, mas não houvera tempo nem oportunidade na noite para que a companhia verificasse as armas. A madrugada passara em silêncio. Em algum momento depois da meia-noite a chuva parara, mas o vento ainda soprava frio, e Harper conseguira fazer uma pequena fogueira ao abrigo da torre quebrada, queimando os espinheiros que cresciam como erva daninha no pátio antigo. Teresa informara corretamente. A fortaleza era alcançada por uma única trilha precipitosa, fácil de ser defendida, e El Católico os deixara em paz.

Fiapos de nuvens se afastaram do sol nascente, as sombras se esticaram no pátio, um toque de calor que logo assaria a terra até que esta ficasse seca e que sugasse a pouca energia da companhia atingiu o local. Sharpe se inclinou por cima do parapeito. A cheia terminara, a água estava baixando, e as pedras que marcavam o vau haviam rompido a superfície e prendiam feixes de galhos e entulho que a inundação súbita arrancara das margens. Viu Kearsey sair do bosque de carvalhos e guiar seu cavalo emprestado na direção do caminho que ia até o castelo.

Sharpe vestiu as roupas ainda úmidas e assentiu com a cabeça em direção à torre.

— Mantenha a garota dentro, Robert.

Knowles concordou. Sharpe calçava uma bota úmida que se recusava a passar por cima do osso do calcanhar.

— Desgraça! — Ela acabou entrando. — Vou encontrar o major lá fora. Inspecionem as armas e se preparem para andar.

— Já? — Knowles pareceu surpreso.

— Não podemos ficar aqui para sempre. — Sharpe abotoou a casaca e pegou a espada. — Vou dar a boa notícia ao major Kearsey.

Desceu rapidamente a encosta e acenou animado para Kearsey.

— Bom-dia, senhor! Está fazendo um belo dia!

Kearsey puxou as rédeas do cavalo e espiou Sharpe com olhos inamistosos.

— O que você fez, Sharpe?

Sharpe encarou o pequeno major que estava em silhueta contra o sol. Tinha esperado raiva, mas não contra si: esperara que Kearsey estivesse desiludido com os guerrilheiros, e em vez disso as primeiras palavras do major, ditas com fúria contida, eram contra Sharpe. Respondeu baixinho:

— Eu trouxe o ouro, senhor, quase todo, como foi ordenado.

Kearsey assentiu, impaciente, como se fosse a resposta que aguardava.

— Você sequestrou a garota, encurralou nossos aliados; desobedeceu minhas ordens; transformou homens que lutavam a nosso favor em homens que simplesmente querem matá-lo. — Fez uma pausa, respirando fundo, mas Sharpe interrompeu.

— E os homens que mataram o capitão Hardy?

Kearsey pareceu se afrouxar sobre o arção da sela. Encarou Sharpe.

— O quê?

— El Católico o matou. Com uma facada nas costas. Ele está enterrado embaixo de um monte de esterco na aldeia. — Sharpe ouvira a história contada por Teresa durante a noite. — Hardy flagrou El Católico mudando o ouro de lugar. Parece que protestou. Por isso El Católico o matou. O que, mesmo, o senhor estava dizendo?

Kearsey balançou a cabeça.

— Como você sabe?

Por um instante Sharpe ia contar, e então se lembrou de que ninguém, afora a companhia, sabia que Teresa não era mais prisioneira.

— Alguém me disse, senhor.

Kearsey não estava preparado para desistir. Balançou a cabeça de novo, como se tentasse afastar um sonho ruim.

— Mas você roubou o ouro!

— Eu obedeci ordens, senhor.

— De quem? Eu sou o oficial superior!

De repente Sharpe sentiu pena do major. Kearsey encontrara o ouro, contara a Wellington, e jamais ficara sabendo dos planos do general. Sharpe tateou nos bolsos, encontrou o quadrado de papel e esperou que a chuva não tivesse penetrado nas dobras. Tinha penetrado, mas a escrita ainda era legível. Entregou-o a Kearsey.

— Aí, senhor.

Kearsey leu, com a raiva crescendo.

— Não diz nada!

— Ordena que todos os oficiais me auxiliem, senhor. Todos.

Mas Kearsey não queria ouvir. Chacoalhou o pedaço de papel na direção de Sharpe.

— Não diz nada sobre o ouro! Nada! Você pode estar com isso há meses!

Sharpe gargalhou.

— A ordem não iria mencionar o ouro, não é, senhor? Quero dizer, imagine se os espanhóis vissem as ordens; imagine se adivinhassem o que o general pretendia fazer com o ouro.

Kearsey olhou-o.

— Você sabe?

Sharpe assentiu.

— Ele não vai para Cádiz, senhor. — Disse isso com o máximo de gentileza que pôde.

A reação de Kearsey foi extraordinária. Por alguns segundos permaneceu imóvel, os olhos apertados com força, e então ele rasgou o papel em pedacinhos, um gesto violento depois do outro.

— Que diabo, Sharpe!

— O quê? — Sharpe tentara salvar o papel, mas era tarde demais.

De repente Kearsey se deu conta de que havia blasfemado. O remorso e a raiva lutaram em seu rosto. A raiva venceu.

— Eu trabalhei. Deus sabe que me esforcei para ajudar os espanhóis e os ingleses a trabalhar juntos. E sou recompensado com isto! — Ele levantou os pedaços de papel e então, com um movimento súbito, espalhou-os ao vento. — Nós devemos roubar o ouro, Sharpe?

— Sim, senhor. Esse é o resumo da história.

— Não podemos. — Kearsey implorava.

— De que lado o senhor está? — Sharpe fez a pergunta de modo brutal.

Por um instante pensou que a fúria de Kearsey retornaria, explodiria num golpe dirigido contra o fuzileiro, mas ele a controlou, e quando falou suas palavras saíram baixas e comedidas:

— Nós temos honra, Sharpe. Esta é nossa força particular, nossa honra. Você e eu somos soldados. Não podemos esperar riquezas, dignidade ou a vitória contínua. Provavelmente morreremos em batalha ou numa enfermaria, e ninguém vai se lembrar de nós, de modo que tudo que resta é a honra. Entende?

Era estranho estar ali parado sob o calor crescente do sol, ouvindo as palavras que eram arrancadas do centro da alma de Kearsey. Ele devia ter se desapontado em algum ponto da vida, pensou Sharpe. Talvez fosse solitário, desprezado pelos outros oficiais, ou quem sabe uma vez na vida aquele homenzinho tivesse sido recusado por uma mulher a quem amasse, e agora, envelhecendo em sua honra, encontrara um trabalho que amava. Kearsey amava a Espanha, os espanhóis e a tarefa de cavalgar sozinho por trás das linhas inimigas como um cristão que mantivesse a fé no meio de um mundo de heresia e perseguições. Sharpe disse com gentileza:

— O general falou comigo, senhor. Ele quer o ouro. Sem o ouro a guerra está perdida. Se isso é roubo, estamos roubando. Presumo que o senhor vá ajudar, não?

Kearsey pareceu não ouvir. Olhava por cima da cabeça de Sharpe, para a torre do *castillo*, e murmurou algo tão baixo que Sharpe não pôde ouvir.

— Perdão, senhor?

O olhar de Kearsey saltou rapidamente na direção do fuzileiro.

— Que lucro terá um homem, Sharpe, se ganhar o mundo inteiro e perder a alma?

Sharpe suspirou.

— Duvido que estejamos perdendo a alma, senhor. E, de qualquer maneira, o senhor acha que El Católico planejava levar o ouro para Cádiz?

Kearsey se afrouxou na sela como se soubesse que Sharpe estava falando a verdade.

— Não — o major murmurou. — Creio que não. Acho que ele queria ficar com o ouro. Mas o teria usado para lutar contra os franceses, Sharpe!

— Nós também usaremos, senhor.

— É. Mas é ouro espanhol, e nós não somos espanhóis. — Ele se o empertigou rápido e fitou um tanto pesaroso os pedacinhos do papel com a ordem de Sharpe. — Vamos levar o ouro para Wellington, capitão. Mas sob minhas ordens. O senhor deve libertar a garota, entende? Não farei parte dessas ameaças, desse procedimento irregular.

— Não, senhor.

Kearsey o encarou, sem saber se Sharpe estava concordando com ele.

— Entende, Sharpe?

— Entendo, senhor. — Sharpe se virou e olhou para o *castillo*, e depois para o outro lado do Águeda, até os morros distantes onde as patrulhas francesas ainda esperavam e os canhões de cerco seguiriam lentamente para as muralhas de Almeida.

— Presumo que nenhum mal tenha sido feito à garota, não é?

— Não, senhor, não foi. — A paciência de Sharpe estava no fim.

Se El Católico pensasse, sequer por um segundo, que Teresa estava em segurança, seus homens cairiam sobre a Companhia Ligeira e Sharpe enfrentaria uma morte mais dolorosa do que a imaginação poderia inventar. Olhou para Kearsey.

— Em dez minutos, major, eu vou cortar uma das orelhas dela. Só a metade, de modo que possa ser emendada de novo, mas se algum daqueles desgraçados assassinos que estão com El Católico tentar interferir com nossa travessia do vau, a orelha toda será decepada. E outra orelha, e os olhos dela, e a língua. O senhor entende? Nós vamos embora com o ouro, a garota é nosso passaporte e eu não vou entregá-la. Diga ao pai dela, diga a El Católico, que se eles quiserem o ouro podem recolhê-lo junto com uma garota sem dentes, cega, surda, feia e muda. Entendeu?!

A raiva de Sharpe acertou o major, impelindo-o dois passos abaixo da encosta.

— Eu ordeno, Sharpe...

O OURO DE SHARPE

— O senhor não ordena coisa nenhuma. O senhor rasgou minhas ordens! Nós estamos indo. Portanto, diga a eles, major! Diga a eles! O senhor vai ouvir o grito dentro de dez minutos.

Virou-se, com a raiva tornando-o surdo às palavras de Kearsey, e subiu para a paliçada do forte. Os homens viram seu rosto e não falaram nada, mas viraram-se e olharam o pequeno major com uniforme azul cavalgar de volta até os guerrilheiros.

Kearsey passou a mensagem, tremendo de fúria, e ficou olhando, com Cesar Moreno ao lado, para a fortaleza alta e silenciosa. El Católico estava com eles e jurou se vingar de Sharpe. O major tocou a manga de seu casaco.

— Ele não vai fazer isso. Acredite. Não vai.

Kearsey forçou a vista na direção do *castillo*, para as silhuetas das sentinelas. Havia mais alguma coisa em sua mente, algo que ele não conseguia conter, e se virou para o alto espanhol.

— O capitão Hardy. — E parou.

El Católico acalmou seu cavalo e fitou Kearsey.

— O que tem ele?

Kearsey estava sem graça.

— Sharpe disse que você o matou.

El Católico soltou uma gargalhada.

— Ele diria qualquer coisa. — E cuspiu no chão. — O senhor é o único oficial em que podemos confiar, major. Não em pessoas como Sharpe. Ele não tem prova, tem? — E fez a pergunta cheio de confiança.

Kearsey balançou a cabeça.

— Não.

— Ele só quer colocar o senhor contra nós. Não, major, o capitão Hardy foi capturado. Pergunte a Cesar.

Fez um gesto na direção do pai de Teresa, cujo rosto estava torturado de preocupação. O major balançou a cabeça, teve uma sensação de alívio, um sentimento que foi despedaçado pelo som que veio da torre arruinada do *castillo*. O grito pareceu se demorar no bosque de carvalhos. Cresceu até um agudo insuportável e depois foi baixando até um desespero fino, soluçante, que enregelou cada homem. Cesar Moreno esporeou adiante com uma dúzia de homens, o rosto numa determinação que eles haviam esquecido, mas uma sentinela no topo da muralha deu o sinal para a torre e o grito voltou, desta vez mais alto, como o som dos franceses cujas vidas eles haviam despido, centímetro a centímetro, com suas facas compridas. O pai de Teresa puxou as rédeas, sabendo que estava derrotado, jurando que, para cada lâmina que fosse encostada em sua filha, Sharpe sofreria uma centena.

El Católico já havia matado homens do norte, franceses, e alguns haviam demorado três luas para morrer, e a cada segundo eles haviam conhecido a dor. El Católico prometeu a si mesmo que Sharpe imploraria por uma morte assim.

Depois dos soluços, do som de botas nas pedras, vieram ordens gritadas, e a companhia marchou para fora com baionetas caladas nas armas sobre os ombros, e na frente ia o capitão segurando uma alça de fuzil passada pelo pescoço de Teresa Moreno. Os guerrilheiros rosnaram, olharam para o pai dela, para El Católico, mas não ousaram se mexer. Teresa chorava, o rosto meio escondido pelas mãos, mas todos os homens podiam ver a bandagem branca arrancada da bainha do vestido, e podiam ver o sangue brilhante que manchava o pano. Sharpe segurava uma baioneta brilhante, com um gume liso e outro serrilhado, encostada na cabeça dela, e se a garota tropeçava ele puxava a alça de fuzil em volta do pescoço. Kearsey sentiu uma vergonha terrível olhando o oficial dos fuzileiros se abrigar das armas de El Católico com o corpo da garota, e enquanto a Companhia, num silêncio que parecia capaz de explodir a qualquer instante em violência pavorosa, marchava passando pelos cavaleiros parados. Cesar Moreno fitava a bandagem encharcada, as manchas de sangue no vestido da filha, e prometeu a si mesmo o luxo da morte daquele inglês. Kearsey tocou o braço dele.

— Sinto muito.

— Não importa. Vamos pegá-los e matá-los. — Cesar Moreno olhava o rosto dos homens da companhia e pensava que eles pareciam chocados, como se seu capitão os tivesse arrastado a novas profundezas de horror. — Vou matá-lo.

Kearsey assentiu.

— Sinto muito.

Moreno o olhou.

— Não foi o senhor que fez isso, major. — E indicou para onde a Companhia Ligeira começava a travessia, os homens com pouca carga formando uma represa humana para ajudar os que carregavam o ouro a atravessar. — Vá em paz.

Sharpe foi o último a cruzar o rio, segurando a garota e sentindo as algas compridas agarrarem suas pernas tentando arrastá-lo para baixo d'água. O nível estava baixo, mas a correnteza ainda era forte, e era incômodo atravessar com um braço em volta do pescoço de Teresa, mas eles conseguiram e foram puxados para a outra margem por Patrick Harper, que assentiu de volta para o outro lado do rio.

— Senti pena do pai dela, senhor.

— Ele vai descobrir que ela não foi tocada.

— É, é verdade. O major está vindo.

— Deixe-o vir.

Partiram pelo terreno coberto de capim, no calor da manhã, as botas deixando um rasgo amplo nas hastes pálidas e com os guerrilheiros nunca muito atrás. Harper andava com Sharpe e Teresa, e olhou para o capitão, por cima da cabeça da garota.

— Como está o braço, senhor?

— Bem. — Sharpe cortara o próprio antebraço para tirar o sangue com que encharcara a bandagem de Teresa.

Harper assentiu para a frente, indicando a companhia.

— Deveria ter cortado o soldado Batten. Ele só serve para isso.

Sharpe riu. O pensamento lhe ocorrera, mas rejeitou-o como sendo mesquinho.

— Vou sobreviver. É melhor você dizer aos rapazes que a garota não foi machucada. Discretamente.

— Vou dizer.

Harper foi adiante. Os homens estavam em silêncio, chocados, porque Sharpe os deixara acreditar que usara a grande lâmina contra a garota. Se eles soubessem da verdade teriam passado marchando por El Católico com rostos sorridentes, uma alegria contida, e a coisa toda seria desperdiçada. Sharpe fitou os guerrilheiros, ao lado e atrás, e depois Teresa.

— Você tem de continuar fingindo.

Ela assentiu e olhou para ele.

— Você vai manter a promessa?

— Sim. Nós temos um acordo.

E era um bom acordo, decidiu, e admirou Teresa pelos termos. Pelo menos agora ele sabia por que ela estava do seu lado, e só havia um pesar: eles não ficariam juntos por muito tempo, pois o trato exigia que os dois permanecessem distantes um do outro. Mas a guerra não demoraria muito e, quem sabe, talvez ele a encontrasse de novo.

Ao meio-dia a companhia subiu uma encosta íngreme indo direto para oeste, no rumo de seu objetivo, e Sharpe foi na frente pelo flanco inclinado cheio de pedras afiadas como navalha, com um sentimento de alívio. Os guerrilheiros não poderiam levar os cavalos encosta acima, e suas figuras ficaram cada vez menores à medida que a companhia subia com dificuldade. Os homens que carregavam o ouro precisavam de descanso frequente, deitando-se e ofegando sob o sol, mas cada hora os levava mais para perto do Côa, e por um tempo Sharpe ousou ter esperanças de que tivessem deixado El Católico e seus homens para trás. A espinha da crista era um lugar ermo e rochoso, cheio de pequenos ossos deixados por lobos e abutres. Sharpe tinha a sensação de andar por onde nenhum homem passara, um lugar dominado pelas feras, e a toda volta os morros se agachavam ao sol desgastante, dolorido, e nada se movia a não ser a companhia se arrastando pela crista elevada, e Sharpe sentiu como se o mundo tivesse acabado e eles tivessem sido esquecidos. Adiante podia ver os morros enevoados que levavam ao rio, à segurança, e forçou a companhia a continuar. Patrick Harper, levando duas mochilas com ouro, indicou os morros do oeste, à frente deles.

— Os franceses estão lá, senhor?

Sharpe deu de ombros.

— Provavelmente.

O sargento olhou em volta, observando o caminho alto e descorado pelo sol.

— Espero que não estejam nos vigiando.

— É melhor do que ficar lá embaixo com os guerrilheiros.

Mas Sharpe sabia que Harper estava certo. Se os franceses estivessem patrulhando os morros, e deviam estar, a companhia seria visível por quilômetros. Sharpe deixou sua mochila cheia de ouro ficar mais confortável no ombro.

— Vamos continuar indo para o oeste durante a noite. — Olhou para seus homens cansados. — Só esse esforço, sargento, só mais esse.

Não era para ser. No crepúsculo, enquanto o sol a oeste os ofuscava, a encosta baixou e Sharpe viu que tinham sido enganados. A crista era como uma ilha, separada dos outros morros por um vale amplo e contorcido, e em suas sombras, lá embaixo, podia ver os pontos minúsculos que eram os homens de El Católico. Parou a companhia, deixou os homens descansarem e olhou para baixo.

— Desgraça. Desgraça. Desgraça — sussurrava.

Os guerrilheiros haviam cavalgado por um caminho fácil, dos dois lados da crista, e a companhia seguira lentamente num esforço inútil pelas rochas que pareciam um forno, pelas pedras afiadas, pela encosta infestada de escorpiões. Do outro lado do vale os morros subiam de novo e ele olhou para a encosta cheia de pedregulhos que eles teriam de subir. Mas sabia que antes de continuar precisariam atravessar o vale. Era um lugar perfeito para uma emboscada. Como um litoral serrilhado, o vale tinha reentrâncias escondidas, sombras profundas; até mesmo, ao norte, algumas árvores raquíticas. Assim que estivessem em meio ao vale coberto de capim ficariam terrivelmente vulneráveis, incapazes de enxergar o que espreitava por trás dos contrafortes do morro, nas dobras mortas do chão. Sharpe observou a profundeza sombreada e em seguida sua companhia exausta, com as armas surradas e as mochilas pesadas.

— Atravessaremos ao amanhecer.

— Sim, senhor. — Harper olhou para baixo. — O major está vindo, senhor.

Kearsey havia abandonado o cavalo e, com o uniforme azul fundindo-se às sombras, subia a encosta em direção à companhia. Sharpe grunhiu.

— Ele pode fazer uma oração por nós. — Em seguida fitou o vale. Talvez uma oração não fosse uma coisa ruim.

CAPÍTULO XVI

água nos cantis ficou salobra, a comida, reduzida às derradeiras migalhas mofadas, e na hora antes do alvorecer o terreno estava escorregadio com o orvalho. Fazia frio. A companhia, com a boca amarga e mal-humorada, escorregava e caía descendo a encosta escura até o vale negro. Kearsey, com sua bainha de aço batendo contra as pedras, tentava acompanhar Sharpe.

— Almeida, Sharpe. É o único caminho!

Sharpe parou e ergueu-se acima do major.

— Dane-se Almeida, senhor.

— Não precisa blasfemar, Sharpe. — Kearsey parecia rabugento. Chegara, enquanto a noite caía, e se lançara numa ensaiada condenação a Sharpe, mas a acusação ficou no ar quando ele viu Teresa sem nenhum ferimento observando-o calmamente.

Ela havia falado com ele em espanhol, afastando suas objeções, até que o major, confuso pela velocidade dos acontecimentos que não podia controlar, caiu num silêncio infeliz. Mais tarde, quando o vento agitava o capim na noite e as sentinelas se remexiam enquanto as pedras pretas pareciam se mover, ele tentara convencer Sharpe a se virar para o sul. Agora, no alvorecer que se esgueirava, voltava ao assunto.

— Os franceses, Sharpe. Você não entende. Eles estarão bloqueando o Côa. Você deve ir para o sul.

— E dane-se a porcaria dos franceses, senhor.

Sharpe se virou, escorregou e xingou quando uma bota voou por debaixo dele, e ele caiu sentado dolorosamente numa pedra. Não iria para Almeida. Os franceses iam começar o cerco e estariam se concentrando em força total. Iria para o oeste, para o Côa, e levaria o ouro ao general.

O piso no chão do vale era fofo, fácil de andar, mas Sharpe se agachou e sibilou para seus homens ficarem quietos. Não podia ouvir nada, não podia ver nada, e seu instinto lhe dizia que os guerrilheiros tinham ido embora. O sargento Harper se agachou perto dele.

— Os desgraçados se foram, senhor.

— Eles estão em algum lugar.

— Aqui, não.

E se não estavam, por que teriam partido? El Católico não abriria mão do ouro, nem Moreno da chance de castigar o homem que ele pensava ter mutilado sua filha, então por que o vale se achava tão vazio e silencioso? Sharpe foi na frente, pelo capim, o fuzil engatilhado, e olhou para o morro adiante, coberto de pedras, imaginando os mosquetes emboscando-os enquanto subiam. A colina poderia esconder mil homens.

Parou de novo ao pé da encosta, e a sensação fantasmagórica de estar sozinho no mundo retornou, como se, enquanto andavam na crista, na véspera, o mundo tivesse acabado e o Anjo da Morte tivesse se esquecido da Companhia Ligeira. Sharpe tentou ouvir. Podia escutar seus homens respirando, porém nada mais. Não ouvia o raspar de um lagarto nas pedras, a batida das patas de um coelho apavorado, nem pássaros, nem mesmo o vento nas pedras. Encontrou Kearsey.

— O que tem do outro lado do morro, senhor?

— Pasto de verão para as ovelhas. Água de fonte, dois abrigos. Região de cavalaria.

— E ao norte?

— Uma aldeia.

— Ao sul, senhor?

— A estrada para Almeida.

Sharpe mordeu o lábio, olhou para a encosta e afastou a sensação de estar sozinho. Seu instinto lhe dizia que o inimigo se encontrava perto, mas que inimigo? Adiante era região de forragem para os animais, patrulhas inimigas, e Kearsey havia afirmado que os franceses estariam dominando o campo com força total, de modo que pudessem pegar toda a comida. E se os franceses não estivessem ali? Olhou para trás, para o vale, e sentiu-se tentado a ficar no terreno baixo, mas onde estava El Católico? Esperando no vale? Ou será que seus homens teriam escondido os cavalos e subido o morro? Sabia que a companhia estava nervosa, com medo do silêncio e da cautela de Sharpe, e ele se levantou.

— Fuzis! Formação de escaramuça. Tenente! Siga com a companhia. Avante!

Esse, pelo menos, era um trabalho que eles conheciam, e os fuzileiros se dividiram em pares de escaramuça e se espalharam na tela fina e elástica que abrigava a linha de batalha principal durante uma luta. Os fuzileiros eram treinados para isso, eram ensinados a pensar com independência e lutar por iniciativa própria sem as ordens de um oficial. Um homem se movia enquanto seu parceiro lhe dava cobertura, assim como na batalha um homem recarregava a arma enquanto o outro vigiava para ver se algum inimigo estaria mirando em seu camarada durante o trabalho vulnerável e desajeitado de usar a vareta e o cartucho. Cinquenta metros atrás dos casacas verdes, desajeitados e barulhentos, os casacas vermelhas subiam o morro, e Teresa permanecia com Knowles olhando as formas esquivas, vislumbres rápidos, dos fuzileiros. Ela usava o sobretudo de Sharpe cobrindo o vestido branco, e podia sentir a apreensão dos homens. O mundo parecia vazio, o alvorecer subindo nas pedras cinza e no capim sem limites, mas Teresa sabia, melhor até do que Sharpe, que só uma coisa poderia ter afastado os guerrilheiros, e que o mundo não estava vazio. Em algum lugar, vigiando-os, se encontravam os franceses.

O sol se erguia atrás deles, lançando a luz através da crista pela qual haviam andado na véspera, e Sharpe, à frente dos fuzileiros, viu-o pincelar de ouro o topo do morro 70 metros adiante. A rocha estava coberta de luz, e na sua base, meio escondida pelo capim sombreado, havia uma cor vermelha opaca. Sharpe se virou casualmente e sinalizou para seus homens como se quisesse lhes dar um descanso. Deu um bocejo enorme, esticou os braços e andou despreocupado até onde Harper parara as duplas da esquerda. Olhou encosta abaixo e acenou para Knowles, indicando laconicamente para o grupo com a carga pesada se deitar, depois assentiu de forma amigável para o sargento.

— A porcaria dos *voltigueurs* estão na crista.

Os *voltigueurs*, os escaramuçadores franceses, a infantaria ligeira que lutava contra as companhias ligeiras inglesas. Sharpe se agachou de costas para o inimigo e falou baixinho:

— Vi a dragona vermelha.

Harper olhou por cima do ombro de Sharpe, movendo os olhos rapidamente para acompanhar a crista, e xingou baixinho. Sharpe arrancou uma folha de capim e enfiou-a entre os dentes. Mais 20 metros e eles estariam ao alcance dos mosquetes franceses. Xingou também.

Harper se agachou.

— E se tem infantaria, senhor...

— Também tem a desgraça da cavalaria.

Harper virou a cabeça de lado, para baixo da encosta, para o vale vazio, ainda em sombras.

— Lá?

Sharpe assentiu.

— Eles devem ter nos visto ontem. Andando numa porcaria de crista de morro como virgens. — Cuspiu no capim, coçou, irritado, através do buraco rasgado na manga esquerda.

— Espanhóis desgraçados.

Harper bocejou para que os inimigos vissem.

— Está na hora de termos uma luta de verdade senhor — falou em tom ameno.

Sharpe fez uma careta.

— Se pudéssemos escolher onde. — Ficou de pé. — Vamos para a esquerda.

A encosta à esquerda, voltada para o sul, oferecia mais cobertura, mas ele sabia, com uma certeza terrível, que a Companhia Ligeira estava em número muito inferior e certamente também flanqueada pelo inimigo.

Soprou seu apito, acenou para o sul, e a companhia se moveu pela lateral do morro enquanto Sharpe e Harper, em silêncio e devagar, alertavam os fuzileiros sobre os escaramuçadores inimigos acima.

Kearsey veio subindo afastando-se dos casacas vermelhas.

— O que estamos fazendo, Sharpe?

Sharpe contou sobre os escaramuçadores acima. Kearsey pareceu em triunfo, como se tivesse provado que estava certo.

— Eu lhe disse, Sharpe. Área de pastagem, aldeia. Eles estão ocupando a região e pegando a comida. Então, o que vai fazer agora?

— O que vamos fazer agora, senhor, é sair disso.

— Como?

— Não faço ideia, major, não faço ideia.

— Eu lhe disse, Sharpe! Capturar águias é ótimo, mas aqui, no terreno inimigo, as coisas são diferentes, não é? El Católico não foi apanhado! Deve ter sentido o cheiro dos franceses e desaparecido. Nós somos alvos fáceis.

— Sim, senhor.

Não havia sentido em discutir. Se El Católico tivesse o ouro, nem teria chegado tão longe assim, mas ao rodear o morro Sharpe sabia que a qualquer momento a viagem poderia acabar, que os homens com o ouro poderiam ser apanhados entre os *voltigueurs* e a cavalaria, e dentro de um mês alguém no quartel-general do exército se perguntaria, inutilmente, o que acontecera com o capitão Sharpe e a Companhia Ligeira que foram mandados na tarefa impossível de trazer de volta ouro espanhol. Virou-se para Kearsey.

— Então onde está El Católico?

— Duvido que ele vá ajudá-lo, Sharpe.

— Mas ele não desistirá do ouro, não é, major? Imagino que fique satisfeito em deixar que os franceses nos embosquem e depois os embosque, não é?

Kearsey assentiu.

— É a única esperança dele.

O fuzileiro Tongue, educado e questionador, girou.

— Senhor!

O grito foi o último que deu; o estrondo de um mosquete o abafou, a fumaça pairando na frente de uma pedra a apenas 20 metros dele. Tongue foi girando e caindo, e Sharpe ignorou Kearsey e correu adiante. Harper, agachado, procurava o homem que disparara contra Tongue. Sharpe passou por ele correndo, ajoelhou-se ao lado do fuzileiro e levantou-lhe a cabeça.

— Isaiah!

A cabeça estava pesada; os olhos, sem enxergar. A bala de mosquete havia passado limpa entre duas costelas e matado Tongue enquanto ele gritava o alerta. Sharpe pôde ouvir a vareta fazer barulho enquanto o escaramuçador inimigo enfiava a carga seguinte no cano; então o parceiro invisível do inimigo disparou, e a bala errou Sharpe por centímetros, porque o francês subitamente vira Harper. A bala do sargento levantou o francês do chão; ele abriu a boca para gritar, mas só saiu sangue, e o francês caiu de volta. Sharpe ainda pôde ouvir o raspar da vareta de ferro; ergueu-se com o fuzil de Tongue e correu à frente. O *voltigueur* o viu chegando, entrou em pânico e tentou correr para trás. Sharpe atirou na base de sua coluna e viu o sujeito largar o mosquete e cair em agonia pela encosta.

Parry Jenkins, o parceiro de Tongue, parecia quase à beira das lágrimas. O galês se curvou sobre o corpo de Tongue, tirando do cinturão a bolsa de munição e o cantil, e Sharpe jogou para ele o fuzil do morto.

— Aqui!

Uma bala francesa acertou sua mochila, empurrando-o para a frente, e ele soube que a linha de escaramuça inimiga havia se dobrado morro abaixo, cortando seu avanço para o sul. Sharpe acenou mandando seus homens descerem e correu de volta para Jenkins.

— Você pegou tudo?

— Sim, senhor. Desculpe, senhor. Meu Deus, desculpe, senhor.

Sharpe deu-lhe um tapa no ombro.

— Venha, Parry. A culpa não foi sua.

Desceram o morro, com a carga dos mosquetes passando por cima das cabeças, e encontraram cobertura nas pedras. O corpo de Tongue teria de ficar lá, mais um fuzileiro perdido na Espanha, ou seria Portugal? Sharpe não sabia, mas pensou na escola das Midlands onde, de modo bastante apropriado, Tongue ensinara línguas, e se perguntou se alguém iria se lembrar do rapaz inteligente com olhos amigáveis que gostava de beber.

— Senhor!

Knowles apontava para trás. Sharpe rolou e olhou para o lugar de onde tinha vindo. Os escaramuçadores franceses com casacas azuis desbotadas e dragonas vermelhas desciam o morro em ângulo, atrás deles. Ficou deitado de costas, virado para seus homens.

— Fuzileiros! Baionetas!

Os franceses entenderiam isso muito bem e sentiriam o medo. Ele contara inconscientemente os projéteis que haviam deixado de acertá-lo quando foi até o corpo de Tongue e soube, mesmo não tendo pensado, que a colina estava sustentada esparsamente. Os franceses tinham posto uma linha de escaramuça fina e espaçada, pensando que ela bastaria para impelir os ingleses a voltar morro abaixo onde, ainda sem ser vista, a cavalaria devia estar esperando.

— Tenente!

— Senhor?

— Vocês vão nos seguir.

Ganharemos dez minutos, pensou, mas devemos sair do alcance deles, e talvez possamos encontrar um local para nos defender. Sharpe tinha consciência de que não havia esperança, mas era melhor do que serem arrebanhados como ovelhas gordas. Puxou a espada para fora da bainha, sentiu o gume e se ergueu.

— Avante!

Um homem de cada par olhava, o outro corria, e Sharpe ouviu os fuzis Baker estalando e rompendo a manhã enquanto os franceses levantavam as cabeças para atirar contra o pequeno bando espalhado, vestido de verde, que gritava para eles e tinha 58 centímetros de aço fixos nos fuzis. Os poucos escaramuçadores à frente deles correram, ou então morreram com os projéteis giratórios que não podiam errar a uma distância de 50 passos, e a companhia continuou correndo. Sharpe estava à frente, a espada atravessada diante do corpo e o fuzil batendo nas costas. Viu escaramuçadores acima deles na colina, e abaixo, mas os mosquetes eram um instrumento terrível para o trabalho de precisão. Ele deixava o inimigo atirar e sabia que as chances estavam a favor da companhia. Um homem caiu, acertado nas nádegas, mas foi arrastado para cima e logo eles haviam passado pela abertura, e à frente havia apenas uns poucos fugitivos franceses em pânico que não tinham tido o bom-senso de subir o morro. Um deles se virou, ergueu o mosquete e se viu cara a cara com um irlandês gigantesco que o abriu com um corte limpo entre as costelas, chutou-o para liberar a lâmina e continuou em frente. Sharpe cortou um homem com sua espada, sentiu o impacto de estremecer os ossos quando o francês aparou o golpe com o mosquete, e então continuou correndo e imaginou que tipo de mossa teria sido feita no gume de aço pesado.

— Venham! Subindo!

Não era isso o que os franceses esperavam, de modo que era o único caminho a seguir. A companhia despedaçara a linha de escaramuçadores, perdera apenas um homem e agora forçava as pernas cansadas para subir a encosta em direção à crista do oeste, e atrás deles as ordens em francês ressoavam, os oficiais de casacas azuis realinhando seus homens, e não havia tempo para nada a não ser forçar as pernas subindo a encosta impossível, sentir a dor da respiração nos pulmões. Então Sharpe chegou à crista e, sem parar, virou-se e continuou correndo. Os franceses desgraçados estavam ali, não esperando os ingleses, mas mesmo assim estavam ali e se arrumaram em fileiras aguardando ordens. Sharpe teve um vislumbre de uma encosta que descia suave, coberta de capim, e o batalhão francês arrumado em companhias. Os franceses esperaram, atônitos, enquanto os ingleses passavam correndo a sua frente, a apenas cem passos, e nenhum mosquete foi disparado.

Não havia como escapar para oeste, nem para o norte, onde os escaramuçadores os perseguiam, e Sharpe soube que deviam ir para o sudeste, onde a cavalaria os esperava. Era a única direção que lhes dava tempo, e o tempo era a única esperança. Virou-se, acenou para os fuzileiros descerem e empurrou Knowles e os homens de casacas vermelhas encosta abaixo.

— Formar a cem passos abaixo!

— Senhor! — Knowles prestou continência, pulou por cima de uma pedra e a companhia se foi.

— Fuzileiros! Atrasem-nos!

Esse era um modo melhor de lutar, deixando o inimigo vir para eles e matando-o quando estavam longe demais para responder ao fogo dos fuzis. Sharpe lutou como um soldado raso, enfiando as balas no cano raiado, escolhendo seus alvos e esperando que a vítima corresse adiante. Mirava baixo, jamais querendo ver se o homem caía. Em vez disso pegava outro cartucho, mordia para tirar a bala e começava a recarregar. Ouvia os fuzis em volta, disparando o mais rápido que podiam, o que não era suficiente, e soube que os franceses voltariam a si em breve e iriam sobrecarregá-los como alvos e os esmagariam com baionetas. Ouviu Harper dando instruções e se perguntou qual de seus fuzileiros precisava que lhe dissessem para enrolar a bala no retalho de couro engordurado para que ela se grudasse às ranhuras, e ficou tão curioso que voltou em meio à fumaça que pairava para ver Teresa, com a arma de Tongue, o rosto já enegrecido de fumaça de pólvora, ajoelhando-se para atirar contra um francês.

Então o inimigo desapareceu, foi para o chão, e Sharpe soube que a corrida em massa viria.

— Esqueçam os retalhos!

Era mais rápido recarregar uma bala nua, mesmo que o fuzil perdesse a precisão. Em seguida apitou para eles, trazendo-os para trás, mantendo-se abaixado, de modo que o inimigo atacasse um terreno vazio e se visse sob fogo disparado de uma nova cobertura.

— Esperem por eles!

Esperaram. Houve gritos em francês, comemorações em francês, e os homens de azul e vermelho corriam entrecruzando-se na direção deles, mosquetes e baionetas captando a luz. Eles continuavam vindo; Sharpe sabia que a companhia estava em número terrivelmente inferior, mas mesmo assim era sempre melhor esperar.

— Esperem! Esperem! — Viu um confuso oficial inimigo procurando os ingleses e soube que o sujeito perderia a coragem dentro de apenas um segundo.

— Fogo!

Foi uma pequena saraivada, mas era a última que dariam com os retalhos engordurados, e foi mortal. O inimigo mergulhou em busca de cobertura, jogou-se atrás de pedras ou de seus próprios mortos, e os fuzileiros recarregaram, cuspindo as balas dentro das armas, ajeitaram-nas batendo as culatras no chão e nem se incomodando com as varetas.

— Para trás!

Havia uma centena de escaramuçadores à frente deles, pressionando adiante, chegando perto, e os fuzileiros recuavam, recarregando do modo mais rápido, disparando contra os inimigos e sempre perdendo terreno, indo morro abaixo em direção ao resto da companhia que chegava cada vez mais perto da extensão aberta do vale.

— Para trás!

Aquele não era um lugar para morrer, principalmente quando a cavalaria ainda não havia aparecido e existia uma chance, ainda que remota, de a companhia conseguir recuar para o outro lado do vale. Não havia tempo para pensar nisso, só para manter os fuzileiros fora do alcance dos mosquetes, instigar a companhia morro abaixo, parando e disparando, correndo, recarregando e encontrando nova cobertura. Não estavam causando danos ao inimigo, mas os franceses, apavorados com os fuzis, mantinham distância e não pareciam perceber que os projéteis não estavam mais girando; que, sem o pedacinho de couro engordurado, os fuzis eram menos precisos do que um mosquete comum. Bastava para os franceses que seus oponentes usassem verde, os "gafanhotos" do exército inglês que podiam matar a trezentos passos e rasgar o coração de uma linha de escaramuça inimiga.

Parando para olhar os homens recuar, Sharpe espiou morro acima e viu a crista coberta pelas companhias francesas. Notou que os uniformes eram de cores fortes, não desbotados pelo sol, e soube que aquele era um regimento recém-chegado, um dos novos mandados por Bonaparte para acabar com os negócios na Espanha de uma vez por todas. O coronel estava lhes dando uma visão de camarote da luta, e isso irritou Sharpe. Nenhuma porcaria de recruta francês iria testemunhar sua morte! Olhou para os *voltigueurs*, tentando encontrar o oficial como alvo, e percebeu, ao bater com a coronha do fuzil no chão, que apenas 20 minutos antes tinha sentido que se achava completamente sozinho na face do planeta. Agora estava em número inferior, de dez para um, e os desgraçados continuavam aparecendo, mais ousados à medida que os ingleses chegavam ao pé da encosta. Um tiro acertou a pedra ao seu lado e ricocheteou acertando sua axila esquerda. Doeu como se um cachorro mastigasse sua carne e, ao levantar o fuzil para um tiro rápido, Sharpe soube de repente que o ricochete causara dano. Mal conseguia segurar o fuzil, mas apertou o gatilho e recuou, mantendo o passo com seus homens e olhando atrás, vendo Knowles parar na borda do vale como alguém que sentisse medo de se afastar de uma praia. Desgraça! Não havia escolha.

— Para trás! Para trás!

Sharpe correu até Knowles.

— Venha. Atravesse o vale!

Knowles estava olhando para seu ombro.

— Senhor! O senhor foi atingido!

— Não é nada! Venha! — Virou-se para os fuzileiros, espiando com olhos vermelhos os rostos enegrecidos. — Em forma, rapazes.

A garota entrou em forma como mais um fuzileiro e ele sorriu para ela, amando-a por lutar como um homem, por seus olhos que brilhavam de modo infernal, e então balançou o braço direito.

— Marchem!

Afastaram-se das pedras, dos *voltigueurs*, entrando na calma pouco natural do capim. A infantaria francesa não os seguiu, parou ao pé da encosta como se a Companhia Ligeira estivesse num barco e eles não pudessem acompanhá-la. O major Kearsey estava praticamente dançando de empolgação, o sabre desembainhado, mas seu sorriso sumiu ao ver Sharpe.

— Você foi atingido!

— Não foi nada, senhor. Um ricochete.

— Que absurdo, homem.

Kearsey tocou o ombro de Sharpe e, para surpresa do fuzileiro, a mão dele voltou vermelha e brilhando.

— Já passei por coisa pior, senhor. Vai ficar bom. — Mas estava doendo, e ele odiava o pensamento de tirar a casaca e a camisa para encontrar o ferimento.

Kearsey olhou de volta para a infantaria francesa imóvel.

— Eles não estão seguindo, Sharpe!

— Eu sei, senhor. — Seu tom era sombrio e Kearsey olhou-o rapidamente.

— Cavalaria?

— Deve ser, senhor. Esperando a gente chegar ao centro do vale.

— O que vamos fazer? — Kearsey não parecia ver nada estranho em fazer a pergunta a Sharpe.

— Não sei, senhor. Reze.

Kearsey se ofendeu e inclinou a cabeça bruscamente para trás.

— Eu rezei, Sharpe! Fiz pouquíssima coisa além disso nos últimos dias.

Haviam sido apenas uns poucos dias, pensou Sharpe, e será que tudo iria acabar assim, entre um batalhão e uma cavalaria dos franceses? Sharpe sorriu para o major, falou gentilmente:

— Continue rezando, senhor.

Era um pasto ralo, cortado curto e duro. Sharpe olhou para o capim e pensou que dentro de um ano as ovelhas estariam de volta como se a escaramuça não tivesse acontecido. O sol chegara ao piso do vale, e os insetos estavam ocupados nas hastes do capim, sem perceber a batalha acima. Sharpe levantou os olhos e concluiu que o vale era lindo. Ele serpenteava para o sul e o oeste, subindo entre morros íngremes, e à sua frente, fora do alcance, havia um leito de riacho que na primavera faria do lugar um pequeno paraíso. Olhou para trás, viu os *voltigueurs* sentados junto às pedras, as outras companhias francesas descendo lentamente o morro, e em algum lugar no vale tortuoso, ele sabia, a cavalaria esperava. Agora tinha certeza de que eles viriam por trás; o caminho adiante não parecia oferecer esconderijo, e soube que a companhia estava encurralada. Olhou para o chão, plano e firme, e imaginou os cavalos andando nos primeiros 100 metros, trotando nos 50 seguintes, chegando ao meio-galope, as espadas erguidas, e o galope final de 20 metros que seria rasgado pelo fogo disparado do pequeno quadrado, mas quarenta infantes não podiam se sustentar por muito tempo. Fumaça de cachimbo subia da infantaria francesa sentada, nas primeiras filas para o espetáculo da matança.

Patrick Harper chegou ao seu lado.

— Está muito ruim? — Fitava o ombro de Sharpe.

— Vai ficar bom.

O sargento segurou seu cotovelo e, ignorando o protesto de Sharpe, levantou o braço.

— Dói?

— Meu Deus! — Ele sentiu como se lhe esfolassem o ombro, mas as mãos do irlandês enorme estavam ali, apertando e fazendo doer.

Harper soltou-o.

— Não tem osso quebrado, senhor. O projétil está presa. Foi ricochete?

Sharpe confirmou com a cabeça. Um tiro direto teria quebrado o ombro e a parte superior do braço. Doía. Harper olhou para a garota e de volta para Sharpe.

— Isso vai impressionar a mocinha.

— Vá para o inferno.

— Sim, senhor. — Harper estava preocupado, e tentava não demonstrar.

Cornetas soaram e Sharpe parou, virou-se e, enquanto a companhia continuava marchando, viu os primeiros cavalos aparecerem ao norte. Seu coração se encolheu. Lanceiros de novo, sempre a porcaria dos lanceiros, e os uniformes verdes com acabamentos cor-de-rosa zombavam de suas magras esperanças. As lanças tinham penachos vermelhos e brancos nas pontas, seguras com garbo, e os homens trotavam em formação no vale olhando o pequeno grupo de infantaria britânica. Harper voltou até Sharpe.

— Duzentos, senhor?

— É.

Sharpe ouvira homens dizer que prefeririam morrer por uma lança do que por um sabre, que um sabre fazia cortes horrendos que infeccionavam e sangravam até secar o sujeito em semanas de agonia, ao passo que a lança era rápida e funda. Sharpe cuspiu no capim; não gostava de nenhum dos dois, e olhou para a esquerda e a direita.

O OURO DE SHARPE

— Por ali. — Apontou para o lado leste do vale, de volta na direção de onde tinham vindo, para longe da infantaria francesa. — Acelerado!

Correram, uma corrida espasmódica, cheia de tropeços, desesperançada, porque mesmo que os lanceiros esperassem dois minutos inteiros antes de receber a ordem de avançar, pegariam a Companhia Ligeira e poriam todo o peso nas lâminas prateadas. Então a coisa estaria mesmo acabada, e Sharpe se lembrou das histórias de pequenos grupos de soldados que lutavam contra chances impossíveis. Estava errado, havia um esconderijo mais acima no vale, uma dobra funda de terreno morto ao sul, que estivera sombreada e escondida, mas subitamente viu que cavaleiros saíam dali, homens com uniformes estrangeiros, sabres desembainhados, e eles não esperavam como os lanceiros. Em vez disso trotaram adiante, joelho a joelho, e Sharpe soube que tudo terminara.

— Alto! Companhia, formar quadrado! — Pôs a jovem no centro, com Kearsey. — Baionetas!

Os homens o obedeceram com calma, e Sharpe sentiu orgulho deles. Seu ombro doía como o diabo, e de repente ele se lembrou do boato que havia percorrido o exército, de que os franceses envenenavam os projéteis de seus mosquetes. Jamais acreditara nisso, mas havia algo errado, tudo estava turvo; ele balançou a cabeça para clarear a visão e deu seu fuzil a Kearsey.

— Desculpe, senhor. Não consigo segurá-lo.

Sua espada continuava desembainhada, com uma mossa na parte da frente da lâmina, e ele abriu caminho até a dianteira do quadrado minúsculo, um gesto de desafio quase inútil, e de repente percebeu que seus homens estavam rindo. Eles olharam-no, começaram a gritar em comemoração, e Sharpe tentou ordenar silêncio. Talvez fosse um bom modo de morrer, gritando de satisfação para o inimigo, contra as baionetas, mas para Sharpe isso não fazia sentido. Eles deveriam economizar o fôlego para matar. Os sabres estavam mais perto, os homens, cavalgando como veteranos, sem empolgação nem pressa, e Sharpe tentou descobrir qual era o regimento francês com uniformes azuis, uma tira amarela no macacão e altas barretinas marrons. Desgraça! Quem eram eles? No mínimo um homem devia saber contra quem estava lutando. Sharpe tentou ordenar que os mosquetes fossem erguidos, que os homens mirassem, mas nada aconteceu. Sua voz sumiu; seus olhos pareciam não ver.

Harper segurou-o e baixou-o gentilmente.

— Aguente, senhor, pelo amor de Deus, aguente.

O capitão Lossow, resplandecente em azul e amarelo, viu Sharpe cair, xingou o fato de seu esquadrão ter se atrasado, e então, como um bom profissional da Legião Alemã do Rei, esqueceu-se de Sharpe. Havia trabalho a fazer.

CAPÍTULO XVII

Lossow tinha dois minutos, não mais do que isso, e usou-os bem. Viu a companhia desaparecer por trás de seu ombro esquerdo; então tudo o que havia à frente eram os lanceiros, enquanto longe, à esquerda, um batalhão de infantaria descia o morro atabalhoadamente para acrescentar seu poder de fogo ao vale. Ele não iria esperar a infantaria. Falou com seu corneteiro, ouviu o toque de carga, amou cada nota, e então levantou o sabre e deixou Tor à vontade. Era um bom nome para um cavalo, Tor, especialmente um cavalo assim, que podia arrancar o rosto de um homem a mordidas ou esmagar um inimigo com os cascos. Aquele era um terreno bom, confortável, sem as porcarias dos coelhos, e Lossow rezava à noite por uma oportunidade assim. Lanceiros, idiotas com espetos compridos que jamais sabiam como aparar um golpe; só era necessário passar além da ponta e a vida era sua. Podia ouvir seus homens galopando atrás; torceu-se na sela para apreciar a bela visão, os cavalos, pescoço com pescoço, como deveria ser, arremessando torrões de terra para trás; lâminas e dentes brilhando. E não era bom, da parte do rei alemão que se sentava no trono da Inglaterra, lhe dar essa chance?

Os franceses eram lentos, e ele achou que seria uma tropa nova, montando cavalos de reserva, e um lanceiro sempre devia encontrar o inimigo a toda velocidade, caso contrário estaria feito. Guiou Tor para a direita; eles haviam treinado isso, e o corneteiro deu o sinal de novo, desta vez entrecortado por causa do movimento do cavalo, mas suficiente para gelar

O OURO DE SHARPE

o sangue. Lossow tocou Tor com o calcanhar esquerdo, jamais usara uma espora na vida, e o cavalo enorme se virou como um dançarino; o sabre estava baixado, apontando para o solo como um ferrão no punho estendido de Lossow, e ele galopava, rindo na cara do inimigo, e simplesmente empurrou as lanças de lado. Aquilo não iria demorar, nunca demorava, e alguém teve coragem suficiente para encará-lo, mas nesse ponto o caos que ele criara em meia dúzia de franceses deixara seus primeiros homens penetrar na abertura. Lossow soube que o serviço estava feito e deixou Tor empinar e cuidar do sujeito corajoso que o desafiara. O corneteiro estava ali, claro, porque esse era seu dever.

— Esquerda! — ordenou Lossow, e os alemães se viraram, mastigando a linha francesa, os sabres malignos em seu trabalho, e Lossow ficou satisfeito.

— Tenente?

O homem prestou continência, sem ligar para a luta.

— Senhor?

— Acossar a infantaria.

— Sim, senhor.

E o serviço foi feito. Ele tinha um minuto e Tor precisava de exercício, por isso Lossow tocou com os calcanhares e o cavalo avançou, e o sabre se transformou numa lança a galope de modo tão fácil que Lossow pensou que lembraria esse momento até o dia em que morresse, de preferência na Alemanha. O aço de Kligenthal da lâmina curva abriu a garganta do francês até a coluna, e Lossow desejou que cada momento fosse tão bom assim, com um cavalo excelente, um bom terreno, uma lâmina feita pelos próprios anões mágicos e um inimigo no café da manhã.

Olhou seus homens trabalhar, sentindo orgulho deles. Eram disciplinados, cada um protegendo o outro, o trabalho com a espada imaculado e meticuloso, e Lossow entendeu por que lorde Wellington preferia a cavalaria alemã. Não era tão vistosa quanto a inglesa, não era tão boa para um desfile, mas para matar franceses era tão boa quanto a infantaria inglesa. Lossow, um homem feliz no fundo do vale, pensava — enquanto parte de sua mente olhava a infantaria inimiga, outra verificava os lanceiros em fuga

— que esse exército, o exército de Wellington, podia ser um dos mais perfeitos instrumentos de guerra da história. Com homens como esses cavaleiros e aquela infantaria? Era lindo!

— Toque de reunir.

A corneta soou, os homens recuaram em ordem perfeita, e Lossow balançou o sabre. Os lanceiros estavam acabados, absolutamente derrotados, mas ele não esperara nada a menos. Pobres-diabos. Não tinham como saber que os homens de Lossow haviam vigiado esse vale durante três dias, esperando avistar Sharpe, e Lossow ficou feliz por ter sido ele, e não aquele porco do Schwalbach, mais ao sul, que encontrara a infantaria inglesa. Fitou a parte de cima do vale. A infantaria resgatada se movia depressa, cada homem segurando-se num estribo de cavalaria, e Lossow trouxe os outros 150 sabres de volta lentamente, vigiando a retirada, desfrutando do calor do sol e prestando continência para a infantaria francesa que estava se formando, tarde demais, tendo o espetáculo estragado.

— Saudações de Hanover! — gritou, mas a ralé comedora de alho não entendia alemão.

Uma hora depois Sharpe abriu os olhos, viu Harper inclinado sobre ele, prendendo-o no chão, e Teresa segurando uma das suas mãos. Então um soldado alemão veio até ele com um pedaço de ferro incandescente, e Sharpe soube que o sonho dos últimos minutos, no qual seu ombro estava sendo cravado por um indiano com uma lança, era apenas isso: um sonho. O indiano, com turbante e sorridente, havia brincado com ele, e a cada vez que Sharpe tentara se soltar a lança voltava, erguendo-o um pouco mais alto.

— Fique parado, capitão — disse Harper gentilmente, segurando-o com força.

O ferro cauterizante o acertou como os diabos do inferno. Seu grito foi cortado quando ele desmaiou; a carne queimava e fedia, e foi necessária toda a força de Harper para segurá-lo, mas isso foi feito, e o médico cavaleiro de Lossow assentiu com satisfação. Jogaram água no rosto dele, fizeram escorrer conhaque em sua garganta, e Sharpe abriu os olhos, fez uma careta enquanto a dor o atravessava e lutou para sentar-se. Encarou Harper.

— Você disse que isso iria ficar bom.

— Não queria preocupá-lo. O senhor sangrou quase até a morte. — Ele encostou Sharpe numa pedra. — Comida! Tragam aquela comida!

Sharpe levantou o olhar e viu um oficial alemão com olhos franzidos e um bom sorriso observando-o. Tinha encontrado o sujeito antes. Onde? Lembrou-se. Na aldeia onde Batten fora apanhado pelos militares. Estendeu a mão que não estava ferida.

— Capitão...

— Lossow, senhor. A seu dispor!

Sharpe sorriu, um tanto debilmente.

— O senhor tem nossos agradecimentos.

O alemão dispensou a formalidade.

— Pelo contrário. Vocês têm os nossos. Foi uma bela luta!

— Vocês perderam alguém?

— Se perdemos alguém? Eles eram lanceiros, capitão! Um sapo com raiva seria mais perigoso! Agora, se eles pusessem as lanças na primeira fila e os sabres atrás, talvez fossem perigosos. Mas só lanceiros? Sem problema para nós!

Sharpe assentiu, agradecido.

— Mas muito obrigado.

Lossow pegou a caneca de cozido com Harper e pôs no colo de Sharpe.

— Vocês pegaram o ouro.

— Você sabia?

— Por que acha que estou aqui? Uma patrulha no sul, eu aqui, e tudo isso para você, capitão. Lorde Wellington quer o ouro tremendamente!

Kearsey fungou, não disse nada, e Sharpe bebericou o cozido. O gosto era milagroso depois do biscoito duro da última semana.

— Pode ficar com ele.

— *Ja*, mas há problemas.

Sharpe pousou a caneca, forçando a dor do ombro a afundar.

— Problemas?

— Patrulhas francesas. — A mão de Lossow descreveu um arco para o oeste. — Como pulgas num traseiro.

Sharpe riu e a dor voltou, mas ele forçou a mão esquerda a segurar a caneca quente, e deu certo. Pegou com a colher a carne dura e pôs na boca.

— Precisamos chegar ao exército.

— Eu sei.

— Precisamos.

Olhou para a direita e viu um dos homens de Lossow afiando sua espada, usando uma pedra e óleo para alisar a mossa. Fora nessa mesma manhã que ele golpeara o *voltigueur* e o sujeito — Sharpe se lembrava dos dentes amarelos — erguera o mosquete e salvara sua vida.

— Precisamos.

— Vamos tentar.

Sharpe levantou a garrafa de conhaque de Lossow; aos alemães nunca faltava conhaque confiscado, e o álcool escorreu como creme por sua garganta. Ele tossiu.

— E os guerrilheiros? Você viu guerrilheiros?

Lossow se virou e falou com um dos seus oficiais, uma rápida troca de palavras, e se dirigiu de novo a Sharpe.

— A 3 quilômetros de distância, capitão, mantendo contato conosco. Eles querem o ouro?

Sharpe assentiu.

— E querem a mim. — Em seguida fitou a garota e outra vez o alemão.

— Não se preocupe, capitão. — Lossow ficou de pé e girou o cinturão da espada. — Você está em boas mãos.

A garota sorriu para Sharpe, levantou-se e veio até ele. Seu vestido estava outros 10 centímetros mais curto, e o capitão percebeu que recebera uma bandagem depois que o ferro da cauterização o mandara de volta, em agonia, para a inconsciência. Ela mantinha o fuzil pendurado num ombro como se ele lhe pertencesse, a bolsa de munição e a baioneta de Tongue presas à cintura. Lossow ficou de lado para deixá-la sentar-se junto de Sharpe.

— Se houver mais algum ferido, capitão, ela ficará nua! — O capitão alemão riu. — Acho que todos nós deveríamos nos cortar!

Teresa olhou para Sharpe e sussurrou:

— O capitão já me viu. Você não?

Como Teresa sabia?, Sharpe se perguntou. Imaginou se seu telescópio não estaria danificado pela luta e lembrou-se de um tiro francesa acertando sua mochila e empurrando-o à frente. Não podia se incomodar em verificar agora; em vez disso se recostou, tomou um gole de conhaque e dormiu ao sol. A garota sentou-se ao lado, olhando a Companhia Ligeira descansar, enquanto atrás dela, atrás dos cavalos amarrados, as linhas de Lossow vigiavam as patrulhas francesas passando um pente-fino nos vales a leste. A Companhia Ligeira se moveria logo, atravessando para o oeste, mas por enquanto os homens podiam dormir e esquecer o outro rio que precisavam atravessar.

CAPÍTULO XVIII

C ães latiam na cidade, cavalos moviam patas inquietas nas tábuas do estábulo, e nos degraus da frente as sentinelas se remexiam na escuridão. No corredor da casa um relógio tiquetaqueava pesadamente, mas na sala do térreo, iluminada por velas, o único som era o farfalhar de papéis até que o homem alto, de nariz adunco, se inclinou para trás e bateu um dedo comprido na borda da mesa.

— O cerco não começou?

— Não, senhor.

O general se inclinou adiante e puxou um mapa quadrado, esfregando-o na mesa, e pôs o dedo comprido num espaço quadrado no centro.

— Aqui?

O major Michael Hogan se inclinou para a luz da vela. O mapa mostrava a região de Celorico, onde eles estavam, em frente a Ciudad Rodrigo do outro lado da fronteira. Arrastando-se mapa acima, dividindo-o em três, estavam os rios Côa e Águeda, e o dedo comprido apontava entre os rios, a norte de Almeida.

— Pelo que podemos avaliar, sim, senhor.

— E o que existe lá, pelo amor de Deus?

O dedo do general relaxou e traçou uma linha inconsciente descendo até a escrita na base. "Desenhado pelo maj. Kearsey. Mestre Depto. do Gen." Hogan pensou, tolamente, em quando Kearsey teria desenhado o mapa, mas isso não importava. Puxou um pedaço de papel.

O OURO DE SHARPE

— Quatro batalhões franceses novos, senhor. Sabemos que o 118º está lá, provavelmente com força total. Um regimento de lanceiros, um de *chasseurs*.

Houve um breve silêncio. Wellington fungou.

— Atrás de comida, imagino.

— Sim, senhor.

— E cercando a cidade?

Outro pedaço de papel.

— Um círculo frouxo, senhor. Na maioria ao sul, onde o parque da artilharia está se formando. Sabemos somente sobre dois batalhões a pé e, claro, patrulhas de cavalaria.

— Eles estão lentos, Hogan, lentos!

— Sim, senhor.

Hogan esperou. Se os franceses estavam lentos, tanto melhor, e os relatórios que vinham dos guerrilheiros e dos oficiais exploradores sugeriam que Masséna vinha tendo problemas para montar seu transporte, seu material de cerco e, acima de tudo, suas rações. Também havia um boato de que ele estava com sua amante e relutava em deixar o conforto da cama dela em troca dos desconfortos da campanha. O general pôs a mão de volta no mapa.

— Nada da Legião Alemã do Rei?

— Nada, senhor.

— Maldição, maldição, maldição. — As palavras foram faladas baixinho, quase reflexivamente.

Pegou uma carta, com carimbo de Londres e leu em voz alta, se bem que Hogan suspeitasse de que as palavras tinham sido decoradas.

— "Escrevo em sigilo, confiando em seu discernimento de que, por mais precária que seja a posição do exército, a nossa também o é. Uma oposição exaltada, uma imprensa maligna, um monarca doente, e não pode haver esperança de outra retirada de verbas antes do outono. Nós colocamos a fé em seus esforços." — Pousou a carta, descartando os temores do novo governo, e olhou para o mapa. — Onde será que ele está?

Não era do estilo do general articular suas preocupações, refletiu Hogan.

— Se eu o conheço, senhor, e conheço bem, deve estar evitando Almeida. Vindo pelo caminho direto.

— Ele estaria melhor em Almeida.

— Estaria, senhor, mas ninguém poderia esperar isso. E em dois dias...

— Hogan deu de ombros. Em dois dias o inimigo isolaria a cidade com tanta eficiência quanto o campo.

O general franziu a testa, tamborilando os dedos na mesa.

— Devo alertar Cox?

A pergunta era feita para si mesmo, e não para Hogan, mas o irlandês sabia o que se passava na mente de Wellington. Quanto menos pessoas soubessem sobre o ouro, melhor. O governo espanhol, uma obscuridade impotente em Cádiz, presumiria que o ouro fora capturado pelos franceses quando os exércitos desmoronaram no norte, e se descobrissem que seus aliados, os ingleses, o haviam furtado? Não. Os dedos do general bateram num gesto definitivo; não daria mais um problema para o comandante de Almeida.

— Se Sharpe estiver vivo, Hogan, vamos presumir que ele fará o que você diz. Evitará Almeida. — O general descartou o problema e olhou para o irlandês. — Como vai o trabalho?

— Bem, senhor, excelente. Mas...

— Eu sei. O dinheiro. Pode esperar uma semana?

— Dez dias.

As sobrancelhas de Wellington subiram numa surpresa fingida.

— Boa notícia. Esperemos mais.

Passou para outros negócios, para uma Ordem Geral que limitava a licença dos oficiais de campo em Lisboa a apenas 24 horas. Se eles não pudessem encontrar uma mulher nesse tempo, segundo o general, era melhor não ficarem para olhar. Só haveria uma exceção. Os olhos azuis fitaram Hogan.

— Se aquele patife desgraçado voltar, dê-lhe um mês.

O patife desgraçado, com um ombro doendo e um sentimento borbulhante de frustração, cavalgava em direção às intricadas defesas de Almeida. Lossow seguia ao lado dele.

— Sinto muito, Sharpe. Não tínhamos escolha!

— Eu sei. Eu sei.

E era verdade, por mais que ele relutasse em admitir. Cada movimento era contido pelos franceses malditos que pareciam estar em toda parte. Foram perseguidos duas vezes, perderam um soldado alemão, e no fim, exaustos e caçados, viraram-se para a segurança da cidade. Sharpe quisera ficar no campo, viajar na escuridão, mas os franceses estavam alertas, e ele sabia que não existia sentido em ser perseguido pela margem leste do Côa.

Tochas de palha encharcadas de resina chamejavam e soltavam fumaça na entrada em forma de túnel, lançando sombras sinistras sobre a infantaria portuguesa que abrira o portão enorme e agora olhava os homens cansados entrar a cavalo e a pé na cidade. A parte de dentro das pernas de Sharpe estava ferida; ele odiava cavalgar, mas Lossow insistira. Todo o ouro se achava nos cavalos, carregado pelos alemães, e Sharpe olhou para eles, todos alertas, e depois para Lossow.

— Por que não passamos direto pela cidade e saímos pelo outro lado?

Lossow gargalhou.

— Eles precisam comer! Quero dizer, os cavalos. Um bom jantar de milho e eles vão passar pelos franceses igual a varíola num regimento. Partimos ao amanhecer, *ja*?

— Ao amanhecer?

— É, meu amigo, ao amanhecer.

Ainda havia esperança. Os franceses nem tinham cercado Almeida; eles percorreram os últimos quilômetros com tranquilidade, e Sharpe achou que as patrulhas de cavalaria estariam concentradas no norte. No céu ao sul, para além do volume do castelo, podia ver o brilho de fogueiras e presumiu que os franceses haviam escolhido o terreno mais fácil para montar seu parque de artilharia. A oeste, onde o rio era de uma proximidade hipnotizante, ele não vira fogueiras, a não ser a distância, e eram britânicas. O sucesso estava perto demais.

Kearsey, montando outro cavalo emprestado, guiou a coluna até a praça. O castelo e a catedral ficavam perto do portão norte, por onde tinham entrado, e a grande praça parecia ser o único local habitado na cidade. Sharpe procurou Knowles com o olhar.

— Tenente?

— Senhor?

— Vá à cidade baixa. Encontre alojamentos. Abra uma casa. — Havia dezenas de casas vazias. — Encontre-me de volta aqui. Sargento?

Harper chegou ao lado do cavalo e Sharpe indicou Teresa.

— Ela vai precisar de um quarto. Irei me juntar à companhia quando terminar aqui.

Harper riu.

— Sim, senhor.

O quartel-general de Cox estava escuro por dentro. Kearsey, Sharpe e Lossow esperaram num corredor cheio de ecos enquanto um ordenança sonolento subia as escadas. O oficial alemão riu.

— Está na cama! Sujeito de sorte!

— Major! — Cox surgiu no topo da escada, o cabelo desgrenhado, vestindo um roupão vermelho comprido amarrado na cintura. — Você voltou! Um momento! Vão para a sala de estar. Velas!

Sharpe puxou uma cortina de veludo pesada e, do outro lado da praça, pôde ver a forma escura da catedral atarracada. Houve movimento atrás dele, os serviçais portugueses traziam velas e círios, vinho e comida, ele deixou a cortina baixar e sentou-se, exausto, numa poltrona funda e confortável. De manhã, pensou, pé na estrada. Um último esforço, um último ataque surpresa, e estaria feito. Serviu-se do vinho, ofereceu um pouco a Lossow, ignorou o olhar de desaprovação de Kearsey.

A porta se abriu.

— Vocês se serviram. Bom! — Cox tinha vestido uma camisa e uma calça, penteado o cabelo, e assentiu amigavelmente para Sharpe. — Capitão. Capitão Lossow. O que posso fazer pelos senhores?

Sharpe se empertigou, surpreso. Será que Cox não sabia? Trocou um olhar com Lossow; os dois olharam para Kearsey, esperando que ele falasse, mas o major permaneceu com os lábios fechados. Sharpe pousou seu vinho.

— O senhor sabe sobre o ouro?

Cox assentiu; uma sombra em seu rosto escondeu a expressão, mas Sharpe achou que ela era reservada.

— Sei, capitão.

— Nós estamos com ele, senhor. Devemos levá-lo a Celorico. Queríamos alimentar os cavalos, descansar e partir ao amanhecer. Com sua permissão, senhor, gostaríamos que o portão oeste fosse aberto uma hora antes das primeiras luzes.

Cox assentiu, inclinou-se adiante e serviu-se de uma pequena taça de vinho.

— De quem é o ouro?

Sharpe sentiu um fardo enorme voltar.

— Estou cumprindo ordens de lorde Wellington, senhor. Ordens que me dizem para levar o ouro até ele.

As sobrancelhas de Cox se levantaram bruscamente.

— Bom! Deixe-me ver as ordens, então!

Sharpe fitou Kearsey, que ficou vermelho. O major pigarreou.

— As ordens foram destruídas acidentalmente, senhor. O capitão Sharpe não tem culpa.

A esperança de Cox pareceu diminuir. Ele espiou Kearsey por cima do vinho.

— Você as viu? O que elas diziam?

— Que todos os oficiais deviam prestar assistência ao capitão Sharpe. — Kearsey falava com entonação neutra.

Cox assentiu.

— E Sharpe levará o ouro a lorde Wellington, certo?

Sharpe assentiu, mas Kearsey interrompeu:

— As ordens não diziam, senhor.

— Pelo amor de Deus, senhor! — explodiu Sharpe, mas Cox bateu na mesa.

— Suas ordens mencionavam especificamente o ouro?

— Não, senhor.

Sharpe amaldiçoou Kearsey por sua honestidade capciosa. Sem a última observação do major a Companhia Ligeira poderia estar indo para casa dentro de algumas horas. Os dedos de Cox tamborilaram na mesa.

— Tenho um problema, senhores. — Ele puxou alguns papéis, murmurou algo sobre meticulosidade e estendeu um grosso pedaço de pergaminho, lacrado com um grosso círculo de cera, e balançou-o à luz da vela.

— Isto é uma requisição do governo espanhol, nosso aliado, de que o ouro não viaje por meio de mãos britânicas. Tremendamente estranho, de fato.

Lossow tossiu.

— Estranho, senhor?

Cox assentiu.

— Um sujeito chegou hoje, todo emproado, e me contou sobre o ouro. Foi a primeira vez que ouvi falar sobre ele. Tinha uma escolta. É um coronel espanhol. Chama-se Jovellanos.

Sharpe olhou para Kearsey. Ele sabia a resposta.

— Jovellanos?

— El Católico. — Kearsey estendeu a mão para o pedaço de papel e segurou o lacre diante da vela antes de ler as palavras. — É uma ordem, senhor. Genuína.

— Como, diabos, pode ser uma ordem? — A mão direita de Sharpe estava com o punho cerrado. — Ele é uma desgraça de um bandoleiro! Um pervertido! Ele próprio escreveu esta porcaria! Nós temos ordens, senhor, do general. De lorde Wellington. O ouro vai para Celorico!

Cox, que estivera amigável, fez uma careta para Sharpe.

— Não vejo necessidade de raiva, capitão Sharpe. O coronel Jovellanos está aqui, é meu hóspede.

— Mas, senhor — interrompeu Lossow, olhando com simpatia para Sharpe. — O capitão Sharpe fala a verdade. Foi-nos dito que o ouro era importante. Que tinha de ir para lorde Wellington.

Cox respirou fundo, soltou o ar, bateu com o bico do sapato no chão.

— Maldição, senhores, estou diante de um cerco que pode começar a qualquer dia. Os canhões inimigos estão à vista, as posições para eles vêm sendo cavadas, e vocês me trazem isso?

Sharpe repetiu, teimoso:

— Nós temos ordens, senhor.

— É o que você diz. — Cox pegou o papel. — Existe uma Junta por Castela?

Kearsey assentiu.

— Sim, senhor.

— E Joaquím Jovellanos tem autoridade concedida por ela?

Kearsey assentiu de novo.

— E o ouro é deles?

Tornou a assentir. O papel caiu na mesa.

— O general não me deu ordens!

Sharpe suspirou. Um brigadeiro inglês no exército português diante de um coronel espanhol, um capitão inglês, um cavalariano alemão, ouro espanhol e nenhuma ordem. Teve uma ideia.

— Senhor, o telégrafo está funcionando?

Lossow estalou os dedos. Cox franziu a testa para o alemão.

— Sim, capitão. Há um posto de retransmissão do outro lado do rio, na direção de Pinhel.

— Quando as primeiras mensagens podem ser mandadas?

Cox deu de ombros.

— Depende do tempo. Geralmente uma hora depois do amanhecer.

Sharpe assentiu, impaciente.

— Poderia considerar, senhor, uma mensagem ao general requisitando ordens relativas ao ouro?

Cox olhou-o, deu de ombros de novo.

— É claro. Será a primeira coisa a ser feita amanhã cedo, está bem?

— Por favor, senhor.

Cox ficou de pé.

— Bom! Problema resolvido. Amanhã direi ao coronel Jovellanos e vocês podem ter uma noite de sono. Devo dizer que vocês parecem precisar. Santo Deus. — Ele fitava o ombro de Sharpe. — Você está ferido!

— Vou ficar bom, senhor. — Sharpe terminou de beber o vinho; de jeito nenhum a maldita educação iria impedi-lo. E maldito Wellington, também, que segurara as cartas de encontro ao peito de modo que Cox, um homem decente, fosse posto naquela situação. — Senhor?

Cox virou-se à soleira.

— Sharpe?

— Quantos homens fazem parte da escolta do coronel Jovellanos?

— Duzentos, Sharpe. Deus me salve, eu não gostaria de encontrá-los numa rua escura.

Nem eu, pensou Sharpe. Nem eu. Levantou-se e esperou que o comandante da guarnição saísse. Onde estaria El Católico? Dormindo no andar de cima? Ou vigiando numa janela escura?

Lossow, finalmente, entendeu.

— Meus homens montarão guarda esta noite.

Sharpe sorriu, agradecendo.

— E amanhã?

O alemão deu de ombros e pôs a alta barretina emplumada na cabeça.

— Se não pudermos sair ao amanhecer, será ao crepúsculo, amigo.

Cox passou a cabeça de novo pela porta.

— Esqueci! Descuido meu! Gostariam de ficar aqui, senhores? Meus ordenanças podem arranjar camas.

Kearsey aceitou, os dois capitães disseram que preferiam ficar com seus homens, e Cox lhes desejou boa-noite junto à porta da frente, como se fosse um anfitrião se despedindo de convidados importantes para o jantar.

— E durmam bem! A mensagem irá de manhã cedo!

Knowles e Harper esperavam do lado de fora e, com eles, dois alemães, um deles um sargento que parecia um barril, e que gargalhou ao ficar sabendo que os guerrilheiros estavam na cidade. Lossow olhou para seu sargento e depois para Harper.

— Daria uma boa luta!

— Aposto no irlandês. — Sharpe disse as palavras sem ofensa, e Lossow riu.

— Para casa. Vamos dormir!

Knowles agira bem, abrindo uma casa enorme que abrigou no estábulo os cavalos dos alemães, onde cabia todos. No segundo andar, atrás de uma enorme porta envernizada, havia um quarto com um colchão de penas, uma cama com dossel, tapetes e o cheiro de madeira antiga e lençóis limpos. Sharpe fechou a porta, isolando os sons de seus homens que compartilhavam vinho com os alemães, e olhou para a garota.

— El Católico está aqui.

Ela assentiu.

— O que você esperava?

Ele desafivelou o cinto, desamarrou a faixa vermelha desbotada e soube que seu ombro estava rígido demais, dolorido demais para ele se despir direito. Teresa notou isso, empurrou o lençol para longe e Sharpe viu que ela já estava nua. A jovem atravessou o quarto, ajudou-o e voltou com ele para a cama enorme e macia. Sharpe se deitou, e ela se acomodou ao lado.

— O que ele quer?

— Mais tarde — disse Sharpe. — Mais tarde. — Seu braço direito ainda estava bom, e ele puxou-a para cima, sentiu o cabelo dela cair dos dois lados de seu rosto, as mãos delicadas explorar as cicatrizes em suas cotas.

A boca de Teresa estava junto de seu ouvido.

— Posso ficar com o fuzil?

— É todo seu. Todo seu. — E era mesmo.

CAPÍTULO XIX

O dedo dela apertou as cicatrizes do açoitamento.
— Quem fez isso?
— Um homem chamado Morris e um sargento. Hakeswill.
— Por quê?
Sharpe deu de ombros.
— Eles mentiram.
— Você os matou?
— Ainda não.
Ela assentiu devagar.
— E vai?
— Vou.
Ainda não amanhecera, mas o céu tinha a luminescência cinzenta que vinha antes das primeiras luzes, e Sharpe queria estar cedo no telégrafo. Relutava em se mexer, perder o corpo quente, mas outros estavam se movimentando na casa e um galo garnisé, explodindo em som no pátio, o fez saltar, empertigado. Deitou-se de novo, dando-se mais 5 minutos, e puxou Teresa para perto.
— Hardy queria você?
Ela sorriu, disse algo em espanhol, e Sharpe presumiu que Teresa estivesse perguntando se ele estava com ciúme.
— Não.
Teresa balançou a cabeça, pareceu dar de ombros.

— É. Ele me queria.

— E você?

Ela riu.

— Não. Joaquím estava perto demais.

Joaquím, o maldito Joaquím Jovellanos, El Católico, coronel e bandido. A garota lhe contara, quando estavam deitados quentes e suados na cama larga, sobre seu pai, sobre El Católico, sobre o trabalho de permanecer viva nas montanhas quando o inimigo está em toda parte e não há lei nem governo. Seu pai, segundo ela, era bom, mas fraco.

— Fraco? — Sharpe se encolhera ao se apoiar num dos cotovelos.

— Ele era forte. — Teresa ainda tinha problemas em falar inglês e deu de ombros, impotente.

Sharpe ajudou-a.

— E El Católico?

Ela sorriu e afastou o cabelo para longe dos olhos.

— Ele quer tudo. Os homens do meu pai, terras, dinheiro, eu. Ele é forte.

Em algum lugar uma porta rangeu em dobradiças antigas, botas atravessaram um pátio, e Sharpe soube que era hora de se levantar.

— E você?

A mão de Teresa sentiu as cicatrizes dele'

— Vou lutar. Ramon, eu, meu pai. Joaquím só pensa no que vai acontecer depois.

— Depois?

— Quando houver paz.

— E você?

O cabelo dela tinha cheiro de mulher, e a mão de Sharpe repousou na cintura alongada e musculosa.

— Quero matar franceses.

— E vai matar.

— Eu sei.

Agora, olhando para o sorriso súbito, Sharpe desejou que ela não fosse. Decidiu que poderia ser feliz com essa mulher, mas riu por dentro ao se lembrar de ter pensado o mesmo sobre Josefina.

BERNARD CORNWELL

— Por que está sorrindo?

— Nada.

Ele pôs as pernas fora do leito, pegou as roupas amarrotadas e colocou-as na cama. Teresa puxou a casaca para perto e abriu o bolso.

— O que é isso? — Um medalhão de prata estava em sua mão.

— Um medalhão com fecho.

Teresa bateu nele.

— Eu sei. — Ela o abriu e, dentro, viu a garota de cabelos dourados com boca generosa. — Quem é essa?

— Está com ciúme?

Teresa pareceu entender e riu.

— Quem é ela?

— Jane Gibbons.

Ela o imitou:

— "Jane Gibbons." Quem é ela? Está esperando você?

— Não. Nunca me encontrei com ela.

Teresa olhou o rosto na miniatura pintada.

— É bonita. Nunca?

— Nunca.

— Por que você está com ele?

— Conheci o irmão dela.

— Ah. — Amizade fazia sentido para a jovem. — Ele está morto?

— Está.

— Foram os franceses? — Ela pronunciou a palavra com o desprezo habitual.

— Não.

Teresa pareceu exasperada com as respostas dele.

— Ele era soldado?

— Era.

— Então como ele morreu?

Sharpe vestiu o macacão francês.

— Eu o matei.

— Você?

Sharpe fez uma pausa.

— Não. O sargento o matou. Eu matei o outro.

— Que outro?

Ela se sentou, encolheu-se quando ele abriu as cortinas.

Do outro lado da rua havia uma igreja com ornamentado trabalho de cantaria e uma torre com escada do lado de fora. O soldado que havia em Sharpe entendeu automaticamente que o telhado da igreja devia ter uma plataforma para a escada, uma possível posição de tiro.

— Eles eram inimigos. Machucaram uma pessoa amiga.

Teresa entendeu a meia verdade.

— Uma mulher?

Ele assentiu.

— Não minha. — Outra meia verdade, mas, quando os dois tenentes morreram, Josefina já encontrara Hardy.

Ela gargalhou.

— Você é um homem bom, Richard.

— Eu sei.

Ele sorriu para ela, pegou o medalhão e enfiou-o de volta no bolso. Por que ficara com ele? Porque a irmã de Gibbons era tão linda? Ou seria agora seu talismã, seu feitiço contra a lança assassina e a rapieira de El Católico? Teresa o ajudou com os botões da casaca.

— Você vai voltar?

— Vou. Os soldados estão aqui; você está em segurança.

Ela se inclinou para fora da cama, pegou o fuzil.

— Estou em segurança.

Sharpe a deixou no quarto, sentindo uma perda, e desceu até onde o fogo da cozinha ardia e Lossow bebia cerveja numa garrafa de cerâmica. O capitão alemão sorriu para Sharpe.

— Teve uma boa noite, amigo?

Knowles fez uma careta, Harper olhou para o teto, mas Sharpe resmungou algo mais ou menos educado e foi até o fogo.

— Chá?

— Aqui, senhor. — Harper empurrou uma caneca pelo tampo. — Acabei de fazer.

Havia uma dúzia de homens da companhia dentro da cozinha, além de alguns alemães, e eles estavam cortando com facas o pão novo e parecendo surpresos porque havia potes de manteiga, manteiga fresca, sobre a mesa. Sharpe raspou a bota na lareira e seus homens o fitaram.

— A garota. — Ele se perguntou se estaria parecendo sem graça, mas pelo jeito os homens não se importavam. — Cuidem dela até eu voltar.

Eles assentiram, riram, e de súbito Sharpe sentiu um enorme orgulho dos homens. Teresa estaria em segurança com eles — por mais que fossem patifes —, assim como o ouro equivalente ao resgate de um rei. Sharpe jamais pensara nisso, pelo menos não em detalhes, mas ocorreu-lhe que a maioria dos oficiais jamais confiaria o ouro a seus homens. Temeriam a deserção; que a tentação de tanto dinheiro fosse simplesmente demasiada, mas Sharpe jamais se preocupou. Esses eram seus homens, sua companhia, e ele confiava a vida às habilidades deles, então por que não o ouro ou uma jovem?

Robert Knowles pigarreou.

— Quando voltará, senhor?

— Em três horas. — Uma hora até que a mensagem fosse mandada, uma hora para a resposta chegar, e então outra hora decifrando os detalhes com Cox. — Fiquem de olho aberto para El Católico. Ele está aqui. Mantenha uma guarda, Robert, o tempo todo, e não deixe ninguém entrar, ninguém.

Os homens sorriram para ele, e gargalharam pensando no que poderiam fazer com quem interferisse com eles. Lossow bateu palmas.

— Nós surpreendemos os espanhóis, não é? Eles acham que têm o ouro? Mas não sabem sobre o telégrafo. Ah! As maravilhas de uma guerra moderna.

Estava frio na rua, o céu continuava de um cinza escuro, mas enquanto subiam os últimos degraus até o topo da muralha do castelo Sharpe, Lossow e Harper puderam ver o céu do leste chamejando com o sol que vinha. O telégrafo estava sem ninguém, as bexigas de ovelhas amarradas ao mastro, e na luz cruel e cinza aquilo fez Sharpe se lembrar de um cadafalso. O vento batia as cordas num ritmo triste contra o mastro.

O OURO DE SHARPE

O sol despedaçou os restos da noite, ofuscou nos morros a leste e estendeu sua luz fria, matinal, pelo campo em volta de Almeida. Como se numa saudação, ouve um estrondo de cornetas, gritos vindos das muralhas; Lossow bateu no ombro bom de Sharpe e apontou para o sul.

— Olhe!

As cornetas haviam respondido ao primeiro movimento formal do cerco. A espera acabara, e através de seu telescópio, que não sofrera danos, Sharpe viu que a luz do alvorecer revelara um monte de terra fresca revirada a mil metros das fortificações. Era a primeira bateria francesa, e Sharpe avistou as figuras minúsculas de homens jogando mais terra para cima e batendo com grandes faxinas na crista do monte de terra. Fazia anos que Sharpe carregara uma faxina para a guerra, um grande cilindro de vime que era enchido com terra e fornecia uma ameia instantânea para proteger homens e canhões contra a artilharia inimiga. Os artilheiros portugueses tinham visto o recente trabalho com a terra e estavam correndo ao longo da muralha da cidade.

Lossow bateu com os punhos no parapeito.

— Fogo! Seus desgraçados!

Uma equipe portuguesa de canhão das defesas da cidade pareceu ouvi-lo, porque houve o estalo chapado de um canhão, e através do telescópio Sharpe viu uma erupção de terra onde o petardo maciço acertou o chão logo à frente da bateria francesa. A bala devia ter ricocheteado direto por cima, e ele soube que os artilheiros portugueses estariam satisfeitos. Depois de mais dois disparos o cano de seu canhão estaria quente e a bala iria mais longe. Ele prestou atenção ao segundo tiro, ouviu-o cair um pouco além do primeiro e viu os soldados franceses correrem para se proteger.

— O próximo.

Deixou o telescópio deitado e se empertigou. Por cima dos telhados da cidade podia ver a fumaça do canhão pairar na brisa, avistou outra mancha quando os portugueses atiraram de novo, e então, um segundo depois, ouviu o estrondo e viu as faxinas explodirem.

— Bravo! — Lossow bateu palmas. — Isso vai contê-los por 5 minutos!

Sharpe apanhou o telescópio e girou-o para o sul. Havia poucos franceses visíveis: a nova bateria, um acampamento a 800 metros depois disso e algumas figuras a cavalo percorrendo o circuito muito além do alcance dos canhões dos defensores. O cerco fechado ainda não começara, a escavação cuidadosa das trincheiras em zigue-zague que trariam a infantaria a uma distância de atacar a brecha que os franceses esperavam abrir nas muralhas com uma descarga depois da outra, partindo dos gigantescos canhões de cerco, feitos de ferro. E o tempo todo os morteiros, intocáveis em seus poços fundos, mandariam suas bombas para dentro da cidade dia após dia. Olhou para o oeste, em direção à estrada que ia até o Côa, e para além de uma barricada de ferro não havia nenhuma tentativa, da parte dos franceses, de isolá-la. Isso aconteceria dentro de um dia ou dois, quando o cerco propriamente começasse, e ele entregou a luneta a Lossow.

— Podemos conseguir.

O alemão olhou para a estrada e sorriu.

— Será um prazer.

Houve passos na escada circular, de pedra, e o jovem aspirante de marinha, segurando um sanduíche grosso, saiu para o topo da muralha e pareceu espantado ao ver os homens que esperavam. Pôs o sanduíche na boca, prestou continência e pegou o sanduíche de volta.

— Bom-dia, senhor.

Colocou a pilha de livros que carregava na outra mão.

— Bom-dia. — Sharpe achou que o garoto não teria mais de 15 anos. — Quando você começa a mandar as mensagens?

— Quando as mensagens chegarem aqui, senhor.

Sharpe apontou para os livros.

— O que é isso?

— Lições, senhor, princípios de navegação. Tenho de passar na prova logo, senhor, mesmo não estando no mar.

— Você deveria entrar para os fuzileiros, garoto. — Harper pegou o livro. — Não enchemos a cabeça de vocês com matemática.

Sharpe olhou para o oeste.

— Onde fica o posto de retransmissão?

O garoto apontou para nordeste.

— Entre os dois morros, senhor. Fica do outro lado do rio, numa igreja.

Sharpe apontou a luneta, segurou-a firme prendendo-a perto do mastro do telescópio e, longe, como um grão de poeira, viu o minúsculo posto do telégrafo.

— Como, diabos, você consegue ler?

— Com isso, senhor. — O garoto abriu um baú que fazia parte da base do mastro e tirou um tripé de ferro onde havia um telescópio com o dobro do tamanho do de Sharpe.

Lossow riu.

— Obrigado, capitão — disse Sharpe secamente. Gostava de Lossow, mas não tinha certeza quanto ao humor do sujeito.

Harper parecia gostar.

Na praça, diante da catedral, Sharpe viu as formas encurtadas de dois oficiais andando em direção ao castelo.

— Aquelas são suas mensagens?

O aspirante se inclinou por cima do parapeito.

— Sim, senhor. O capitão Charles costuma trazê-las.

Enquanto olhava, Sharpe viu três homens rolando um barril de pólvora para fora da catedral, atravessando a praça e indo para o labirinto de ruas. Achou que os canhões na muralha mantinham muito pouca pólvora a postos, temendo uma fagulha e uma explosão que pouparia aos franceses semanas de trabalho, e os soldados deviam estar ocupados tirando a pólvora negra da catedral e entregando-a aos artilheiros que suavam nas defesas. Ficou feliz porque não permaneceria ali para o cerco, para a sensação impotente de olhar o trabalho com a terra chegando cada vez mais perto, os canhões de cerco disparando lentamente, mas com força gigantesca, esmagadora.

— Bom-dia! Você deve ser Sharpe! — O capitão Charles, com um oficial português ao lado, pareceu alegre. Ele olhou para o aspirante. — Bom-dia, Jeremy. Dormiu bem?

— Sim, senhor. — O aspirante havia montado o telescópio e apontado para o mastro distante. — Espere um pouco, senhor.

Ele olhou através do instrumento durante um segundo, depois saltou ao mastro, desamarrou as cordas das bexigas e puxou-as uma de cada vez, fazendo os sacos pretos subirem até a polia nas cruzetas e baixar de novo.

— O que foi isso? — perguntou Sharpe.

— Só estava dizendo bom-dia, senhor. — O aspirante deixou três bexigas embaixo e a outra no alto. — Isso diz que vamos transmitir, senhor — acrescentou, solícito.

Sharpe olhou através do grande telescópio. A torre distante, agora muito mais próxima, tinha dois pontos pretos nivelados e um no topo do mastro, presumivelmente o sinal dizendo que estavam prontos para receber a mensagem.

— Aí está, Jeremy. — Charles entregou a primeira folha, e o garoto saltou para as cordas, puxou-as e baixou-as, às vezes olhando a folha que o capitão Charles lhe dera, mas na maior parte do tempo fazendo de memória. O capitão do estado-maior de Cox apontou um polegar para o aspirante. — Sujeitinho ágil, não é? Eram dois, mas o outro pegou varíola. Morreu aqui mesmo.

Sharpe olhou por cima do ombro do aspirante, para a folha de papel, e leu 48726, 91858, 38197.

— Código — estrondeou o capitão Charles. — Bem inteligente, não é?

— O que diz?

O capitão do estado-maior, com renda dourada nos punhos, tocou o nariz.

— Não posso dizer, meu caro. É altamente secreto. Provavelmente diz que o brigadeiro ficou sem rum; pedindo que por favor mandem suprimento urgente. Algo assim.

— Não é a mensagem sobre o ouro?

— Ouro? Não sei sobre isso. Só há três mensagens esta manhã. Uma diz ao general que o 68º Regimento da Linha está aí fora desde ontem. Este é o relatório diário sobre disparos disponíveis, e o último é sobre a bateria francesa.

— Deus Todo-Poderoso! — Sharpe foi em direção à escada, mas Lossow tocou seu braço.

— Eu vou. — O alemão estava sério. — Você fica.

Harper ficou ao lado de Lossow.

— Deveria ficar aqui, senhor. O senhor não sabe o que os espanhóis estão aprontando.

Lossow sorriu.

— Está vendo? Perdeu a votação.

Ele desceu correndo a escada, e Sharpe se virou de novo para o capitão Charles.

— Que diabo está acontecendo no quartel-general?

Charles fungou e entregou o segundo pedaço de papel ao aspirante.

— Questões de Estado. Não sei. O seu major, o coronel espanhol. E é um tal de balançar os braços e bater na mesa! Não é do meu estilo, meu caro. Ah, olhe só! Isso é inteligente! — Ele olhava para o sul.

Sharpe se virou, pegou o telescópio e o apontou para a bateria francesa. Nada estava acontecendo; as faxinas continuavam esparramadas e arrebentadas, e nem havia homens tentando consertar o dano.

— O que é? — perguntou.

— Lá adiante. — Charles apontava mais para a direita. — Uma segunda bateria, escondida. Nós atiramos contra um monte de terra, e o diabo esperto enfia a bateria de verdade no outro lugar. Muito inteligente.

Era mesmo inteligente. Sharpe viu soldados franceses arrastando para longe galhos que haviam escondido a escavação de uma bateria que, a julgar pela atividade ao redor, estava pronta para abrir fogo. Pôde ver como era bem protegida, por metros de terra, com faxinas montadas e trincheiras para os artilheiros usarem quando estivessem sob fogo. O canhão de cerco, escondido por sombras, podia incomodar os canhões da defesa enquanto os franceses construíam suas fortificações mais à frente até que as baterias destinadas a romper a muralha estivessem no lugar, e as duas forças, atacantes e defensores, passassem a trabalhar de verdade. A bateria estava construída na borda de um terreno morto, e Sharpe soube que ali haveria infantaria, bem protegida das baterias portuguesas, pronta para repelir um ataque contra a bateria de assédio.

Charles esfregou as mãos.

—As coisas vão esquentar logo. Eles têm sido vagarosos.

Harper olhou para o elegante capitão.

—Por quanto tempo os senhores podem se sustentar?

O capitão Charles riu para ele.

—Para sempre, sargento! Ou pelo menos enquanto a munição durar! Quando acabar só teremos de jogar pedras. — Isso era evidentemente uma piada, porque ele riu. — Mas há toneladas de pólvora na catedral. E os portugueses são bons! Por Júpiter, eles são bons!

Sharpe olhou a nova bateria, e enquanto olhava viu uma nuvem de fumaça crescer a uma velocidade incrível logo na frente da fortificação de terra. A fumaça foi entrecortada por chamas vermelhas e, praticamente invisível — mais uma impressão do que algo realmente visto —, houve um traço de lápis no céu. Sabia o que era, a visão do tiro vindo em arco na direção deles.

—Abaixados!

—O que é? — Charles olhou para Sharpe, mas quando fez isso o castelo literalmente estremeceu, as pedras do enorme fortim pareceram oscilar e estalar, e misturado com o estrondo e a reverberação de pedras caindo veio o trovão do canhão de cerco. — Santo Deus! — Charles ainda estava de pé. — Santo Deus altíssimo! Um tiro para estabelecer o alcance!

Sharpe se inclinou por cima do parapeito. Algumas pedras haviam caído no fosso, poeira pairava no ar, e pássaros cheios de medo, que tinham feito ninho nas fendas, voaram para o ar agitado.

—Um tiro bom para diabo — resmungou Harper.

O som das baterias respondendo foi mais fraco do que o do canhão gigante, porém mais frequente. Demorava um tempo enorme para recarregar um canhão de cerco. Através do telescópio Sharpe viu a fumaça do disparo se dissipar e os projéteis dos portugueses se chocar contra o reduto, mas sem dano aparente. A terra muito compactada absorvia os disparos de canhão, e a abertura, com largura apenas suficiente para seu propósito, estava coberta de faxinas enquanto os artilheiros limpavam o cano e socavam o projétil enorme. Ele continuou olhando e viu as faxinas serem puxadas para trás.

— Aí vem.

Desta vez manteve o olhar no alto, acima do canhão, e viu claramente o risco de lápis enquanto a enorme bola de ferro subia e descia em sua trajetória chapada.

— Eis o que vamos receber — disse Charles, e a torre se sacudiu de novo, com menos violência, e vieram o estrondo e o estalo misturados com a poeira e os pássaros guinchando. Charles espanou seu uniforme imaculado. — Nitidamente inamistoso.

— Ocorreu-lhe que eles queiram acertar o telégrafo? — perguntou Sharpe.

— Santo Deus. Você pode estar certo. — Ele se virou para o aspirante. — Depressa, marinheiro!

Um grito veio da escada, e Lossow apareceu, coberto de poeira, rindo e segurando um pedaço de papel.

— A mensagem.

Sharpe segurou o garoto.

— Pare tudo. Mande isto!

— Mas, senhor. — Ao ver a expressão de Sharpe o aspirante decidiu não discutir.

— Depressa!

O capitão Charles pareceu aborrecido, mas relutou em interferir, e ficou vendo o garoto subir e descer as cordas fazendo barulho.

— Só estou cancelando a última mensagem, senhor. Depois mando a sua.

Outro tiro estrondeou acima, parecendo um barril gigante rolando rápido sobre tábuas de piso. Deixou um vento atrás, quente e violento. Harper olhou para Sharpe e arqueou as sobrancelhas. Lossow fitou a bateria, a nuvem de fumaça suja, e franziu os lábios.

— Eles conseguiram estabelecer o alcance.

— O garoto está fazendo o melhor que pode — disse Sharpe, irritado. — Por que houve a demora?

— A desgraça da política. — Lossow abriu as mãos. — Os espanhóis insistiram em que a mensagem dissesse que o ouro era espanhol. Insistiram em protestar que não queriam ajuda inglesa. Cox está com raiva, Kearsey, fazendo suas orações, e seus amigos espanhóis, afiando as espadas. Ah! Finalmente.

As bexigas cobertas de alcatrão saltaram nas cordas, estremeceram por um segundo e baixaram. O garoto dançou entre as adriças, puxando número por número, com os obscenos sacos pretos vibrando na brisa enquanto subiam e desciam em espasmos.

— Senhor? — Harper vigiava a bateria. — Senhor!

— Abaixados!

O projétil, de dez quilos de ferro, acertou apenas de raspão uma das cruzetas. O telégrafo era bem-feito, unido com juntas e parafusos, mas enquanto o projétil girava para o desconhecido ele se soltou completamente da base como uma árvore arrancada por um furacão. O garoto, segurando-se a uma corda, foi girado no ar, gritando até que outra adriça chicoteou em volta de seu pescoço e arrancou a cabeça horrivelmente dos ombros. Seu sangue espirrou nos quatro homens que caíam para trás, e então o mastro, ainda sem se quebrar, bateu no parapeito da muralha, matando Charles instantaneamente, partiu-se numa enorme fratura, ricocheteou como uma bengala caindo e parou.

— Santo Deus. — Harper se levantou. — O senhor está bem?

— Estou. — O ombro de Sharpe doía como o diabo. — Onde está o garoto?

O sargento apontou para a cabeça.

— O resto caiu por cima da muralha, senhor. Coitadinho.

Lossow xingou em alemão, ergueu-se e encolheu-se, pondo o peso do corpo na perna esquerda. Sharpe o fitou.

— Está ferido?

— Só um arranhão. — Lossow viu a cabeça do aspirante. — Santo Deus. — Ajoelhou-se perto de Charles, procurou a pulsação e abriu uma das pálpebras do capitão. — Morto, coitado.

Harper olhou por cima do parapeito, para a fumaça que pairava.

— Só quatro tiros. Bom trabalho de artilharia. — Havia um respeito relutante em sua voz.

Lossow ficou de pé e enxugou o sangue das mãos.

— Temos de sair daqui!

Sharpe se virou para ele.

— Precisamos convencer Cox a nos deixar sair.

— *Ja*. Não vai ser fácil, amigo.

Harper chutou a trave caída.

— Será que eles podem montar outro telégrafo, senhor?

Sharpe deu de ombros.

— E quem vai fazê-lo funcionar? Talvez, não sei. — Olhou para a bateria e soube que os artilheiros franceses estariam comemorando. Eles mereciam. Duvidou que o canhão fosse disparar de novo, pelo menos hoje; os canos de ferro tinham uma vida limitada, e o canhão alcançara seu propósito. — Venham, vamos falar com Cox.

— Você não parece esperançoso, amigo.

Sharpe se virou, com sangue pintalgando o uniforme e o rosto sério.

— Vamos sair. Com ou sem ele, vamos sair.

CAPÍTULO XX

A luz, como prata esculpida, talhou a escuridão da catedral, passou inclinada através das colunas atarracadas e cinzentas, lascou latão e tinta, afogou as velas votivas que ardiam diante das estátuas, esgueirou-se lentamente por cima das pedras largas e gastas do piso à me-
5. dida que o sol ia mais alto, e Sharpe esperou. Um padre, perdido nas profundezas do coro, murmurava para além da luz da janela, e Sharpe viu Harper fazer o sinal da cruz.

— Que dia é?

— Domingo, senhor.

10. — Isso é missa?

— É, senhor.

— Você quer ir?

— Isso pode esperar.

Os calcanhares de Lossow estalaram no corredor lateral; ele saiu de
15. trás de uma coluna e piscou ao sol.

— Onde ele está? — E desapareceu de novo.

Meu Deus, pensou Sharpe, meu Deus e mil mortes. Franceses desgraçados, artilheiro desgraçado; seria melhor se ele tivesse ficado na cama quente com os braços em volta da jovem. Passos soaram junto à porta e Sharpe girou,
20. ansioso, mas era apenas um esquadrão de soldados portugueses com a cabeça descoberta, mosquetes pendurados, que mergulharam os dedos na água benta e seguiram pelo corredor em direção ao padre e seu serviço religioso.

O OURO DE SHARPE

Cox não estivera no quartel-general; estava nas muralhas, pelo que disseram. Por isso os três tinham corrido para lá, e Cox já havia saído. Agora estaria visitando o paiol, por isso eles esperavam, e a luz transformava a poeira em barras de prata, as respostas abafadas dos fiéis se perdiam em algum lugar no alto teto de pedra; e nada de Cox. Sharpe bateu com a bainha da espada no chão, machucando o ombro, por isso xingou de novo.

— Amém, senhor. — Harper tinha infinitamente mais paciência.

Sharpe se envergonhou. Aquela era a religião de Harper.

— Desculpe.

O irlandês sorriu.

— Eu não me preocuparia, senhor. Isso não me ofende, e, se ofende a Ele, então Ele tem muitas oportunidades de castigar o senhor.

Estou apaixonado por ela, concluiu Sharpe, maldição, desgraça. E se fossem atrasados por mais uma noite, isso significaria outra noite, e se fosse uma semana, outra semana, mas precisavam pôr-se em movimento, e logo, porque dentro de dois dias os franceses amarrariam Almeida num círculo de fortificações de terra e infantaria. Mas sair de Almeida significaria deixá-la, e ele bateu de novo com a bainha da espada, de modo que Lossow reapareceu.

— O que é?

— Nada.

Só mais uma noite, pensou, e levantou os olhos para uma cruz enorme pendurada nas sombras cinza. É pedir muito? Só mais uma noite, e poderemos partir amanhã ao alvorecer. O alvorecer é a hora de dizer adeus, e não o crepúsculo, e só mais uma noite? A porta da catedral rangeu, houve o som de saltos de sapato, e Cox surgiu com uma turba de oficiais.

Sharpe se levantou.

— Senhor!

Cox pareceu não ouvi-lo e foi direto para os degraus da cripta, com o barulho dos oficiais abafando o som monótono e baixo da missa na outra extremidade da catedral.

— Lossow! — gritou Sharpe. — Venha!

Soldados portugueses fizeram-nos parar no topo dos degraus e ficaram imóveis em silêncio enquanto eles calçavam chinelos de feltro por cima das botas. Sharpe teve dificuldade com os cadarços devido ao braço esquerdo rígido, mas logo os chinelos estavam colocados, e os três homens, com os saltos das botas protegidos para não provocar alguma fagulha na pedra, desceram para a cripta. A luz era fraca, e apenas um punhado de lampiões, com os anteparos de chifre enfraquecendo a luz das velas, tremularam sobre túmulos que pareciam blocos. Não havia sinal de Cox e seus oficiais, mas na outra extremidade uma cortina de couro balançava numa passagem.

— Venham. — Sharpe guiou-os até a cortina, forçou para o lado o peso rígido do couro e ficou boquiaberto.

— Santo Deus. — Lossow parou no topo de um pequeno lance de escada que descia para uma caverna escura. — Santo Deus.

A cripta inferior estava atulhada de barris, empilhados até o teto baixo e arqueado, fileiras e mais fileiras, chegando até uma escuridão aliviada apenas por um ocasional lampião de chifre, duplamente abrigado, e à direita e à esquerda havia mais corredores, e quando Sharpe se virou, ao pé da escada, viu que os degraus chegavam no meio do salão e a quantidade gigantesca de pólvora à frente era espelhada atrás. Assobiou baixinho.

— Por aqui.

Cox desaparecera no corredor adiante, e eles se apressaram atrás, olhando os barris rotundos acima, espantados pelo puro poder destrutivo da pólvora que fora armazenada no depósito profundo. O capitão Charles, antes de morrer, dissera que Almeida podia durar tanto quanto sua pólvora, e isso podia significar meses, calculou Sharpe, e então tentou imaginar um obus francês atravessando as pedras e soltando fagulhas nos barris. Isso não podia acontecer. Os pisos eram grossos demais, mas ao mesmo tempo ele olhou para cima e ficou feliz em ver os largos botaréus, de força gigantesca, que subiam em arco sob um piso que poderia resistir a mil obuses franceses e continuar fortes.

Cox estava no final do depósito, ouvindo um oficial português, e a conversa era ansiosa. Era parte em português, parte em inglês, e Sharpe conseguiu ouvir o bastante para entender o problema. Havia água escorrendo para a cripta, não muito, mas o bastante para ter encharcado dois fardos de munição de mosquete que estavam guardados ali. Cox girou.

— Quem colocou isso aqui?

Silêncio.

— Temos de mudar de lugar! — Ele começou a falar em português, depois viu Sharpe. — Capitão!

— Senhor?

— No meu quartel-general! Espere por mim lá!

— Senhor...

Cox girou com raiva.

— Já tenho problemas suficientes, Sharpe! A desgraça da munição guardada no lugar errado! Ela não deveria estar aqui, de qualquer modo! Ponha em cima! — Ele voltou a falar em português, balançou as mãos, apontou para cima.

Harper tocou o cotovelo de Sharpe.

— Venha, senhor.

Sharpe se virou, mas Cox chamou-o de novo.

— Capitão!

— Senhor?

— Onde está o ouro?

Os rostos dos oficiais portugueses pareciam acusar Sharpe.

— Nos nossos alojamentos, senhor.

— Lugar errado, Sharpe, lugar errado. Vou mandar homens, e ele será posto no meu quartel-general.

— Senhor!

Mas Lossow segurou Sharpe, levou-o para longe, e Cox se voltou para as paredes úmidas e o problema de mover milhares de cartuchos de mosquete para o piso da catedral.

Sharpe resistiu ao puxão do alemão.

— Não vou entregar o ouro.

— Eu sei, eu sei. Escute, amigo. Vá para o quartel-general e eu voltarei. Prometo, ninguém vai tocar no ouro. Ninguém.

O rosto de Lossow estava imerso nas sombras, mas pelo tom de sua voz Sharpe soube que o ouro estava em segurança. Virou-se para Harper.

— Vá com ele. Minhas ordens são de que ninguém, absolutamente ninguém, deve chegar perto daquele ouro. Entendeu?

— Sim, senhor. O senhor terá cuidado na rua?

— Elas estão cheias de soldados. Vou ficar bem. Agora vão.

Os dois foram adiante. Sharpe gritou:

— Patrick?

— Senhor?

— Cuide da garota.

O irlandês grandalhão assentiu.

— O senhor sabe que cuidarei.

Os sinos da catedral reverberaram com o toque do meio-dia, o sol estava quase a pino, e Sharpe atravessou lentamente a praça principal atrás de dois homens que empurravam um barril de pólvora. O grande canhão francês, como ele imaginara, fizera seu trabalho e estava silencioso, mas lá longe, para além das amplas muralhas e da área de matança, os franceses estariam cavando suas trincheiras, montando novas baterias, e os bois estariam puxando os canhões gigantescos em direção ao cerco. Almeida estava para se tornar a guerra, o ponto de esforço, e quando ela caísse não haveria nada entre Masséna e o mar, a não ser o ouro. De repente Sharpe parou, absolutamente imóvel, e olhou para os soldados portugueses que passavam de um lado para o outro diante da catedral. Hogan dissera que o ouro era mais importante do que homens ou cavalos. O general, lembrou Sharpe, havia falado em retardar o inimigo, trazê-lo à batalha, mas nenhum desses esforços salvaria Portugal. Só o ouro. Fitou o castelo, com suas paredes de granito e o cotoco do telégrafo projetando uma pequena sombra sobre a muralha, e em seguida a catedral com seus santos esculpidos. Apesar do sol, do calor de rachar, sentiu frio. O que seria mais importante do que isso? Do que uma cidade e seus defensores? Lá, para além das casas, estava toda a parafernália de uma defesa científica. As grandes defesas cinza desta cidade, a forma de estrela da esplanada e o caminho coberto, fosso e contraguarda, bastião e bateria, e ele estremeceu. Não tinha medo de decisões; as decisões eram seu trabalho, e ele desprezava quem temia tomá-las. Mas no momento súbito, no meio da grande praça, sentiu o medo.

Esperou durante a tarde longa, ouvindo os sinos do domingo, o último dia pacífico que Almeida teria em muito tempo, e Cox continuava ausente. Uma vez escutou uma bateria portuguesa abrir fogo, mas não houve resposta, e a cidade caiu na modorra de novo, esperando seu momento. A porta se abriu, e Sharpe, meio adormecido na grande poltrona, saltou de pé. O pai de Teresa estava ali com um meio sorriso. Ele fechou a porta em silêncio.

— Ela não foi machucada?

— Não.

O homem riu.

— Você é inteligente.

— Ela foi inteligente.

Cesar Moreno assentiu.

— Ela é. Como a mãe. — Ele parecia triste, e Sharpe sentiu pena. O homem o encarou. — Por que Teresa mudou para o seu lado?

Sharpe balançou a cabeça.

— Ela não mudou de lado. Teresa é contra os franceses.

— Ah, a paixão da juventude. — Moreno chegou mais perto, andando devagar. — Ouvi dizer que seus homens não vão entregar o ouro.

Sharpe deu de ombros, e o espanhol acompanhou o gesto com um sorriso.

— Você me despreza?

— Não.

— Sou um velho que recebeu poder súbito. Não sou como Sánchez. — Ele parou, pensando no grande guerrilheiro de Castela. — Ele é jovem; adora essa coisa toda. Eu só quero a paz. — E sorriu como se envergonhado pelas palavras.

— O senhor pode consegui-la?

— Que pergunta boba. Claro! Nós não desistimos, você sabe.

— Nós.

— El Católico e eu. — Moreno deu de ombros e passou um dedo riscando a poeira da mesa.

Ocorreu a Sharpe que El Católico poderia não ter desistido, mas Cesar Moreno, viúvo e pai, estava garantindo que tivesse apoiadores dos dois lados.

O velho olhou para ele.

— Você dormiu com ela?

— Dormi.

Moreno sorriu de novo, um tanto pesaroso, e limpou a poeira da mão.

— Muitos homens o invejariam.

Sharpe não respondeu, e Moreno olhou-o ferozmente.

— Ela não sofrerá nenhum mal, não é? — Não era uma pergunta, e Sharpe sabia.

— Não da minha parte.

— Ah. Ande com cuidado, capitão Sharpe. Ele é melhor com a espada do que você.

— Vou me cuidar.

O espanhol se virou, observou as pinturas envernizadas na parede, que invocavam tempos mais felizes, dias mais gordos, e disse baixinho:

— Ele não vai deixá-lo levar o ouro. Sabe disso?

— Ele?

— O brigadeiro Cox.

— Não sabia.

Moreno se voltou.

— É um prazer observá-lo, capitão. Nós todos sabíamos que Kearsey era um idiota, um idiota agradável, mas não tinha... como vocês dizem?... movimento? Na cabeça?

— Sei o que quer dizer.

— Então você chegou e nós pensamos que os ingleses tinham mandado um idiota forte depois de um idiota inteligente. Você nos enganou! — Ele riu. Era difícil fazer piadas numa língua estranha. — Não, ele não vai deixá-lo. Cox é um homem honrado, como Kearsey, e eles sabem que o ouro é nosso. Como irá superar isso, amigo?

— Fique me observando. — Sharpe sorriu.

— Farei isso. E a minha filha?

O OURO DE SHARPE

— Ela voltará para vocês. Muito em breve.

— E isso o deixa triste?

Sharpe assentiu, e Moreno lhe deu um olhar astuto que fez o fuzileiro se lembrar de que um dia esse homem fora poderoso. Poderia voltar a ser.

A voz de Moreno era gentil:

— Quem sabe um dia?

— Mas você espera que não.

O pai de Teresa assentiu e deu um sorriso.

— Espero que não, mas ela é cabeça dura. Eu a observei, desde o dia em que a tornei noiva de El Católico, e soube que um dia ela iria cuspir na minha cara e na dele. Teresa esperou o momento certo, como você.

— E agora ele espera o dele?

— É. Vá com cuidado. — Moreno foi até a porta e acenou. — Vamos nos encontrar de novo.

Sharpe se sentou, serviu-se de uma taça de vinho e balançou a cabeça. Estava cansado, morto de cansaço, seu ombro doía e ele se perguntou se o braço esquerdo um dia iria se mover livremente de novo. As sombras se alongaram no tapete até que ele dormiu, sem ouvir o canhão da tarde ou a porta se abrindo.

— Sharpe!

Deus Todo-poderoso! Ele ficou de pé bruscamente.

— Senhor?

Cox veio andando, seguido por uma esteira de oficiais do estado-maior e papéis.

— Que diabo está acontecendo, Sharpe?

— Acontecendo, senhor?

— Seus homens não querem entregar o ouro!

Kearsey passou pela porta e, com ele, magnificamente uniformizado, um coronel espanhol. Sharpe demorou alguns segundos focalizando a renda dourada, os arabescos de prata, até perceber que era El Católico. O rosto não mudara. Os olhos poderosos, o ligeiro brilho de humor, a face de um inimigo.

Sharpe se virou de volta para Cox.

— Perdão, senhor?

— Está surdo, Sharpe? O ouro! Onde está?

— Não sei, senhor. Fiquei esperando aqui. Como foi ordenado, senhor.

Cox resmungou, pegou um pedaço de papel, olhou para ele e o deixou cair.

— Eu tomei uma decisão.

— Sim, senhor. Uma decisão, senhor. — Sharpe havia adotado seus antigos modos de sargento, sempre úteis quando diante de oficiais superiores; e sobretudo úteis quando queria pensar em outras coisas que não a conversa imediata.

Cox levantou os olhos cheio de suspeitas.

— Sinto muito, Sharpe. Só tenho a sua palavra e a de Lossow para isso. O ouro é espanhol, é obviamente espanhol, e o coronel Jovellanos é um representante autorizado do governo da Espanha. — Ele fez um gesto para El Católico, que sorriu e fez uma reverência.

Sharpe fitou o líder guerrilheiro e suas roupas imaculadas.

— Sim, senhor. Representante autorizado, senhor!

O desgraçado devia ser hábil com uma pena, pensou, e de repente lhe ocorreu que uma das moedas gordas serviria como um sinete soberbo, apertado na cera vermelha com o ornamentado brasão virado para baixo. Imaginou como El Católico havia apagado as letras que acompanhavam a borda da moeda, mas depois pensou em como ele próprio faria isso com uma lima ou martelando o ouro macio até ficar liso.

Cox suspirou.

— Você vai entregar o ouro ao coronel Jovellanos e seus homens, e fará isso rapidamente. Entendido?

— Sim, senhor. Entendido! — Ele estava de pé, reto como um aríete, olhando para um ponto logo acima da cabeça de Cox.

O brigadeiro suspirou.

— Não creio que esteja entendido, capitão. — Cox sentou-se, cansado, puxou um pedaço de papel em sua direção, tirou a tampa de seu tinteiro e pegou uma pena de ganso nova. — Às 10 horas da manhã de amanhã, capitão, 27 de agosto de 1810. — Ele escrevia rapidamente, parafraseando a ordem formal, com a pena fazendo barulho no papel. — Um destacamento das minhas tropas irá se encarregar do tesouro.... — Parou; todos na sala ouviram o raspar da pena... — Comandado pelo... — Cox olhou em torno e encontrou um dos seus oficiais. — ... coronel Barrios.

Barrios assentiu num gesto formal.

— O senhor, coronel, vai entregar o ouro ao coronel Jovellanos, que estará pronto para partir junto ao portão norte.

El Católico assentiu e bateu os calcanhares em saudação. Cox levantou a cabeça.

— Coronel?

El Católico sorriu. Sua voz estava mais sedosa do que nunca:

— Eu esperava convencê-lo, senhor, a permitir que eu e alguns de meus homens ficássemos para ajudar em sua galante defesa.

Sharpe não conseguia acreditar. Que desgraçado! Tinha tanta intenção de ficar quanto Sharpe de entregar o ouro.

Cox sorriu e piscou com prazer.

— Esta é uma decência rara, coronel. — Ele fez um gesto para o documento. — Isso muda alguma coisa?

— Só que o ouro, senhor, poderia ser entregue ao senhor Moreno, um dos meus tenentes.

— Claro, claro. — Cox mergulhou a pena e rabiscou algumas palavras. — Ao contingente espanhol do coronel Jovellanos. — Ele ergueu uma sobrancelha para El Católico. — Acho que isso cobre tudo.

El Católico fez uma reverência.

— Obrigado, senhor. — E lançou um olhar de triunfo para Sharpe. — E, senhor? — El Católico fez outra reverência. — A transferência poderia ser feita esta noite?

Sharpe prendeu o fôlego e soltou-o devagar enquanto Cox falava. O brigadeiro, franzindo a testa, olhava o papel.

— Às 10 horas de amanhã estará bom, coronel.

Sharpe suspeitou de que ele não queria riscar as linhas de cima da ordem escrita com letras apertadas. Cox sorriu para El Católico e fez um gesto para Sharpe.

— Afinal de contas, o capitão Sharpe não poderia ir embora!

El Católico esboçou um sorriso educado.

— Como quiser, senhor.

Então qual era o jogo do desgraçado? Por que sugerir que poderia ficar? Sharpe olhou para o espanhol alto, tentando avaliar o motivo. Poderia ser apenas para conseguir favores com Cox? Sharpe duvidava; o espanhol estava conseguindo a maior parte do que queria sem se esforçar. Só que El Católico desejava mais uma coisa. Sharpe pensou no cabelo escuro no travesseiro, no corpo esguio sobre os lençóis de linho engomado. O espanhol queria a jovem e sua vingança e, se não pudesse ser esta noite, El Católico queria ficar até que ela fosse cumprida.

De repente Sharpe notou que Cox falara seu nome.

— Senhor?

O brigadeiro tinha empurrado outro pedaço de papel.

— Às 10 horas da manhã de amanhã, capitão, sua companhia irá se juntar às minhas defesas na muralha sul. — A pena espirrou tinta no papel.

— Perdão, senhor?

Cox o encarou, irritado.

— Você me ouviu, Sharpe! Vai se juntar à guarnição. O capitão Lossow partirá. Não preciso de cavalaria, mas você fica. Nenhum soldado de infantaria pode ter esperança de escapar agora. Entendido?

Deus no céu!

— Sim, senhor.

O relógio da catedral começou a tocar. Kearsey pôs a mão no cotovelo de Sharpe.

— Sinto muito, Sharpe.

Sharpe assentiu, ouvindo o sino. Não percebia a atenção de Kearsey, o triunfo de El Católico, a preocupação de Cox. Dez horas, nada bom. A decisão lhe fora imposta, mas ainda era sua. O último eco da última nota morreu subitamente, e Sharpe se perguntou se algum sino tocaria de novo na fortaleza estrela cinza, na cidade-fortaleza que agora era uma estrela cadente.

CAPÍTULO XXI

— Estamos encurralados. Esse é o problema. Estamos encurralados.
— Perdão, senhor? — O sargento Harper esperava Sharpe do lado de fora do quartel-general de Cox.
— Nada. — Sharpe ficou imóvel, consciente da expressão preocupada de Patrick Harper. O sargento provavelmente achava que seu ferimento estava piorando, envenenando o sangue e lançando vapores de insanidade em sua cabeça. — Você está sozinho?
— Não, senhor. Estou com o soldado Roach, Daniel Hagman e três alemães.
Sharpe viu os outros esperando nas sombras. O sargento alemão pequeno e atarracado estava ali, e Harper apontou o polegar para ele.
— Aquele é Helmet, senhor.
— Quer dizer Helmut?
— Foi o que eu disse, senhor. É um exército de um homem só. O senhor está bem?
— Estou.
Sharpe continuava parado nos degraus enquanto sua escolta aguardava embaixo, e ficou passando o dedo num pedaço do fio de prata que enrolava o cabo da espada e se soltara. Fez uma anotação mental para mandar soldá-lo quando estivessem de volta ao batalhão, e depois se maravilhou ao se dar conta de que a mente podia se demorar numa trivialidade dessas num momento daqueles.

Harper tossiu.

— O senhor está pronto?

— O quê? Estou. — Mesmo assim não se mexeu. Olhou para a catedral.

Patrick Harper tentou de novo:

— Vamos para casa, senhor?

— Não. Para lá. — E apontou para a catedral.

— Sim, senhor. Como quiser, senhor.

Atravessaram a praça iluminada pela lua, e Sharpe puxou os pensamentos de volta para o presente.

— A garota está bem?

Harper assentiu.

— Muitíssimo, senhor. Lutou o dia inteiro.

— Lutou?

O irlandês riu.

— Helmet a ensinou a usar um sabre.

Sharpe gargalhou. Parecia coisa de Teresa. Olhou para o pequeno sargento alemão e achou graça do passo curioso do sujeito: as pernas dobradas para fora como a estrutura de uma lira, o corpo atarracado e imensamente forte mal se movendo enquanto as pernas o empurravam adiante.

Harper viu a mudança no humor de Sharpe.

— Achamos que bastaria apontar Helmet para qualquer coisa, senhor, e ele abriria caminho a dentadas. Casas, paredes, regimentos. Todos ficariam com um buraco enorme, com a forma dele, atravessando tudo. — Harper gargalhou. — Ele é tremendamente bom com um sabre.

Sharpe pensou na jovem; sabia que El Católico tinha outra conta a acertar, mais pessoal do que o ouro, e ficou feliz com sua escolta, com Harper e sua arma de sete canos.

— O que aconteceu na casa hoje?

Harper riu.

— Não muita coisa, senhor. Eles foram pegar o ouro, foram mesmo, e a princípio a gente não conseguia falar português, e depois o Sr. Lossow não conseguia entender o inglês deles, e então Helmet resmungou um pouco, mastigou uns móveis, os rapazes puseram os ferrões para fora e os portugueses foram para casa.

— Onde a garota está agora?

— Ainda lá, senhor. — Harper sorriu para ele, de modo tranquilizador. — Na cozinha com os rapazes, treinando com as armas. Ela seria um bom recruta.

— E o Sr. Knowles?

— Divertindo-se, senhor. Percorrendo todas as defesas, mandando ficar de olhos abertos, e o Sr. Knowles faz rondas a cada 10 minutos. Eles não vão entrar. O que acontecerá conosco, senhor?

Sharpe deu de ombros e olhou para as janelas escuras das casas.

— Deveríamos entregar o ouro amanhã. A El Católico.

— E vamos entregar, senhor?

— O que você acha?

Harper deu uma risada, não disse nada, e depois um dos alemães se agachou com o sabre levantado, e o grupo parou. Um dos civis portugueses deixados na cidade, correndo de um beco, encolheu-se contra a parede e balbuciou incoerente para o grupo de soldados cheios de espadas e armas de fogo que o olhavam como se o avaliassem para a matança.

— Certo — disse Sharpe. — Vamos.

Junto à porta da catedral Sharpe pôde ver as formas escuras de sentinelas que guardavam a munição. Foi até elas, com as botas de sua escolta ecoando na vasta praça calçada de pedras. Os guardas portugueses ficaram em posição de sentido e prestaram continência enquanto Sharpe se virava para os três alemães.

— Fiquem aqui.

Helmut assentiu.

— Hagman, Roach. Fiquem com eles. Venha, sargento.

Olhou por cima da praça antes de abrir a porta pequena que vazava a enorme porta de madeira da catedral. Será que havia uma forma escura do outro lado? Esperando num canto de um beco? Suspeitava que os guerrilheiros estariam percorrendo a cidade, à sua procura, mas nada aconteceria até que eles chegassem ao escuro labirinto de ruas abaixo no morro. Entrou.

As velas haviam se mostrado úteis, lançando pequenas poças oscilantes de luz amarela em trechos do grande espaço de pedra. O minúsculo brilho vermelho da presença eterna tremulava na outra extremidade, e Sharpe esperou Harper mergulhar o dedo casualmente na água benta e fazer o sinal da cruz.

O irlandês parou ao lado de Sharpe.

— O que estamos fazendo, senhor?

— Não sei. — Sharpe mordeu o lábio inferior, olhou para as luzes pequenas, depois foi em direção ao agrupamento de lampiões que marcava a escada para o porão. Mais sentinelas se enrijeceram à sua aproximação, e Sharpe acenou mandando ficarem à vontade. — Chinelos, sargento.

Havia uma pequena pilha de munição no topo da escada, posta ali para que os soldados que vinham levá-la para as muralhas não tivessem de se incomodar em calçar os chinelos de feltro. Sharpe achou que uns vinte homens deviam trabalhar no paiol, trazendo os barris para cima, passando os dias no ar úmido e frio do submundo da catedral. Harper viu Sharpe olhando para um fardo aberto de cartuchos.

— Há mais perto daquela porta, senhor.

— Mais?

Harper assentiu, apontou para uma porta que flanqueava a grande porta das procissões.

— Ali, senhor. Tem uma porcaria de uma pilha enorme de cartuchos. Quer um pouco?

Sharpe balançou a cabeça, olhou para dentro da semiescuridão e viu que encostado na porta havia uma dúzia de fardos dos cartuchos de papel. Achou que estariam postos ali para que os batalhões de infantaria pudessem refazer os estoques rapidamente sem ficar no caminho dos homens que traziam para cima os enormes barris de pólvora. Virou-se de volta para a cripta. Pranchas haviam sido postas na escada, separadas por 60 centímetros, de modo que os barris pudessem ser rolados com facilidade.

— Venha.

Desceram a escada, entrando na luz intermitente das lanternas com anteparos de chifre, e Sharpe viu que o resto do suprimento de armas pequenas da guarnição estava agora empilhado de cada lado do salão, formando um corredor que ia até a escada da cripta profunda, isolada pela cortina de couro. Seguiu com cuidado pelo corredor e se ajoelhou perto da cortina. Duas espessuras de couro rígido, com pesos embaixo, como precaução caso houvesse uma pequena explosão no primeiro recinto. O couro rígido poderia absorver uma detonação menor, proteger a enorme quantidade de pólvora embaixo, e Harper olhou atônito enquanto Sharpe desembainhava a espada e cortava fora os pesos, rilhando os dentes ao passar a lâmina no couro.

— Que diabo é isso, senhor?

Sharpe o encarou.

— Não pergunte. Onde estão as sentinelas?

— Lá em cima. — O sargento ajoelhou-se ao lado. — Senhor?

Sharpe interrompeu o corte desesperado e olhou para o rosto largo e amigável.

— Não confia em mim?

Harper ficou ofendido, até mesmo magoado, e se dobrou para além de Sharpe, segurou a parte cortada da cortina com uma das mãos e a parte de cima do couro na outra, e puxou. Como demonstração de força, era notável, as veias se projetando no pescoço, o corpo todo rígido com o esforço enquanto o couro de espessura dupla se rasgava, silenciosa e lentamente; Sharpe ajudava com a espada. E, depois de 30 segundos, Harper se inclinou para trás com um grunhido e em sua mão estava separada a parte de baixo, 5 centímetros da cortina com seus grandes pesos de chumbo costurados na bainha.

— Claro que confio no senhor. É só me contar. — A raiva do irlandês era real.

Sharpe balançou a cabeça.

— Vou contar. Mais tarde. Venha.

Lá em cima, tirando os chinelos, Sharpe indicou as velas.

— É engraçado mantê-las acesas.

Harper balançou a cabeça.

— Elas são um tremendo caminho para fora do porão, senhor. — Sua voz mostrava que ele estava ligeiramente aplacado, ainda insultado, mas pronto para ser amigável. — De qualquer modo. É isso que eles chamam de seguro, não é?

— Seguro?

— Claro. — A cabeça enorme assentiu. — Algumas orações nunca fizeram mal a nenhum exército. — Ele se ergueu. — Agora vamos para onde, senhor?

A uma padaria. Os soldados, ingleses e alemães, ficaram pasmos quando Sharpe acompanhou uma sarjeta afastando-se da catedral e indo até uma construção que não ficava longe do portão norte. Experimentou a porta, mas estava trancada, e Harper puxou-o de lado.

— Helmet? A porta.

O sargento alemão assentiu, moveu-se pesadamente até a barreira, grunhiu, golpeando-a, então se virou com o que poderia ser um sorriso enquanto a madeira se lascava diante dele.

— Eu disse, senhor — observou Harper. — Tem algum policial militar por aí?

— Se houver, mate-o — respondeu Sharpe.

— Senhor! Ouviu isso, Helmet? Mate os policiais militares!

Dentro, uma escuridão de breu, mas Sharpe tateou o caminho pelo piso, passando por uma mesa que devia ter sido o balcão da venda, e encontrou enormes fornos de tijolo, frios agora, encurvados nos fundos da padaria. Voltou à rua, vazia de policiais militares ou patrulhas portuguesas.

Subiram a rampa suave até a primeira muralha e pararam. Havia sentinelas enfileiradas junto ao parapeito, amontoadas perto das baterias reluzentes que tinham sido cavadas no coração da muralha e, diante deles, agachados como dedos cinza, ficavam as defesas externas, inclinando-se suavemente, enganosas, cheias de soldados portugueses cujas fogueiras lançavam brilhos estranhos nos fossos profundos que não eram vistos pelo inimigo. Mais adiante, para além da escura tira de terra da qual fora retirada toda a cobertura, de modo que os defensores pudessem ver o coração de um ataque, Sharpe podia ver as fogueiras francesas, algumas meio escondidas. Da embriaguez distante vinha o retinir ocasional de uma picareta, o som fofo de terra sendo solta.

Pulou, espantado com um estrondo súbito, e percebeu que os portugueses estavam mandando os projéteis ocasionais com esperança de perturbar os engenheiros franceses. À noite é que as baterias eram cavadas, as trincheiras estendidas, mas ainda não era o tempo certo para as tropas portuguesas saírem em investidas rápidas das defesas e atacarem as obras dos franceses na investida noturna de baionetas em trincheiras inimigas. Os franceses ainda não estavam suficientemente perto. Um cerco funcionava com programação conhecida pelos dois lados, e isto era apenas o início, quando o círculo dos sitiadores ainda não estava completo e a cidade-fortaleza se encontrava no auge de sua força e seu orgulho.

Foi na frente até o topo da muralha no portão norte, e Harper viu seu capitão olhar mal-humorado as sentinelas embaixo, o vasto portão, as companhias de infantaria que viviam entre as armadilhas de granito para guardar a entrada da cidade.

Harper adivinhou o que se passava na mente de Sharpe.

— Não há como sair, senhor.

— Não. — A última pequena chance se fora. — Não. Vamos voltar para a casa.

Desceram a escada e encontraram uma rua que ia em direção à cidade baixa. Sharpe ficou longe das casas escuras com suas janelas e portas fechadas. As botas ressoavam frias nas pedras, enquanto eles espiavam em becos, pelas ruas transversais, e uma ou duas vezes Harper pensou ter visto uma sombra que era irregular demais para fazer parte da construção, mas não podia ter certeza. Almeida estava silenciosa, fantasmagórica. Sharpe desembainhou a espada.

— Senhor? — Harper demonstrava preocupação. — O senhor não estaria planejando...

Haviam se esquecido dos telhados, mas Helmut, alertado por um som, se virara, olhara para cima, e o homem que pulou sobre ele gritou de modo terrível quando o sabre penetrou. Sharpe foi para a direita, Harper para a esquerda, e de repente a rua estava cheia de homens com espadas e roupas escuras e dos gemidos patéticos do agonizante. Hagman usava sua baioneta, de costas para uma parede e deixando os homens de El Católico virem para ele. Sharpe, junto à mesma parede, girou desesperadamente de lado quando uma lâmina de rapieira veio para ele e errou sua cintura por centímetros. Aparou um segundo homem com a espada, lembrou-se de El Católico tê-la chamado de arma de açougueiro e, trocando a técnica pela raiva, golpeou uma vez e sentiu o gume acertar alguma coisa, morder e deslizar livre. Virou-se de novo para o primeiro atacante, mas Roach estava ali, enorme e pesado, arrancando a vida do sujeito com a coronha do fuzil. Sharpe girou de volta, brandiu a espada numa estocada cega e sentiu que ela era aparada, empurrada de lado, e saltou para trás, sabendo que o ataque vinha, tropeçou no morto e caiu de costas.

A queda salvou sua vida. A arma de sete canos, apoiada contra a parede do outro lado, chiou quando a fagulha acendeu a caçoleta e abriu um canal através da rua. O som, ampliado pelas paredes próximas, ressoou na cabeça de Sharpe, mas ele viu três homens cambaleando, um caído. Roach puxou-o de pé e ele foi para a frente, para a confusão gerada pelo tiro, e golpeou um homem com a espada, chutou um segundo e de repente os quatro britânicos estavam juntos, do outro lado da rua, enquanto os espanhóis eram apanhados entre eles e os três homens da legião alemã do rei.

Os alemães se saíram bem. O sabre era sua arma, e eles lutaram contra os espadachins com suas próprias habilidades. Sharpe sabia que precisava aprender a arte da espada, mas este não era o momento de tentar. Golpeou de qualquer modo à frente, com o braço esquerdo doendo, mas o direito baixando diagonalmente, para a esquerda e a direita, empurrando oponentes para os dois lados, onde Roach e Hagman usavam as baionetas. E os guerrilheiros, tendo perdido o fator surpresa, começaram a correr, esgueirando-se pelos alemães e escapando na noite.

Helmut resmungou. Com essa diferença de números não havia sentido em tentar matar, e ele tinha pouca chance de vencer as longas rapieiras e sua delicada finesse. Usava o sabre curvo em golpes curtos e econômicos, indo atrás dos olhos, sempre dos olhos, porque um homem prefere fugir antes de perder a visão, e Helmut fez os atacantes recuarem, um depois do outro, com as mãos levadas ao rosto e o sangue aparecendo entre os dedos. Os espanhóis tinham tido o suficiente; fugiram, mas o sargento atarracado baixou o sabre, agarrou um pelo braço, abraçou-o como um urso, e então, soltando-o rapidamente, girou lançando-o contra uma parede com toda a força. O som foi de um saco de nabos caindo do topo de um celeiro num piso de pedras.

Harper sorriu para ele, enxugou o sangue de sua espada-baioneta.

— Muito bem, Helmut.

Houve um grito mais adiante na rua, o clarão de tochas, e os seis homens giraram, com armas erguidas, mas Sharpe ordenou que esperassem. Uma patrulha portuguesa, com os mosquetes preparados, veio em sua direção. Sharpe viu o oficial comandando com uma espada à mostra. O oficial parou, desconfiado, depois riu, abriu os braços e gargalhou.

— Richard Sharpe! Dentre todos os diabos! O que está fazendo?

Sharpe riu, limpou o sangue de sua espada e enfiou-a na bainha. Em seguida se virou para Harper.

— Sargento, conheça Tom Garrard. Ele já foi sargento do 33º, agora é tenente do exército português. — Em seguida apertou a mão de Garrard.

— Seu desgraçado. Como vai?

Garrard sorriu de orelha a orelha e virou para Harper.

— Nós fomos sargentos juntos. Meu Deus, Dick, deve fazer anos. Lembro de você estourando a cara daquele pagãozinho! É bom vê-lo. Uma porcaria de capitão! O que está acontecendo com o mundo? — Ele prestou continência para Sharpe e gargalhou.

— Faz anos que ninguém me chama de Dick. Você está bem?

— Ótimo. Não poderia estar melhor. — Apontou com o polegar para seus homens. — Bons rapazes, estes. Lutam como nós. Bem, bem, bem. Você lembra daquela garota em Seringapatam? Nancy?

Os homens de Sharpe olhavam curiosos para Garrard. Fazia um ano que o governo português pedira aos ingleses para reorganizar seu exército, e uma das mudanças, iniciadas pelo marechal inglês Beresford, que agora comandava as tropas portuguesas, era oferecer postos a sargentos britânicos experientes, de modo que as cruas tropas portuguesas tivessem oficiais que soubessem lutar. Isso era bom, segundo Garrard, e estava funcionando bem. Ele olhou para Harper.

— Você deveria se juntar a nós, sargento.

O OURO DE SHARPE

Harper riu e balançou a cabeça.

— Vou ficar com ele.

— Existem coisas piores. — Garrard fitou Sharpe. — Encrenca?

— Acabou.

Garrard embainhou a espada.

— Alguma coisa que eu possa fazer?

— Abrir um portão para nós. Esta noite.

Garrard olhou-o, astuto.

— Quantos de vocês?

— Duzentos e cinquenta. A cavalaria e nós.

— Jesus Cristo, companheiro. É impossível. Pensei que estivesse falando só desses sete. — Ele parou e riu. — Você está com o tal ouro?

— Esses somos nós. Você ficou sabendo disso?

— Deus Todo-poderoso! Existem porcarias de ordens para todo o mundo impedir o ouro de sair. Nem sabíamos que existia algum ouro aqui. — Ele balançou a cabeça. — Sinto muito, Dick. Não posso ajudar.

Sharpe sorriu.

— Não faz mal. Vamos dar um jeito.

— Você vai. — Garrard sorriu também. — Ouvi falar de Talavera. Aquilo foi muitíssimo benfeito. Foi mesmo.

Sharpe apontou para Harper.

— Ele estava comigo.

Garrard assentiu para o irlandês.

— Tenho orgulho de vocês. — Em seguida fitou seus homens. — Da próxima vez nós faremos a mesma coisa, não é, rapazes?

Os portugueses sorriram de volta e assentiram timidamente para Sharpe.

— Precisamos ir, Tom. Temos trabalho a fazer.

As despedidas foram feitas, promessas de um ficar de olho no outro, que poderiam ser mantidas ou não, e Sharpe aceitou a oferta de Garrard, para os soldados portugueses tirarem os corpos da rua.

— Cuide-se, Dick!

— Você também. — Sharpe se dirigiu a Harper. — Você viu El Católico?

O sargento balançou a cabeça.

— Eram muitos, senhor. Mas ele não estava. Talvez não faça seu próprio serviço sujo.

Então onde estaria? Sharpe olhou para os telhados. Os telhados. Virou-se para o sargento.

— Temos sentinelas no telhado?

— No telhado? — O alarme surgiu em seu rosto enorme. — Doce Jesus!

— Venham!

Começaram a correr. De novo, não, pensou Sharpe. Por favor, Deus, de novo, não. Lembrou-se de Josefina deitada nos lençóis sujos de sangue; correu mais depressa, com a espada na mão.

— Abram!

As sentinelas se viraram, espantadas, e abriram o portão do pátio. Havia o cheiro de cavalos, luzes de tochas. Sharpe pulou escada acima, abriu com estrondo a porta da cozinha e ali estava a companhia, comendo à luz do fogão e de velas, e Teresa estava, incólume, na extremidade da mesa. Soltou um suspiro de alívio, balançou a cabeça, e Lossow veio andando.

— Bem-vindo! O que foi?

Sharpe apontou para o teto.

— Lá em cima! — Tentava recuperar o fôlego. — Lá em cima. O desgraçado está esperando lá em cima.

CAPÍTULO XXII

Lossow balançou a cabeça.

— Ele não está aqui.

— Está perto.

O alemão deu de ombros.

— Nós revistamos tudo.

Haviam procurado em cada cômodo, cada armário, até nas chaminés e no telhado, mas não havia sinal de El Católico e seus homens.

Sharpe não ficou satisfeito.

— As outras casas?

— Sim, amigo. — Lossow se mostrava paciente.

Os alemães haviam aberto as casas dos dois lados, para dormir em espaço e conforto gloriosos, e todas tinham sido revistadas. O cavalariano segurou o cotovelo de Sharpe.

— Venha comer.

Os homens da companhia que não estavam de guarda encontravam-se na cozinha, onde uma panela borbulhava no fogo. Parry Jenkins levantou-a com um gancho.

— É cozido de verdade, senhor.

O ouro estava trancado numa despensa, junto com um barril de vinho, e o sargento McGovern sério tomando conta. Sharpe olhou para a porta, comendo colheradas da carne com legumes. Atrás do cadeado e das trancas estava o tesouro do dragão, e Sharpe se lembrava bem das histórias. Se

O OURO DE SHARPE

um homem roubasse ouro enterrado, o dragão se vingaria; e só havia um modo de evitar a vingança: matando o dragão. O ataque na rua, repelido apenas pela metade, não era o fim do assunto. Sharpe supôs que El Católico teria grupos por toda a pequena cidade procurando os fuzileiros, mas o dragão quereria estar presente na hora da morte, para ver a agonia.

Lossow olhava Sharpe comer.

— Você acha que ele virá esta noite?

Sharpe assentiu.

— Ele se ofereceu para ficar amanhã, ajudar na defesa, mas isso é só um seguro. Ele quer resolver a situação; quer sair antes que os franceses lacrem este lugar.

— Então quer ir embora amanhã.

Knowles deu de ombros.

— Talvez ele não venha, senhor. Ele vai receber o ouro, não vai?

Sharpe sorriu.

— Acha que vai. — Em seguida fitou Teresa. — Não: ele virá. — E riu para a jovem. — O major Kearsey acha que você deveria voltar.

Ela arqueou as sobrancelhas e não disse nada. Antes que Sharpe deixasse o quartel-general de Cox, Kearsey o havia puxado de lado e implorado que Teresa fosse devolvida ao pai. Sharpe assentiu.

— Mande o pai dela às 10 horas de amanhã, senhor. — Agora observava-a. — O que você quer fazer?

Ela o olhou quase com desafio.

— O que você vai fazer?

Os homens de Sharpe, junto com alguns alemães, escutavam a conversa. Sharpe balançou a cabeça para a porta.

— Venham para a salinha. Vamos conversar.

Harper levou uma jarra de vinho, Lossow e Knowles, a curiosidade. A garota os seguiu. Parou do lado de fora da pequena sala de estar e pôs os dedos frios na mão dele.

— Você vai vencer, Richard?

Ele sorriu.

—Vou. — Se não vencesse, estaria morto; El Católico quereria vingança por causa dela.

Dentro da salinha tiraram as capas dos móveis e sentaram-se nas poltronas confortáveis. Sharpe estava cansado, exausto, e seu ombro doía com um latejamento fundo. Aparou o pavio de uma vela, esperou que a chama crescesse e sussurrou:

—Vocês todos sabem o que está acontecendo. Recebemos ordem de entregar o ouro amanhã. O capitão Lossow recebeu ordem de partir; nós recebemos ordem de ficar.

Ele já lhes contara isso enquanto revistavam as casas, mas queria repassar, procurar as falhas, porque ainda esperava que a decisão se mostrasse desnecessária.

Lossow se remexeu na cadeira.

—Então tudo acabou? — Ele franziu a testa, não acreditando em sua própria pergunta.

—Não. Quer Cox goste quer não, nós vamos embora.

—E o ouro? — A voz de Teresa estava firme.

—Vai conosco.

Por algum instinto estranho todos relaxaram, como se a declaração bastasse. Sharpe continuou:

—A questão é: como?

O silêncio tomou conta da sala. Harper parecia dormir, olhos fechados, mas Sharpe achou que o irlandês estaria adiante dos outros. Knowles bateu no braço da poltrona, frustrado.

—Se ao menos recebêssemos uma mensagem do general!

—É tarde demais. O tempo acabou.

Sharpe não esperava que eles dessem a resposta, mas queria levá-los passo a passo, que conhecessem o argumento, de modo que, quando desse a solução, todos concordassem.

Lossow se inclinou adiante para a luz da vela.

—Cox não deixará você ir. Ele acha que estamos roubando o ouro.

—Ele está certo. — Teresa deu de ombros.

Knowles franziu a testa.

—Vamos fugir, senhor? Sair correndo?

Sharpe pensou nos fossos com laterais de granito, nas fileiras de canhões, nos túneis curvos dos portões com suas portas levadiças e sentinelas sérias

— Não, Robert.

Lossow riu.

— Já sei. Assassinamos o brigadeiro Cox.

Sharpe não sorriu.

— O segundo no comando levaria as ordens dele adiante.

— Santo Deus! Eu estava brincando! — Lossow encarou Sharpe, subitamente convencido da seriedade do fuzileiro.

Em algum lugar um cachorro latiu, talvez no acampamento francês, e Sharpe soube que, se os britânicos sobrevivessem a essa campanha, se ele cumprisse seu dever esta noite, tudo teria de ser feito de novo. Portugal teria de ser reconquistado; a fortaleza de fronteira, retomada; os franceses, expulsos não somente da Espanha, mas de toda a Europa. Lossow devia ter confundido sua expressão com desespero.

O alemão falou baixinho:

— Você pensou em abandonar o ouro?

— Não. — Não era verdade. Sharpe respirou fundo. — Não sei dizer por que, não sei como, mas a diferença entre a vitória e o fracasso depende desse ouro. Temos de levá-lo. — Em seguida assentiu para Teresa. — Ela está certa. Estamos roubando o ouro, por ordem de Wellington, e é por isso que não existem ordens explícitas. Os espanhóis... — Ele deu de ombros como se pedisse desculpas. — Deus sabe que eles são aliados difíceis. Pensem em como seria muito pior se tivessem prova escrita disso. — Recostou-se. — Só posso contar o que me disseram. O ouro é mais importante do que homens, cavalos, regimentos ou canhões. Se o perdermos, a guerra terá acabado; todos iremos para casa, ou mais provavelmente terminaremos como prisioneiros dos franceses.

— E se você o levar? — Teresa tremia.

— Então os ingleses ficam em Portugal. — Ele deu de ombros outra vez. — Não posso explicar isso, mas é verdade. E, se ficarmos em Portugal, no ano que vem retornaremos à Espanha. O ouro irá conosco.

Knowles estalou os dedos.

— Matar El Católico!

Sharpe assentiu.

— É provável que tenhamos de fazer isso. Mas as ordens de Cox ainda são de que o ouro vá para os espanhóis.

— Então... — Knowles ia perguntar como. Em vez disso, deu de ombros. Teresa se levantou.

— Seu casaco está lá em cima?

Sharpe assentiu.

— Está com frio?

Ela ainda tinha apenas um vestido fino. Ele se levantou também, pensando no medo da vinda de El Católico.

— Vou com você.

Harper e Lossow se ergueram, mas Sharpe os dispensou com um gesto.

— Vamos ficar bem, é um minuto, não mais do que isso. Pensem no assunto, senhores.

Sharpe subiu à frente, olhando para a escuridão, e Teresa estendeu a mão para ele.

— Você acha que ele está aqui?

— Sei que está.

Parecia ridículo; a casa fora revistada repetidamente, sentinelas foram postas nas varandas e no telhado, no entanto todos os instintos de Sharpe diziam que El Católico viria esta noite para a vingança. A vingança, como diziam os espanhóis, era um prato a ser comido frio, mas para El Católico era um prato que deveria ser comido rápido, antes que Sharpe ficasse preso no cerco. E Sharpe não tinha dúvida de que El Católico queria vingança, não pelo ouro, mas pelo insulto à sua hombridade. O fuzileiro desembainhou a espada ao entrarem no quarto iluminado pela luz de velas, com a cama de dossel e os grandes armários.

Teresa encontrou o casaco de Sharpe e colocou-o nos ombros.

— Está vendo? É seguro.

— Desça. Diga a eles que estarei lá em 2 minutos.

Ela ergueu as sobrancelhas, pareceu perplexa, mas ele a empurrou pela porta e ficou olhando-a voltar para a saleta. Sharpe podia sentir os pelos da nuca se eriçando, o sangue pinicando embaixo da pele, os velhos sinais da proximidade do inimigo. Sentou-se na cama e tirou as botas pesadas para poder se mover em silêncio. Queria que El Católico estivesse perto, para resolver essa situação, para poder se concentrar no que deveria ser feito no dia seguinte. Pensou na rapieira veloz do espanhol, na habilidade descuidada, mas deveria enfrentá-la, derrotá-la; caso contrário, pela manhã, estaria constantemente olhando para trás, preocupado com a jovem. Foi andando pelo piso e soprou as velas. A espada era monstruosamente pesada; lâmina de açougueiro, como chamara o espanhol.

Abriu as cortinas e ficou parado na varanda. Na varanda ao lado uma sentinela se remexeu; acima do homem, entre as empenas do telhado, podia ouvir os murmúrios de dois alemães. Tinha de ser nesta noite! El Católico não deixaria o insulto passar, não iria querer que ele fosse murmurado em Almeida enquanto os franceses abriam caminho pouco a pouco. Mas como? Nada se mexia na rua; as casas e a igreja do outro lado estavam escuras e fechadas; só o brilho das fogueiras francesas iluminava o céu ao sul, do outro lado das muralhas onde Sharpe deveria montar guarda no dia seguinte. A torre da igreja estava em silhueta contra o brilho vermelho, os sinos com contrapesos enormes refletindo as fogueiras distantes. E não havia nenhuma escada ali! De manhã houvera, ele sabia. Tentou ter certeza e se lembrou de ter aberto a cortina, dado as costas para a nudez de Teresa e visto os sinos com a escada de metal encostada na torre. Então ele se virara de volta, mas tinha certeza de que a escada estava lá.

Então por que tirar a escada? Olhou à esquerda e à direita, para as sentinelas nas varandas. Claro! Knowles, com seu senso de decência, não pusera nenhuma sentinela nessa varanda. Pusera homens em todas as varandas da rua, menos nessa, para que nenhum membro da companhia fosse obrigado a ouvir os feitos extraconjugais do capitão Sharpe. E El Católico não era idiota. Sharpe podia apostar cem contra um que a varanda sem guarda seria a atacada, e a escada atravessaria do teto da igreja, com sua plataforma inconveniente, até o outro lado da rua, e enquanto mosquetes disparados da igreja cuidassem das sentinelas, El Católico e seus melhores homens cruzariam os degraus de ferro, passariam pelas cortinas e a vingança seria doce.

Parou ali, achando que era fantástico, mas por que não? Na hora da noite morta, três ou quatro da madrugada, quando as sentinelas estivessem lutando para permanecer acordadas. E, de qualquer modo, só havia um modo de descobrir. Passou a perna por cima da varanda, sinalizou para a sentinela na outra balaustrada ficar em silêncio e pulou na rua.

O grupo na salinha ficaria imaginando onde ele estava, mas a coisa não precisaria demorar muito. O homem prevenido vale por dois, e Sharpe se esgueirou em silêncio, com os pés descalços, para o beco que se dobrava atrás da igreja. Estava fora das vistas das sentinelas, perto da parede da igreja, e segurava a espada enorme à frente do corpo, a lâmina com um tom opaco na escuridão. Tentou escutar algum barulho. Nada, a não ser o cão distante, o som do vento. Sentiu a empolgação, a iminência do perigo, mas ainda não havia som nem movimento, e ele espiou pela borda da igreja, inocente ao luar. Havia uma pequena porta na parede, trancada e com tábuas pregadas, e ao lado a alvenaria era áspera e fora reparada de modo grosseiro. Ocorreu-lhe que talvez sua ideia fosse fantástica demais, que tudo o que El Católico precisaria era jorrar fogo de mosquete do teto da igreja para o quarto não vigiado, que a escada meramente fora retirada para ajudar os guerrilheiros a subir do beco; mas sabia que não ficaria satisfeito enquanto não tivesse visto por cima da borda do telhado, por isso levou a espada enorme às costas, enfiou-a no cinto com o punho por cima do ombro e estendeu a mão direita procurando um ponto de apoio nos blocos de alvenaria.

Movia-se numa lentidão infinita, subindo silencioso como um lagarto, tateando com os dedos dos pés em busca de cada apoio e estendendo a mão direita em busca das reentrâncias convenientes entre as pedras. Seu ombro esquerdo doía, fazia-o se encolher de dor, mas ele continuava subindo porque podia ver o topo, que não estava longe, e não conseguiria descansar enquanto seu assunto particular não estivesse resolvido. Harper se incomodaria por não ter sido convidado, mas esse era um negócio de Sharpe. Teresa era sua mulher, e ele sabia, ao subir lentamente, que sentiria uma falta terrível dela. Os pontos de apoio para a mão se acabaram quando ele se aproximou do topo. Uma cornija seguia ao redor do telhado, com 30 centímetros de largura e face lisa, e Sharpe não conseguia chegar ao topo. Precisava de mais um ponto de apoio, e o viu, à esquerda, onde um suporte de metal se projetava diagonalmente para baixo sustentando um lampião acima da porta. Estendeu a mão para ele, encontrou o metal meio enferrujado, puxou e ele ficou firme. Transferiu o peso, ergueu o pé direito, pôde sentir o fardo do corpo ser transferido para o ombro esquerdo com uma dor lancinante, e então o suporte se moveu. Foi um movimento minúsculo, um raspar de metal em pedra, porém isso o desequilibrou. Seu braço esquerdo salvou-o, e foi como se alguém tivesse mergulhado um gancho de açougue na axila e estivesse rasgando e torcendo. Soluçou de agonia, com sangue novo brotando do ferimento aberto e encharcando o peito. Apertou com força os olhos e os dentes, ofegou de dor e, esquecendo a cautela, jogou o braço direito para cima, encontrou o topo da cornija e lentamente, com alívio intenso, tirou o peso do braço esquerdo.

Imobilizou-se, esperando um golpe na mão direita exposta, mas nada se mexeu. Talvez o telhado estivesse deserto. Empurrou com o pé direito, içou-se com a mão e devagar, centímetro a centímetro, seus olhos passaram por cima da parede de pedras; e ali, de súbito, estava o céu. Foi obrigado a usar o braço esquerdo, por cima do topo, suportou a dor enquanto a mão direita encontrava um apoio seguro, e pôde se alçar até o topo plano da cornija e ver o que temera ver: um telhado vazio. Só que uma coisa estava errada: havia um cheiro de tabaco onde não deveria existir.

Tirou a espada das costas e se agachou dentro da cornija, o braço esquerdo perto das telhas curvas que se erguiam acima dele bloqueando sua visão da casa onde Harper e Lossow agora estariam à sua procura. Atrás dele o telhado estava deserto, profundamente sombreado ao luar, mas na frente podia ver a torre do sino, a escada deitada e o espaço plano onde ficava o alçapão. Só podia enxergar parte do espaço, uma parte pequena, e sentia cheiro de fumaça de tabaco que não vinha de suas sentinelas; o vento chegava do sul, e Sharpe sentiu uma confirmação feroz das suspeitas enquanto se esgueirava para a frente, cada passo mostrando uma parte maior do teto plano que ficava enfiado num canto do telhado da igreja em forma de cruz.

Estava vazio, zombando dele, pedras brancas ao luar, e a escada presumivelmente fora posta ali para algum conserto e mais tarde seria levada para baixo, mas era um mistério imaginar quem consertaria alguma coisa logo antes que os franceses começassem o bombardeio. Andou até aquele espaço, uma grande área quadrada, e continuava escondido da casa pelo volume do telhado do transepto. Agora podia escutar vozes do outro lado da rua, chamando-o. Podia ouvir Harper, alarmado, Lossow gritando para as sentinelas, e já ia gritar de volta quando escutou o estalo e pulou de lado.

O alçapão se abriu, a princípio uns 2 ou 3 centímetros, lançando para cima uma nuvem de fumaça de charuto. Em seguida foi empurrado para trás até ser seguro por uma corrente, e apareceu um homem com capa escura, que subiu ao telhado e não viu Sharpe na sombra perto da torre porque não esperava ver nada. O homem, com bigode grande, atravessou até o teto do transepto, inclinou-se para além dele até ver a rua, depois chamou para trás, baixo, em espanhol. Os guerrilheiros deviam ter escutado a agitação, pensou Sharpe, e mandado uma sentinela verificar. O homem soltou uma baforada do charuto, ouviu os gritos e se agachou para apagá-lo. Mais ninguém havia aparecido; o interior da igreja estava na escuridão; Sharpe mal respirava, escorado contra as pedras.

Um sussurro ansioso veio da escada embaixo do alçapão. O homem com o charuto assentiu.

— *Sí, sí.* — Ele parecia cansado, bocejou e voltou à escada. A princípio não teve certeza do que via, só uma sombra, e espiou a forma.

A forma se moveu, transformou-se num homem com uma espada, e a sentinela cansada saltou para trás e abriu a boca, mas Sharpe impelia a lâmina à frente, mirando a garganta, e errou. Ela raspou numa costela, escorregou e depois se cravou, mas o homem tinha gritado, e logo o som de pés surgiu na escada. A porcaria da espada estava presa. Sharpe deixou a arma descer junto com a vítima, pôs o pé no peito do sujeito, virou-se e sentiu a sucção ceder e a lâmina se soltar. Havia um segundo homem na metade do alçapão, segurando uma pistola. Sharpe se abaixou e o tiro acertou as telhas. Sharpe gritou um desafio inarticulado, baixou a lâmina contra o sujeito e ouviu-o cair da escada. Agarrou o alçapão e já ia fechá-lo.

— Não! — A voz vinha de baixo; a igreja se iluminou subitamente. — Espere! — Era a voz de El Católico, profunda e sedosa. — Quem é?

— Sharpe. — Ele estava parado atrás do alçapão, invisível de baixo, impossível de ser atacado.

El Católico deu um risinho.

— Posso subir?

— Por quê?

— Você não pode descer. Nós somos muitos. Por isso tenho de subir. Você deixa?

Houve gritos do outro lado da rua.

— Capitão! Capitão!

Ele os ignorou.

— Só você?

— Só eu. — Ele soava divertido, tolerante.

Sharpe escutou os passos na escada, viu a luz chegando, e então uma mão colocou um lampião sem anteparo no teto, e ali estava a cabeça morena de El Católico, virando-se, sorrindo, e a outra mão ergueu sua rapieira, que ele jogou, retinindo, no lado mais distante do teto.

— Pronto. Agora você pode me matar. Mas não vai, porque é um homem de honra.

— Sou?

El Católico sorriu de novo, ainda na metade do alçapão.

— Kearsey não acha, mas Kearsey equipara honra a Deus. Você não. Posso subir? Estou sozinho.

Sharpe assentiu. Esperou até que o espanhol estivesse no teto e depois fechou o alçapão com um chute. Era pesado, suficientemente grosso para parar um projétil, mas por mais segurança ainda Sharpe colocou a escada de ferro em cima.

El Católico ficou olhando.

BERNARD CORNWELL

— Você está nervoso. Eles não vão subir. — E dirigiu um olhar amigável para Sharpe. — Por que está aqui?

— A escada havia sumido.

O espanhol alto pareceu perplexo. As mãos se separaram num gesto inseguro.

— Sumido?

Sharpe chutou-a.

— De manhã ela estava encostada na lateral da torre. Nesta tarde havia sumido.

— Ah! — Ele riu. — Nós a usamos para subir pela parede da igreja. — Olhou o uniforme desalinhado de Sharpe. — Vejo que você usou outros métodos. — Num dos seus gestos graciosos, abriu a capa. — Está vendo? Nenhuma pistola. Só tenho a espada. — Não fez tentativa de pegá-la.

Acima do telhado da igreja Sharpe pôde ver o clarão súbito de tochas. Grupos de busca estavam começando a sair. A palma da mão que segurava a espada suava, mas ele não daria ao espanhol a satisfação de vê-lo enxugá-la.

— Por que está aqui?

— Para rezar com você. — El Católico gargalhou e balançou a cabeça para a rua. — Eles estão fazendo tanto barulho que não irão nos ouvir. Não, capitão, estou aqui para matá-lo.

Sharpe sorriu.

— Por quê? Você tem o ouro.

El Católico assentiu.

— Não confio em você, Sharpe, e enquanto estiver vivo não creio que será fácil pegar o ouro, ainda que o brigadeiro Cox represente um problema para você.

Sharpe reconheceu isso com um novimento de cabeça, e El Católico olhou-o com astúcia.

— Como iria resolver isso?

— Do mesmo modo como pretendo resolver amanhã. — Sharpe desejou estar tão confiante quanto aparentava. Tinha visto El Católico em ação, medido espadas com ele, e estava pensando desesperadamente em como poderia vencer a luta que logo deveria começar.

O alto espanhol sorriu, fez um gesto para sua rapieira.

— Importa-se? Você pode me matar, claro, antes que eu a alcance, mas não creio que o fará. — Enquanto falava ele foi se movendo, e então parou, pegou-a e girou. — Eu estava certo. Vê? Você é um homem de honra!

Sharpe podia sentir sangue novo molhando o peito e descansou a espada enquanto o espanhol, com uma facilidade estudada, baixava a capa e flexionava a lâmina. El Católico segurou a ponta da rapieira na mão esquerda e dobrou-a quase ao meio.

— Uma lâmina excelente, capitão. De Toledo. Mas afinal de contas, tinha esquecido, nós já nos experimentamos mutuamente. — Moveu-se na pose agachada de esgrimista, perna direita dobrada, perna esquerda estendida atrás. — *En garde*!

A rapieira saltou na direção de Sharpe, mas o fuzileiro não se mexeu. El Católico se empertigou.

— Capitão, não quer lutar? Garanto que é uma morte melhor do que a que eu havia planejado.

— E qual era? — Sharpe pensou na escada, na corrida súbita no escuro.

O espanhol sorriu.

— Uma distração na rua lá embaixo, um incêndio, muitos gritos, e você teria de sair à sua varanda. O capitão sempre a postos, preparado para a batalha, e então uma saraivada de tiros iria acabar com você para sempre.

Sharpe sorriu. Era muito mais simples do que suas imaginações extraordinárias, e teria dado certo.

— E a garota?

— Teresa? — A pose de El Católico se desmontou um pouco. Ele deu de ombros. — O que ela poderia ter feito, com você morto? Seria obrigada a voltar.

— Você gostaria disso.

O espanhol deu de ombros.

— *En garde*, capitão.

Sharpe tinha muito pouco tempo. Precisava desfazer a postura elegante do espanhol. El Católico sabia que venceria, podia se dar ao luxo de ser magnânimo, estava antecipando a demonstração inevitável de sua capacidade superior como esgrimista. Sharpe continuou mantendo sua espada abaixada e a rapieira baixou.

— Capitão! Está com medo? — El Católico sorriu gentilmente. — Teme que eu seja o homem melhor.

— Teresa diz que não.

Isso não foi muito, mas bastou. Sharpe viu a fúria no rosto de El Católico, a súbita perda de controle, e levantou a lâmina enorme, avançou com ela e soube que El Católico não iria aparar o golpe, e sim simplesmente matá-lo pelo insulto. A rapieira saltou, rápida como um raio, mas Sharpe virou o corpo, viu a lâmina passar e mandou o cotovelo com força contra as costelas de El Católico, virou-se de volta e acertou o punho da espada com guarda de latão na cabeça do espanhol. El Católico era rápido. Retorceu-se para longe, o golpe resvalou no crânio, mas Sharpe escutou o grunhido enquanto o acompanhava com um giro matador, um golpe que teria estripado um boi, e o espanhol saltou para trás, e de novo. Sharpe fracassara, e soube, com instinto de guerreiro, que El Católico tinha se recuperado, sobrevivido ao ataque devastador, e agora voltaria à sua habilidade.

De baixo veio o som de batidas fortes, o estrondo de um mosquete, e El Católico sorriu.

— Hora de morrer, Sharpe. *Requiem æternam dona eis, Domine.* — E avançou como mercúrio, passou pela defesa desajeitada de Sharpe e a lâmina tirou sangue da cintura do fuzileiro. — *Et lux perpetua luceat eis.* — A voz era como seda, bela e hipnótica, e a lâmina foi para o outro lado da cintura de Sharpe, cortando sua pele como navalha.

Sharpe sabia que o outro estava brincando com ele, que era apenas um joguete, enquanto a oração durasse, e não podia fazer nada. Lembrou-se das técnicas de Helmut e foi atrás dos olhos de El Católico, acertando o ar vazio, e o espanhol riu.

— Vá devagar, Sharpe! *Te decet hymnus, Deus, in Sion.*

Sharpe estocava desesperadamente na direção dos olhos; Helmut fizera com que isso parecesse fácil, mas El Católico apenas oscilava, e a rapieira vinha baixa contra o fuzileiro, mirando a coxa para outro ferimento em sua carne, e Sharpe teve uma ideia desesperada, insana. Deixou a rapieira vir, projetou a coxa direita para a frente, e cravou a lâmina dolorosamente na carne de modo que El Católico não pudesse usá-la. O espanhol tentou arrancar a rapieira; Sharpe sentiu a carne se rasgando, mas tinha a iniciativa, ainda estava se impelindo adiante, e acertou o espanhol com a guarda pesada da espada, rasgando-lhe o rosto. El Católico abandonou a rapieira e foi para trás. Sharpe seguiu-o, a rapieira atravessada na coxa, e El Católico tentou agarrá-la, errou, e Sharpe baixou sua lâmina, acertando o antebraço de El Católico; o espanhol gritou, e Sharpe girou-o usando a parte chata da espada, ouviu-se um estalo como de uma foice no crânio, e o guerrilheiro caiu.

Sharpe parou. Havia gritos abaixo.

— Capitão!

— Aqui em cima! No teto da igreja!

Podia ouvir passos embaixo, ressoando no beco, e suspeitou que os guerrilheiros estivessem abandonando o conflito desigual. Parou e segurou a rapieira de El Católico. O ferimento doía, mas Sharpe sabia que tivera sorte; a lâmina passara pelos músculos externos, e o sangue e a dor eram piores do que o dano causado. Puxou a espada, trincando os dentes, e ela se soltou. Segurou-a, sentiu seu ótimo equilíbrio, e entendeu que jamais poderia tê-lo derrotado a não ser pela loucura de mandar seu corpo contra a lâmina incrustada e negar a El Católico o uso de sua habilidade.

O espanhol gemeu, ainda inconsciente, e Sharpe foi até ele, sangrando e mancando, e fitou seu inimigo. Os olhos dele estavam fechados, as pálpebras tremendo ligeiramente. Sharpe pegou sua própria espada e apontou para a garganta de El Católico.

— Lâmina de açougueiro, hein? — Forçou a espada até que a ponta encostou no topo do crânio, torceu-a, depois apoiou o pé sobre o pescoço para liberar a espada. — Isso foi por Claud Hardy. — Não haveria feudo nas montanhas nem reino particular para El Católico.

Soaram batidas no alçapão.

— Quem é?

BERNARD CORNWELL

— O sargento Harper!

— Espere!

Ele empurrou a escada de lado, o alçapão foi erguido e Harper apareceu com uma tocha fumegante na mão. O irlandês olhou primeiro para Sharpe, depois para o corpo.

— Deus salve a Irlanda. O que estava fazendo, senhor? Uma competição para ver quem sangrava mais?

— Ele queria me matar.

As sobrancelhas subiram.

— Verdade? — Harper olhou para o morto. — Ele era um ótimo espadachim, senhor. Como conseguiu?

Sharpe contou. Como tentara acertar os olhos, falhara, por isso se empalou com a espada. Harper ouviu e balançou a cabeça.

— O senhor é um tremendo idiota. Vejamos essa perna.

Teresa subiu, seguida por Lossow e Knowles, a história precisou ser contada de novo e Sharpe sentiu a tensão se esvair. Viu Teresa se ajoelhar perto do corpo.

— Isso perturba você?

Ela fez que não, ocupada com alguma coisa, e Sharpe viu-a procurar embaixo das roupas manchadas de sangue e encontrar, em volta da cintura do morto, um cinto de dinheiro grosso com moedas. Teresa abriu um dos bolsos.

— Ouro.

— Fique com ele.

Sharpe tateava a perna, acompanhando o ferimento, e soube que tivera sorte e que a lâmina havia rasgado um ferimento menor do que sua estupidez merecia. Olhou para Harper.

— Vou precisar das larvas.

Harper riu. Ele guardava numa lata larvas gordas e brancas que só viviam de carne morta, poupando os tecidos saudáveis, e nada limpava melhor um ferimento simples do que um punhado delas colocado no corte e coberto com uma bandagem. O irlandês pegou a faixa de Sharpe como curativo temporário e amarrou-a bem apertada.

— Vai ficar bom, senhor.

Lossow olhou o corpo.

— E agora?

— Agora? — Sharpe queria um copo de vinho e outro prato daquele cozido. — Nada. Eles têm outro líder. Ainda precisamos entregar o ouro.

Teresa falou em espanhol, com raiva e veemência, e Sharpe sorriu.

— O que foi isso, senhor? — Knowles estava pasmo com o sangue no teto da igreja.

— Acho que ela não gosta dos novos líderes. — Sharpe flexionou o braço direito. — Se os tenentes de El Católico não conseguirem o ouro, talvez não sejam líderes por muito mais tempo. Certo?

Ela assentiu.

— Então quem será? — Knowles sentou-se no parapeito.

— La Aguja. — Sharpe tinha dificuldade para pronunciar o "j" espanhol.

Teresa gargalhou, satisfeita, e Harper ergueu os olhos em meio à sua excursão pelos bolsos de El Católico.

— La o quê?

— La Aguja. A Agulha. Teresa. Nós temos um trato.

Knowles pareceu atônito.

— Teresa? A Srta. Moreno?

— Por que não? Ela luta melhor do que a maioria deles. — Sharpe inventara o nome, viu que a agradara. — Mas para isso acontecer devemos manter o ouro longe dos espanhóis, sair da cidade e terminar esse serviço.

Lossow suspirou e enfiou o sabre não utilizado de volta na bainha curva.

— O que nos traz de volta à velha questão, amigo. Como?

Sharpe temera tremendamente esse momento, queria levá-los suavemente na direção, mas ele viera.

— O que está nos impedindo?

Lossow deu de ombros.

— Cox.

Sharpe assentiu. Falou com paciência:

— E Cox tem sua autoridade como comandante da guarnição. Se não houvesse guarnição, não haveria autoridade, não haveria como nos impedir.

— E? — Knowles franziu a testa.

— Assim, amanhã de manhã destruiremos a guarnição.

Houve um momento de silêncio absoluto, rompido por Knowles:

— Não podemos!

Teresa riu de pura alegria.

— Podemos!

— Deus no céu! — O rosto de Lossow estava aparvalhado, fascinado.

Harper não pareceu surpreso.

— Como?

Então, Sharpe contou a eles.

CAPÍTULO XXIII

Almeida acordou cedo naquela manhã de segunda-feira; bem antes das primeiras luzes os homens faziam barulho com as botas nas ruas calçadas de pedras e conversavam as amenidades que são o talismã contra os grandes acontecimentos. A guerra, afinal de contas, chegara à cidade de fronteira, e entre a esplanada externa dos defensores e os canhões cobertos dos franceses, as esperanças e os temores da Europa estavam concentrados. Em cidades distantes homens olhavam mapas. Se Almeida conseguisse se sustentar, talvez Portugal pudesse ser salvo, mas eles sabiam que não. Oito semanas no máximo, diziam, e provavelmente apenas seis, e então as tropas de Masséna teriam Lisboa à mercê. Os britânicos tinham tido sua chance e agora ela acabara, eram os últimos obstáculos a serem afastados, mas em São Petersburgo e Viena, em Estocolmo e Berlim, homens deixavam os mapas se enrolar e imaginavam para onde as vitoriosas tropas com casacas azuis seriam mandadas em seguida. Uma pena o que acontecera com os britânicos, mas o que se poderia esperar?

Cox se achava nas fortificações ao sul, parado junto a um braseiro, aguardando as primeiras luzes que lhe mostrassem as novas baterias francesas. Na véspera, os franceses dispararam alguns tiros, destruindo o telégrafo, mas hoje, Cox sabia, as coisas começariam de verdade. Esperava uma grande defesa, uma luta que entraria nos livros de história, que bloquearia os franceses até que as chuvas do fim de outono pudessem salvar Portugal; mas também imaginava os canhões de cerco, os caminhos abertos nas grandes muralhas, e em seguida os gritos, os batalhões com pontas de aço que avançariam à noite para afogar suas esperanças em caos e derrota. Cox e os franceses sabiam que a cidade era o último obstáculo para a vitória francesa, e, por mais que ele tivesse esperanças, em seu coração não acreditava que a cidade pudesse se sustentar até que as estradas virassem pântanos e os rios ficassem impossíveis de atravessar devido à chuva.

Muito acima de Cox, perto do castelo e da catedral que ficavam no topo do morro de Almeida, Sharpe empurrou a porta da padaria. Os fornos eram formas curvas no negrume, frios ao toque, e Teresa estremeceu ao seu lado apesar de estar envolta no sobretudo longo e verde do fuzileiro. Ele sentia dores. A perna, o ombro, os cortes dos dois lados da cintura e a cabeça que latejava depois de ter falado até de madrugada.

Knowles implorara.

— Deve haver outro modo!

— Diga.

Agora, no silêncio frio, Sharpe continuava tentando encontrar outro modo. Falar com Cox? Ou Kearsey? Mas apenas ele sabia com que desespero Wellington precisava do ouro. Para Cox e Kearsey era inimaginável que algumas poucas moedas de ouro pudessem salvar Portugal, e Sharpe não podia lhes dizer como, porque não lhe fora revelado. Amaldiçoou o segredo. Ele significaria a morte de centenas de pessoas; mas se o ouro não passasse, isso significaria uma guerra perdida.

Teresa teria ido embora, de qualquer modo. Dentro de poucas horas eles se separariam, ele indo para o exército, ela de volta para os morros e sua própria luta. Abraçou-a com força, sentindo o cheiro de seu cabelo, querendo estar com ela, mas então os dois se separaram quando passos soaram do lado de fora e Patrick Harper empurrou a porta e olhou para a escuridão.

— Senhor?

— Estamos aqui. Você pegou?

— Sem problema. — Harper parecia bastante feliz. Fez um gesto para além de Helmut. — Um barril de pólvora, senhor, com os cumprimentos de Tom Garrard.

— Ele perguntou para que era?

Harper balançou a cabeça.

— Disse que, se era para o senhor, estava tudo bem. — Harper ajudou o alemão a trazer o grande barrilete pela porta. — É pesado feito o capeta, senhor.

— Vocês vão precisar de ajuda?

Harper se empertigou com uma expressão de zombaria.

— Um oficial carregando um barril, senhor? Isso aqui é o exército! Não. Nós trouxemos até aqui; faremos o resto.

— Sabem o que fazer?

A pergunta era desnecessária. Sharpe olhou pela janela suja, para o outro lado da praça, e à luz fraca viu que a porta da catedral continuava fechada. Talvez a pilha de cartuchos tivesse sido retirada. Será que Wellington mandara um mensageiro num cavalo rápido com ordens para Cox, na possibilidade remota de Sharpe estar em Almeida? Forçou a mente para longe das perguntas incômodas.

— Vamos em frente com isso.

Helmut pegou emprestada a baioneta de Harper e bateu com ela no centro do barril, fazendo um buraco e alargando-o até estar da grossura de um cano de mosquete. Grunhiu de satisfação. Harper assentiu para Sharpe.

— Estamos indo. — Ele parecia casual.

Sharpe se obrigou a rir.

— Vão devagar.

Sharpe queria dizer ao sargento que ele não precisava fazer aquilo, que o trabalho sujo era dele, não de Harper, mas sabia o que o irlandês diria. Em vez disso olhou os dois homens, um alto e o outro baixo, pegarem o barril pelas extremidades, sacudirem-no até que a pólvora estivesse escorrendo pelo buraco, e então começarem num progresso desajeitado passando pela porta e atravessando a praça. Eles se mantinham perto da sarjeta, Helmut acima e Harper embaixo, o que tornava a tarefa mais fácil. E Sharpe, através da janela, via a pólvora escorrer para a sombra da vala de pedra e ir, inexoravelmente, na direção da catedral. Não podia acreditar no que estava fazendo, impelido pelo "deve" do general, e as questões voltavam. Será que Cox poderia ser persuadido? Talvez, pior ainda, tivesse chegado ouro de Londres e tudo isso fosse por nada. E então, num momento capaz de fazer o coração parar, a porta da catedral se abriu e duas sentinelas saíram, ajeitando as barretinas, e Sharpe soube que elas veriam o que se passava. Apertou os punhos com força, e Teresa, ao seu lado junto ao vidro sujo, movia os lábios no que parecia uma oração silenciosa e inadequada.

— Sharpe!

Ele se virou, espantado, e viu Lossow.

— Você me deu um susto.

— É a consciência culpada. — O alemão parou à soleira e indicou morro abaixo, para longe da catedral. — Estamos com a casa aberta. A porta do porão.

— Vejo vocês lá.

Sharpe planejava acender o pavio e depois correr de volta para a casa que haviam escolhido, uma casa com um porão fundo que dava para a rua. Lossow não se mexeu. Olhou para os dois sargentos, ainda ignorados pelas sentinelas.

— Não acredito nisso, amigo. Espero que você esteja certo.

Eu também, pensou Sharpe, eu também. Era loucura, pura loucura. Envolveu a jovem com o braço, fitando os dois sargentos passarem entre os frades de pedra que impediam o tráfego e as barracas da feira que atulhavam a área da catedral. As sentinelas observavam os sargentos, não vendo nada de incomum em dois homens carregando um barril, nem mesmo se mexendo quando eles o puseram no chão, sobre uma das extremidades, perto da porta menor.

— Meu Deus. — Lossow murmurou as palavras, olhando com eles, enquanto Helmut se agachava perto do barril e começava a soltar uma tábua do mesmo de modo que o pavio chegasse ao resto de pólvora que estava dentro.

Harper caminhou os 20 metros até as sentinelas, conversou com elas, e Sharpe pensou que os dois homens iriam morrer. As sentinelas certamente veriam o alemão lascando a madeira! Mas não, elas riram com Harper, e de repente Helmut andava de volta, bocejando, e o irlandês acenou para as sentinelas e foi atrás dele.

Sharpe pegou o isqueiro de pederneira, o charuto, e com mãos trêmulas bateu a pederneira no aço e soprou o pano chamuscado da caixa para fazer uma chama. Acendeu o charuto, soltou uma baforada, odiou o gosto até que a ponta ficou vermelha.

Lossow o olhava.

— Tem certeza?

Um dar de ombros.

— Tenho.

Os dois sargentos apareceram à porta, e Lossow falou em alemão com Helmut, depois se virou para Sharpe.

— Boa sorte, amigo. Vejo você num minuto.

Sharpe assentiu, os dois alemães saíram, e ele deu outro trago no charuto. Olhou para o irlandês junto à porta.

— Leve Teresa.

— Não. — Harper era teimoso. — Eu fico com o senhor.

— E eu também. — Teresa sorriu para ele.

A garota segurou seu braço enquanto ele ia para a rua. O céu era de um cinza perolado por cima da catedral, com um fiapo de nuvem que logo ficaria branco. O dia prometia ser lindo. Sharpe deu outra tragada no charuto, e por sua mente passaram imagens emboladas dos homens que haviam construído a catedral, esculpido os santos que guardavam suas portas, tinham se ajoelhado nas pedras largas, casado-se, visto os filhos serem batizados na pia de granito e foram carregados na última visita pela chancela cheia de colunas. Pensou na voz seca dizendo "deve", no padre pintando de branco a parede atrás da cruz, no batalhão com suas esposas e seus filhos, nos corpos no porão, e se inclinou e encostou a ponta do charuto na pólvora, que soltou fagulhas e chiou, com a chama iniciando a jornada.

O primeiro obus francês, disparado de um morteiro pequeno e feio num buraco fundo, explodiu na praça e as chamas saltaram pela fumaça enquanto o invólucro estourava e transformava-se em incontáveis fragmentos que se espalharam como agulhas. Antes que Sharpe pudesse se mexer, antes que a primeira explosão houvesse terminado, o segundo obus do morteiro caiu, ricocheteou, rolou para a trilha de pólvora a apenas alguns metros da catedral, acertou um frade de pedra e as sentinelas mergulharam em busca de abrigo quando o projétil explodiu em chamas, e Sharpe soube que não haveria tempo de chegar ao porão. Puxou Teresa e Harper.

— Para os fornos!

Correram, passaram pela porta e por cima do balcão. Ele pegou a garota e enfiou-a de cabeça na grande caverna de tijolos do forno de pão. Harper estava entrando no segundo e Sharpe esperou até que Teresa estivesse no fundo, e então ouviu a explosão. Foi bastante pequena, quase inaudível acima do estrondo dos obuses franceses e do som distante das baterias portuguesas respondendo. Soube, enquanto entrava atrás da garota, que o barril havia explodido, ficou pensando se a porta da catedral suportara a explosão ou se os cartuchos teriam sido retirados, e então houve uma segunda explosão, mais alta e mais agourenta, e Teresa segurou sua coxa ferida. A segunda explosão pareceu continuar, como a descarga abafada de uma batalha em meio à névoa profunda, e ele deduziu que os cartuchos, em suas pilhas atrás da porta, estavam provocando os disparos uns dos outros numa cadeia de explosões impossível de ser contida.

Imaginou, enrolado como um feto no forno, o que estaria acontecendo na catedral. Viu com os olhos da mente as chamas horrendas, fachos de luz jorrando, e então houve uma explosão maior. A cadeia de fogo chegara à pólvora empilhada no topo da escada, e agora tudo estava acabado. Nada poderia impedir. Os guardas na catedral estavam mortos; a grande cruz olhava para baixo em seus últimos segundos; logo a presença eterna seria apagada.

Outro obus francês explodiu, os fragmentos se chocando contra as paredes da padaria, e foi abafado por um rugido esmagador, crescente e aterrorizante, e na primeira cripta, caixote após caixote, cartucho por cartucho, a munição de Almeida explodia. As chamas chegavam à cortina enfraquecida; os homens na cripta profunda estariam de joelhos, ou em pânico, com a pólvora para os grandes canhões ao redor.

Sharpe pensara que o som só poderia crescer até se tornar o último som da terra, mas ele pareceu morrer num silêncio que era meramente o estalar de chamas, e o capitão, sabendo que era bobagem, desenrolou a cabeça e olhou pela abertura entre o forno e sua porta de ferro, e não pôde acreditar que a cortina de couro tivesse aguentado. E então o morro se mexeu. O ruído veio, não pelo ar, mas pelo próprio chão, como o gemido da rocha, e toda a catedral se transformou em poeira, fumaça e chamas cor de sangue que rasgaram o negrume absoluto.

Os artilheiros franceses, parando com projéteis nas mãos, pularam para o topo dos buracos, olharam para além das fortificações cinza e baixas e fizeram o sinal da cruz. O centro da cidade sumira, transformado numa chama gigantesca que rolava para cima, cada vez mais alta, e se tornou uma borbulhante nuvem de escuridão. Homens podiam ver coisas nas chamas: grandes pedras, pedaços de madeira, carregados para cima como se fossem penas, e então o choque acertou os artilheiros como um vento gigantesco, quente, que veio junto com o som. Era como se todos os trovões do mundo se derramassem numa única cidade por um momento para dar um vislumbre do fim do mundo.

A catedral desapareceu, transformada em chamas, e o castelo foi decepado do chão, as pedras tombando como coisas de brinquedo. Casas foram transformadas em lascas chamejantes; a explosão tomou o norte da cidade, destelhou metade da encosta sul, e a padaria desmoronou sobre os fornos. Sharpe, ensurdecido e ofegando, tossiu com a poeira densa e o ar aquecido; Teresa o agarrou, rezou pela própria alma, e o estrondo passou como o bafo do Apocalipse.

Nas muralhas, os portugueses morreram, com o vento a empurrá-los para fora. As grandes defesas, mais próximas da catedral, foram esmagadas, e os entulhos encheram os fossos de modo que uma enorme estrada plana foi martelada indo até o coração da fortaleza. E a pólvora continuava se incendiando. Novos rolos de chamas e fumaça se retorciam no terror acima de Almeida, um tremor depois do outro; um espasmo convulsivo do topo do morro, até que as explosões monstruosas morreram, deixando apenas fogo e escuridão, o fedor do inferno, um silêncio em que os homens ficavam ensurdecidos pela destruição.

Um artilheiro francês antigo no ofício, que um dia ensinara um jovem tenente corso a carregar um canhão, cuspiu na mão e encostou-a no cano quente que dispararia o último tiro. Os franceses estavam em silêncio, sem acreditar, e na área de matança diante deles pedras, telhas e carne queimada caíam como chuva do diabo.

A 40 quilômetros dali, em Celorico, o som foi ouvido. O general pousou o garfo, foi à janela e soube, com certeza terrível, o que era. Não havia ouro. E agora a fortaleza que poderia lhe ter garantido seis semanas de esperança frágil se fora. A fumaça veio mais tarde, uma enorme cortina cinza que manchou o céu a leste, transformou o sol da manhã em crepúsculo e pôs nos morros da fronteira uma borda carmim como um aviso dos exércitos que seguiriam aquela nuvem até o mar.

Almeida fora destruída.

CAPÍTULO XXIV

Kearsey estava morto; morrera num instante enquanto fazia suas orações na muralha da cidade, e quinhentos outros homens foram arrancados para a eternidade pelas chamas, mas Sharpe ainda não sabia disso. Sabia que estava morrendo, de sufocação e calor, fez força com as costas contra o interior liso e curvo do enorme forno e empurrou com as pernas o pedaço de madeira queimada que bloqueava a porta. Ela despencou e ele saiu com esforço, para dentro de um pesadelo, e se virou para puxar Teresa. Ela falou, mas Sharpe não pôde ouvir nada; balançou a cabeça, foi à outra abertura e empurrou um pouco de entulho, enquanto Harper se arrastava para fora, o rosto coberto de cinzas.

Os fornos haviam salvado a vida deles. Eram construídos como peque nas fortalezas, com paredes de mais de 1 metro de espessura e um teto curvo que fizera a explosão passar por cima, inofensiva. Nada mais resta ra. A catedral era um buraco em chamas, o castelo sumira, as casas eram apenas poeira e fogo, e abaixo na rua Sharpe teve de olhar por uma cente na de metros antes de ver uma casa que sobrevivera à explosão, e ela estava em chamas, as labaredas lambendo os cômodos que tinham sido abertos ao mundo, e o calor era cinza ao redor. Sharpe pegou o braço de Teresa.

Um homem apareceu cambaleando na rua, nu e sangrando, gritando por socorro, mas eles o ignoraram, correram para a porta do porão que fora coberta com pedras caídas e liberaram-na. Houve batidas e gritos em baixo, e Harper, ainda atordoado, puxou as pedras, e o alçapão foi empur-

O OURO DE SHARPE

rado. Lossow e Helmut saíram. Falaram com Sharpe, que não podia ouvir, e correram para sua casa, na base do morro, longe do terror, passando pelos soldados portugueses que olhavam, boquiabertos, o inferno que já fora uma catedral.

Sharpe entrou na cozinha, encontrou uma garrafa da cerveja dos alemães e arrancou a tampa; encostou-a nos lábios e deixou o líquido frio escorrer para o estômago. Bateu nos ouvidos, balançou a cabeça, e seus homens o observavam. Balançou a cabeça de novo, forçando o som a voltar, e sentiu lágrimas nos olhos. Desgraça, a decisão fora tomada. Parou de chacoalhar a cabeça, fitou o teto e pensou no general, no buraco em chamas, e se odiou.

— O senhor não teve opção. — Knowles falava com ele; a voz parecia distante, mas dava para ouvir.

Sharpe pareceu pesaroso.

— Sempre há uma opção.

— Mas a guerra, senhor. O senhor disse que ela precisava ser vencida.

Então comemore isso amanhã, pensou Sharpe, ou depois de amanhã, mas santo Deus, eu não sabia; e lembrou-se dos corpos atirados, despidos de qualquer dignidade, obliterados num instante, pendurados como fungos riscados sobre o entulho quente.

— Eu sei. — Virou-se para seus homens. — O que vocês estão olhando? Preparem-se para andar!

E odiou Wellington também, porque sabia por que o general o escolhera: porque queria um homem orgulhoso demais para rracassar, e soube que faria isso de novo pelo general. A implacabilidade era boa num soldado, num general ou num capitão, e os homens a admiravam, mas isso não era motivo para pensar que o homem implacável também não sentia a dor maldita. Sharpe se levantou e encarou Lossow.

— É melhor encontrarmos Cox.

A cidade estava atordoada, desprovida de sons a não ser o estalar das chamas e as tosses, ou o vômito de homens que encontravam os corpos dos colegas, queimados e encolhidos. O cheiro de carne assada pairava no ar, como o fedor dos corpos queimando depois de Talavera, mas aquilo, lembrou-se Sharpe, fora um equívoco, um acidente de vento e chamas, ao passo que este caos, este vislumbre da danação, fora causado por um barril de pólvora que Sharpe mandara ser furado e levado até a porta da catedral. Os corpos estavam nus, os uniformes, arrancados pela explosão, e pareciam ter se encolhido até virar pequenas paródias de seres humanos. Um batalhão morto, pensou Sharpe, morto pelo ouro; e imaginou se o próprio Wellington teria encostado o charuto na pólvora. Então afastou o pensamento enquanto Lossow ia na frente até uma fortificação em encosta onde Cox examinava os danos.

Estava tudo acabado — qualquer um podia ver isso, a cidade indefensável —, mas Cox ainda tinha esperança. Chorara pela morte e destruição, a foice que rasgara sua cidade e suas esperanças.

— Como?

Havia respostas oferecidas pelos oficiais do estado-maior que se encontravam com Cox, boas respostas, e eles falaram ao brigadeiro sobre os obuses franceses que tinham caído logo antes da explosão. Os oficiais olhavam por cima da muralha, para a enorme multidão de franceses que vieram espiar a brecha gigante nas defesas da cidade e a mortalha de fumaça, como quem estivesse olhando um rei que já fora orgulhoso em seu leito de morte.

— Um obus — disse um dos oficiais a Cox. — Deve ter incendiado a munição pequena.

— Ah, meu Deus. — Cox estava à beira das lágrimas. — Deveríamos ter um paiol.

Cox tentou firmar sua vontade de continuar lutando, mas todos sabiam que não havia como. Não restava munição, nada com que lutar, e os franceses entenderiam. Não existiriam situações desagradáveis; a rendição seria discutida de modo civilizado, e Cox procurou adiar isso, tentou encontrar esperança no ar cheio de fumaça, mas enfim concordou.

— Amanhã, senhores, amanhã. Vamos hastear a bandeira por mais uma noite. — Ele passou pelo grupo e viu Sharpe e Lossow esperando. — Sharpe. Lossow. Graças a Deus vocês estão vivos. Tantos se foram.

— Sim, senhor.

Cox mostrava dificuldade para conter as lágrimas.

— Tantos. — Sharpe se perguntou se Tom Garrard teria sobrevivido.

Cox notou o sangue no uniforme do fuzileiro.

— Você está ferido?

— Não, senhor. Estou bem. Permissão para ir embora, senhor?

Cox assentiu, uma reação automática. O ouro fora esquecido no horror da guerra perdida.

Sharpe puxou a manga de Lossow.

— Venha.

Na base da rampa, com uma expressão perplexa no rosto, Cesar Moreno os esperava. Ele levantou a mão para fazer Sharpe parar.

— Teresa?

Sharpe sorriu, o primeiro sorriso desde a explosão.

— Está em segurança. Vamos partir agora.

— E Joaquím?

— Joaquím? — Por um segundo Sharpe não teve certeza de sobre quem o pai de Teresa falava, depois se lembrou da luta em cima da igreja. — Está morto.

— E isso? — A mão de Cesar Moreno continuava segurando a manga de Sharpe, olhando a destruição ao redor.

— Foi um acidente.

Moreno o fitou e deu de ombros.

— Metade de nossos homens está morta.

Não havia nada que Sharpe pudesse dizer. Lossow interveio:

— E os cavalos?

Moreno tornou a dar de ombros.

— Não estavam na casa que caiu. Estão bem.

— Vamos usá-los! — O alemão foi adiante, e Moreno conteve Sharpe com a mão.

— Ela vai assumir o comando, acho.

O fuzileiro assentiu.

— Provavelmente. Ela sabe lutar.

Moreno deu um sorriso pesaroso.

— Ela sabe de que lado deve estar.

Sharpe olhou para a fumaça, para as chamas no topo do morro, sentiu o cheiro de queimado.

— Não sabemos todos? — Sacudiu-se para soltar-se e se virou de novo para o homem grisalho. — Voltarei para pegá-la, um dia.

— Eu sei.

Os franceses haviam saído das fileiras para olhar, boquiabertos, as ruínas enfumaçadas junto à muralha norte. Não havia nada para impedir a companhia de ir embora. Os homens pegaram o ouro e foram para o oeste, por baixo da fumaça, de volta ao exército. A guerra não estava perdida.

EPÍLOGO

O que aconteceu, Richard?
— Nada, senhor.
Hogan avançou seu cavalo até um trecho de capim suculento.
— Não acredito.
5. Sharpe se remexeu na sela; odiava cavalgar.
— Havia uma moça.
— Só isso?
— Só? Ela era especial.
A brisa do mar era fresca em seu rosto; a água rebrilhava com um mi-
10. lhão de clarões de luz, como um gigantesco exército de pontas de lança.
Indo para o norte em direção ao Canal, uma fragata apontava as velas cinza
na direção da terra e deixava uma esteira de branco pelo caminho.
Hogan olhou o navio.
— Despachos.
15. — Notícias da vitória? — O tom de Sharpe era irônico.
— Eles não vão acreditar. É uma vitória esquisita. — Hogan mirou o
horizonte distante, no mar, a quilômetros da colina onde estavam com os
cavalos.
— Vê aquela frota? É um comboio indo para casa.
20. Sharpe resmungou, sentindo a pontada no ombro que ia se curando.
— Mais dinheiro para a porcaria dos comerciantes. Por que eles não
podiam tê-lo mandado para cá?

Hogan sorriu.

— Nunca há o suficiente, Richard. Nunca.

— Agora é melhor que haja. Depois do que fizemos para trazê-lo para cá.

— O que vocês fizeram?

— Eu já disse: nada. — Ele olhou com desafio para o gentil major irlandês. — Fomos mandados para pegá-lo, pegamos, e trouxemos de volta.

— O general está satisfeito — disse Hogan, em tom neutro.

— É melhor que esteja satisfeito, mesmo! Pelo amor de Deus!

— Ele achou que você estava perdido. — O cavalo de Hogan se moveu de novo, pastando, e o major tirou o tricórnio e abanou o rosto. — Uma pena o que aconteceu com Almeida.

Sharpe fez uma careta.

— Uma pena o que aconteceu com Almeida.

Hogan suspirou com paciência.

— Pensamos que a coisa estava perdida. Ouvimos a explosão, claro, e não havia o ouro. Sem o ouro não existia chance.

— Havia uma pequena chance. — Sharpe quase cuspiu as palavras para ele, e Hogan deu de ombros.

— Não, não era uma chance que você desejaria, Richard.

Sharpe deixou a raiva arrefecer; pensou em Teresa, olhou a fragata balançar as velas e fazer a curva para a próxima bordada.

— O que preferiria ter, senhor? — Sua voz estava fria, muito distante. — O ouro ou Almeida?

Hogan puxou a cabeça do cavalo para cima.

— O ouro, Richard. Você sabe.

— Tem certeza?

Hogan assentiu.

— Toda a certeza. Milhares poderiam ter morrido sem o ouro.

— Mas não sabemos disso.

Hogan balançou o braço em direção à paisagem.

— Sabemos.

Era um milagre, talvez um dos maiores feitos da engenharia militar, e havia consumido o ouro. O ouro fora necessário, desesperadamente necessário, caso contrário a obra jamais seria terminada e os 10 mil trabalhadores, alguns dos quais Sharpe podia ver, poderiam guardar as pás e picaretas e simplesmente esperar pelos franceses. Sharpe avistou as raspadeiras gigantes, puxadas por fileiras de homens e bois, moldando os morros.

— Como vocês chamam isso?

— As linhas de Torres Vedras.

Três linhas barravam a península de Lisboa, três fortificações gigantescas feitas com os próprios morros, fortificações que faziam as obras de granito de Almeida parecerem anãs. A primeira linha, sobre a qual eles cavalgavam, tinha 42 quilômetros de comprimento, estendendo-se do Atlântico ao Tejo, e havia duas outras atrás. Os morros tinham sido tornados mais íngremes, coroados com baterias de canhões, e as terras baixas foram inundadas. Atrás das cristas dos morros, estradas rebaixadas permitiam que os 25 mil soldados da guarnição se movessem sem ser vistos pelos franceses, e os vales profundos que não podiam ser preenchidos eram bloqueados com milhares de árvores de espinheiros, de modo que do ar pareceria que uma criança gigante moldara a paisagem, como um menino brincando com um pequeno trecho de solo molhado perto de um riacho.

Sharpe mirou o leste, a linha interminável, e achou difícil acreditar. Tanto trabalho, tantas escarpas feitas a mão, coroadas com centenas de canhões engastados em fortalezas de pedra, com as troneiras viradas para o norte, para a planície onde Masséna seria contido.

Hogan cavalgou ao seu lado.

— Não podemos pará-lo até ele chegar aqui, Richard. E aqui ele fica.

— E estamos de volta lá. — Sharpe apontou para Lisboa, 50 quilômetros ao sul.

Hogan assentiu.

— É simples. Ele nunca romperá as linhas, jamais; elas são muito fortes. E ele não pode passar em volta; a marinha está lá. Portanto Masséna para aqui, e as chuvas começam, e em dois meses ele vai estar passando fome e nós saímos de novo para reconquistar Portugal.

— E entramos na Espanha?

— Entramos na Espanha. — Hogan suspirou e acenou de novo para a gigantesca cicatriz da fortaleza inacreditável. — E ficamos sem dinheiro. Tínhamos de conseguir o dinheiro.

— E conseguiram.

Hogan fez uma reverência a ele.

— Obrigado. Fale da moça.

Sharpe contou enquanto cavalgavam para Lisboa, atravessando a segunda e a terceira linhas que jamais seriam usadas. Lembrou-se da separação depois de terem deixado a fortaleza do rio, sem ser desafiados, e a Companhia Ligeira, desajeitadamente montando os cavalos espanhóis, seguiu bamboleando atrás dos alemães de Lossow. Uma patrulha francesa chegara perto deles, mas os alemães giraram para enfrentá-la, os sabres desembainhados num movimento sibilante, e os franceses se afastaram. Ao pararem junto ao Côa, Sharpe entregou a Teresa as mil moedas de ouro que prometera.

Ela sorriu para ele.

— Isso bastará.

— Bastará?

— Para as nossas necessidades. Continuaremos lutando.

O vento trouxe o fedor de incêndio e morte para os morros, e Sharpe olhou para ela, para a beleza morena parecida com um falcão.

— Você pode ficar conosco.

Teresa sorriu.

— Não. Mas você pode voltar. Um dia.

Ele indicou o fuzil pendurado no ombro dela.

— Dê a Ramon. Eu prometi.

Ela pareceu surpresa.

— É meu!

— Não. — Sharpe pegou seu próprio fuzil, verificou a placa da coronha, vendo que todo o equipamento de limpeza estava ali, e o entregou junto com sua bolsa de munição. — Este é seu. Com meu amor. Eu arranjo outro.

Ela tornou a sorrir e balançou a cabeça.

— Lamento muito.

— Eu também. Vamos nos encontrar de novo.

— Eu sei. — Teresa virou o cavalo e acenou.

— Mate um monte de franceses — gritou ele.

— Todos os que existem!

E ela se foi, galopando com o pai e seus homens, os homens dela, até os caminhos secretos que iriam levá-los para casa, para a guerra da faca e da emboscada, e Sharpe sentiu saudade.

Sorriu para Hogan.

— Ouviu falar de Hardy?

— É triste. Ele tinha um irmão. Sabia?

— Não.

Hogan assentiu.

— Um tenente da marinha, Giles Hardy, igualzinho ao irmão. Completamente doido.

— E Josefina?

Hogan sorriu, cheirou seu rapé, e Sharpe esperou o espirro. Hogan enxugou as lágrimas.

— Está aqui. Você quer vê-la?

— Quero.

Hogan deu uma gargalhada.

— Agora ela é bastante célebre. — Ele não explicou.

Cavalgaram nas sombras que iam se alongando pela estrada pavimentada até Lisboa. Estava atulhada de carroças levando pedras de construção e com os trabalhadores que faziam uma das maiores maravilhas do mundo militar, uma fortaleza que cobria 1.300 quilômetros quadrados, deteria os franceses no ano de 1810 e jamais seria usada de novo. Sharpe admirou a inteligência de Wellington, porque ninguém, absolutamente ninguém fora de Lisboa parecia saber que as linhas existiam, e os franceses, de rabo levantado, chegariam empolgados na estrada para o sul. E parariam.

O regimento South Essex, sem sua Companhia Ligeira, estava no norte, e logo, Sharpe sabia, eles deveriam marchar para se juntar a ele. Mais uma batalha, dissera Hogan, com sorte e vento a favor, e então o exército marcharia para o sul até a segurança das linhas; e o coronel Lawford o recebera de braços abertos e acenara com um despacho.

— Reforços, Richard! Estão a caminho! Você pode trazê-los de Lisboa! Oficiais, sargentos, 270 homens! Boas-novas!

Os navios ainda não haviam chegado, tendo partido de Plymouth na jornada que levaria sete dias ou sete semanas, e Sharpe estava contente em esperar. Deslizou de cima do cavalo, contente, e entregou as rédeas a Hogan.

— Vejo-o amanhã?

O major assentiu e rabiscou num pedaço de papel.

— É o endereço dela.

Sharpe sorriu, agradecendo. Virou-se, mas Hogan o chamou:

— Richard!

— Senhor?

— Nós precisávamos daquele ouro. Bom trabalho.

Dezesseis mil moedas, 250 roubadas por El Católico, mil para Teresa, 14 mil entregues ao general, e o resto estava sendo gasto pela Companhia Ligeira e pelos alemães como se o dinheiro fosse distribuído junto com as rações. Sharpe ordenara que eles se embebedassem e encontrassem suas mulheres. Se policiais militares perguntassem de onde o dinheiro viera, eram mandados a Sharpe, e por algum motivo eles não queriam discutir com o fuzileiro alto e cheio de cicatrizes que simplesmente lhes dizia que fora roubado. Havia até mesmo dinheiro em nome de Sharpe em Londres, guardado pelos agentes, os Srs. Hopkinson e Filho, da St. Alban Street, agentes de Knowles; e ao seguir em direção ao endereço que Hogan lhe dera, Sharpe se perguntou o que era, exatamente, um rendimento de 4 por cento. O escritório de Lisboa rira com educação quando ele dissera que o dinheiro fora roubado. Ele não lhes dera todas as moedas.

A casa parecia opulenta, e ele imaginou Hardy usando a grande porta da frente que foi aberta por Agostino, o empregado de Josefina, que agora usava uma peruca chique, empoada, e uma casaca que era toda botões e renda.

— Senhor?

Sharpe o empurrou para fora do caminho e entrou num saguão de mármore com palmeiras, tapetes e telas de treliça. Pensou em Teresa,

afastou a imagem porque a desejava, e soube o quanto ela teria desprezado o perfume que preenchia o corredor.

Entrou numa sala enorme que dava, através de uma arcada, num terraço alto acima do Tejo. Laranjeiras emolduravam a vista, com o cheiro se
misturando ao perfume.

— Josefina!

— Richard!

Ela estava na passagem em arco, com a luz da tarde ao redor do corpo,
de modo que ele só podia ver o rosto.

— O que está fazendo?

— Visitando você.

Ela avançou, mais rechonchuda do que ele recordava, e sorriu-lhe. Tocou
o rosto de Sharpe com um dedo, observou seu uniforme de cima a baixo e
fez uma careta de reprovação.

— Você não pode ficar.

— Por quê?

Josefina fez um gesto para fora.

— Ele chegou primeiro.

Sharpe olhou-a, lembrando-se dela de um modo diferente, e teria saído se Patrick Harper já não tivesse reivindicado a arrumadeira morena do
Hotel Americano. Em vez disso foi até o terraço, onde um lânguido tenente da cavalaria estava sentado com uma taça de vinho.

O tenente ergueu os olhos.

— Senhor.

— Quanto você pagou?

— Richard! — Josefina estava atrás dele, puxando-o.

Sharpe gargalhou.

— Tenente?

— Dane-se, senhor! — O tenente se levantou, com o vinho balançando
na taça.

— Quanto você pagou?

— Danem-se seus olhos, senhor! Vou denunciá-lo!

Agora Josefina estava gargalhando, divertindo-se. Sharpe sorriu.

— Pode fazer isso. Meu nome é Sharpe. Nesse meio-tempo, saia!

— Sharpe? — A expressão do tenente mudou completamente.

— Fora.

— Mas, senhor...

Sharpe desembainhou a espada, a grande espada de aço.

— Fora!

— Madame! — O tenente fez uma reverência para Josefina, pousou o vinho, olhou uma vez para Sharpe e saiu.

Ela bateu nele de leve.

— Você não deveria ter feito isso.

— Por que não? — Sharpe enfiou a espada de volta na bainha.

Ela fez beicinho.

— Ele era rico e generoso.

Ele riu, abriu sua nova bolsa de munição, cujo couro preto ainda estava rígido, e jogou as grossas moedas de ouro nos ladrilhos estampados.

— Richard! O que é isso?

— Ouro, sua idiota! — Por Sharpe, o comboio poderia demorar mais um mês. Jogou mais moedas, grossas como manteiga. — O ouro de Josefina, seu ouro, nosso ouro, meu ouro. — Ele riu de novo e puxou-a. — O ouro de Sharpe.

NOTA HISTÓRICA

A guarnição de Almeida rendeu-se depois da explosão em 27 de agosto de 1810. O fato aconteceu mais ou menos como é descrito em *O ouro de Sharpe*. O paiol na catedral explodiu e destruiu, além da própria catedral, o castelo, quinhentas casas e parte das fortificações. Estimou-se que mais de quinhentos soldados morreram. O brigadeiro Cox quis continuar a defesa, mas dobrou-se ao inevitável e se rendeu no dia seguinte.

Deve ter sido uma das maiores explosões do mundo pré-nuclear. (Certamente não foi a maior. Um ano antes, em 1809, Sir John Moore explodiu deliberadamente 4 mil barris de pólvora para que não caíssem nas mãos dos franceses em Corunna.) Um ano depois os franceses fizeram sua parte na destruição. Eles, por sua vez, foram sitiados em Almeida e abandonaram a defesa da cidade depois de explodir parte das muralhas; sua guarnição composta por 1.400 homens escapou com sucesso passando pela força de sítio inglesa, muito maior. Apesar dos infortúnios, as defesas da cidade ainda são impressionantes. A estrada principal não passa mais por Almeida; em vez disso, estende-se alguns quilômetros ao sul, mas a cidade fica a apenas meia hora de carro a partir do posto de fronteira em Vilar Formoso. As defesas espantosas estão consertadas e intactas, cercando o que agora é um povoado reduzido, e no topo do morro é fácil ver onde a explosão ocorreu. Nada foi reconstruído. Um cemitério marca o local da catedral; o fosso do castelo é uma vala quadrada com laterais de pedra; blocos de granito ainda cobrem a área, onde caíram, e flores silvestres crescem onde antes havia casas e ruas.

Ninguém — o que é conveniente para um escritor de ficção — sabe a causa exata da catástrofe, mas a versão aceita, montada a partir de histórias contadas por sobreviventes, é que um barril de pólvora que vazava foi rolado da catedral, e um obus francês acendeu o pavio acidental feito de pólvora, que chegou à munição de mosquetes armazenada junto à porta principal. Esta, por sua vez, incendiou o paiol principal, e assim o maior obstáculo entre Masséna e sua invasão de Portugal sumiu. Um soldado português, muito próximo da catedral, salvou a vida mergulhando num forno de pão, e agora Richard Sharpe pegou emprestada sua presença de espírito. Frequentemente as histórias mais improváveis acabam se mostrando verdadeiras.

As linhas de Torres Vedras existiram e realmente foram um dos maiores feitos militares de todos os tempos. Ainda podem ser vistas, na maior parte decrépitas, cobertas de capim, mas com um pouco de imaginação o choque de Masséna pode ser captado. Ele havia perseguido o exército britânico desde a fronteira até a um dia de distância de Lisboa, sobreviveu à vitória esmagadora de Wellington em Bussaco no caminho, mas certamente, tão perto da capital de Portugal, deve ter pensado que seu serviço estava feito. Então viu as linhas. Eram o ponto de retirada mais distante para os britânicos na península; jamais seriam usadas de novo. Quatro anos mais tarde o soberbo exército de Wellington marchou por cima dos Pirineus e entrou na própria França.

O ouro de Sharpe é, infelizmente, injusto para com os espanhóis. Alguns guerrilheiros eram tão egoístas quanto El Católico, mas a grande maioria era de homens corajosos que mataram mais soldados franceses do que o exército de Wellington. Os livros de Richard Sharpe são as crônicas dos soldados britânicos e, com essa perspectiva, os homens que lutavam a "pequena guerra" sofreram uma distorção injusta. Mas pelo menos, no outono de 1810, o exército britânico se encontrava seguro atrás de suas linhas gigantescas e o palco estava montado para os próximos quatro anos: o avanço para a Espanha, as vitórias e a conquista definitiva da própria França.

Richard Sharpe e Patrick Harper marchariam de novo.

Este livro foi composto na tipologia New
Baskerville BT, em corpo 10,5/16, e impresso
em papel off-white 80g/m² no Sistema Cameron
da Divisão Gráfica da Distribuidora Record.